KB274264

魔王出師

마왕출사

청산 新무협 판타지 소설

마왕출사 5

청산 新무협 판타지 소설

초판 1쇄 찍은 날 § 2007년 4월 18일
초판 1쇄 펴낸 날 § 2007년 4월 28일

지은이 § 청산
펴낸이 § 서경석

편집장 § 문혜영
편집 § 서지현 · 심재영 · 김동화

펴낸곳 § 도서출판 청어람
등록번호 § 제1081-1-89호
등록일자 § 1999. 5. 31
어람번호 § 제2-1178호

주소 § 경기도 부천시 원미구 심곡1동 350-1 남성B/D 3F (우) 420-011
전화 § 032-656-4452 팩스 § 032-656-4453
http://www.chungeoram.com
E-mail § eoram99@chollian.net

ⓒ 청산, 2006

ISBN 978-89-251-0657-1 04810
ISBN 89-251-0403-2 (세트)

魔王班師

청산 新무협 판타지 소설

Fantastic Oriental Heroes

5 또 한 번의 죽음

도서출판 청어람

목차

제 41 장

신비의 여인지문, 신녀문

1

"아미타불, 무량수불! 하하, 고생이 많소, 대공녀."

승려처럼 머리를 빡빡 밀었지만 도사들의 복장을 하고 있는 반승반도. 적시에 뛰어들어 태옥녀를 구해준 사람은 뜻밖에도 무을 도승이었다.

"아, 무을 도승!"

태옥교는 비로소 안도할 수 있었다.

도불쌍절의 제자인 무을의 무공은 누구보다 그녀가 잘 알고 있었다. 태백별궁에서 그가 미처 깨닫지 못한 구결을 그녀가 풀이해 주며 지도해 주지 않았던가.

"어떻게… 여기까지……?"

무을은 주변의 살수들을 쓸어보며 장난스런 웃음을 지었
다.

"헤헤, 시커먼 복면을 얼굴에 뒤집어쓴 놈들이 몰려다니기
에 수상쩍어 뒤를 밟아보았소. 한데 뜻하지 않게 대공녀를 구
하게 되었구려."

"그럼… 진작부터 지켜보고 있었단 말입니까?"

태옥교의 눈빛이 샐쭉해지자 무을 도승은 비로소 자신의
실언을 깨달으며 궁색한 변명을 늘어놓았다.

"그게… 잠시 이 살수 놈들의 행적을 놓쳤다가 폭음 소리
를 듣고 찾아온 것이오. 게다가… 대공녀가 아주 위중한 순간
에 내가 뛰어들어야 공치사를 할 수 있기에……."

"어서 살수들이나 물리쳐요!"

태옥교는 잠혼에게 태백신단을 먹여주고는 무을 도승을
닦달했다.

무을의 주둥이가 한 발이나 튀어나왔다. 위기의 순간에 기
껏 구해주었는데 고마움은커녕 오히려 원망만 사게 되자 오
히려 속이 부글부글 끓었다.

'염병, 무슨 여자가 이래? 그냥 죽게 내버려 둘까? 그래야
내 바짓가랑이를 부여잡고 살려달라고 애원할 텐가?

무을은 살수들을 향해 화풀이를 했다.

"이 살수 놈들아, 꺼지던가 덤비던가 빨리 결정해!"

단혼치살은 게슴츠레한 눈빛으로 무을을 쓸어보다가 눈가

를 씰룩거렸다.

"네가 도불쌍절의 제자라는 무을이냐?"

"맞아. 내가 바로 천하제일 무을이다. 오행마단의 가장 무서운 마두라는 금강마존이 내 손에 죽었다. 너희 같은 버러지들은 죽이고 싶지도 않으니 어서 꺼져라!"

무을이 짜증스런 표정으로 손을 내젓자 태옥교가 앙칼지게 외쳤다.

"무슨 소리예요? 저들은 세상의 악이에요! 모조리 죽여요, 모조리!"

무을은 그녀의 일방적 지시에 반발심이 치밀었지만 꾹 참았다. 그녀를 깊이 연모하는 데다 일전에 수욕하는 모습을 몰래 훔쳐본 죄를 지었기에 당당히 맞설 계제가 아니었다.

무을은 단혼치살을 향해 손가락을 까딱거렸다.

"빨리 끝내자. 우두머리인 너부터 죽여주겠다."

단혼치살은 절대신병인 예사천궁을 쥐고 있기에 상대가 도불쌍절의 제자라 해도 두려울 게 없었다.

"죽여라!"

그의 입에서 음산한 명령이 떨어지자 예비 살수들이 진세를 이루며 무을을 향해 돌진해 왔다.

쐐애액—!

예리한 파공성 외에 어떠한 기합성도 들리지 않았다. 숨소리조차 멈춘 예비 살수들은 사위에서 동시에 무을을 베어갔다.

무을은 따분한 표정으로 마구 손을 흔들었다.

"꺼져!"

소림칠십이종 절기 중 하나인 관음장이었다.

퍼퍼퍽—!

무을의 강력한 장법에 적중된 살수들이 연이어 나가동그라졌다. 얼굴에 적중된 자들은 안면이 으스러졌고, 몸통에 적중된 자들은 가슴뼈가 박살 났다.

무을은 죽으면서도 신음 소리 한 번 흘리지 않는 예비 살수들의 침묵에 조금은 주눅이 들었다.

"거, 비명 소리가 없으니 어째 찜찜하군."

그 순간 두 명의 살수가 머리 위와 등판을 노리며 쏜살같이 날아들었다. 그들의 살인 수법은 전문 살수들답게 쾌잔했다. 그들의 병기는 송곳처럼 가늘고 긴 첨도(尖刀)이기에 바람 소리조차 거의 없었다.

무을은 빙글 회전하며 손가락을 튕겼다.

"어림없다!"

따땅—!

그의 손끝에서 발출된 탄지신통에 두 자루 첨도 끝이 분질러졌다. 은사회 최고의 전문 살수들이라 해도 그들의 능력으로 절세고수인 무을을 감당하기는 역시 무리였다.

일순 섬뜩한 냉기를 감지한 무을이 급히 신공을 발휘했다.

"반야바라밀!"

그가 가슴 앞에 두 손을 합장하자 은은한 자색 기운이 피어올랐다. 소림 최고의 절학 중 하나인 반야바라밀다신공이었다.

펴엉!

일진폭음과 함께 무을이 뒤로 미끄러졌다. 상당한 충격을 느낀 무을이 전면을 직시했다. 단혼치살이 그를 향해 예사천궁을 겨누고 있었다. 단혼치살이 활시위를 튕겨 무형강기를 발출했던 것이다.

무을이 보검을 뽑아 들었다.

"이 흉측한 놈이 감히 날 기습해?"

단혼치살은 시종 게슴츠레한 눈빛이라 그 속내를 짐작할 수 없었다. 그는 날아드는 무을을 향해 연속으로 활시위를 튕겼다.

"탄검비마락(彈劍飛魔落)!"

파파팍!

단숨에 쐐기형 강기를 쪼갠 무을이 단호치살을 향해 무당의 절기 태극혜검을 발출했다.

"태극분광!"

현란한 검화가 피어오르며 수십 개의 검형이 우박처럼 내리꽂혔다. 단혼치살은 예사천궁을 비껴 메고는 급히 칼을 뽑아 들었다.

번—쩍—!

당대의 대살수답게 쾌도술이 지극히 빨랐다. 섬광이 번득였을 뿐인데 태극혜검의 초식이 와해되며 칼끝이 무을의 미간으로 날아들었다.

"엇?"

깜짝 놀란 무을이 절초를 발휘해 칼을 쳐냈다. 그는 상대를 경시했던 생각을 싹 지우며 경각심을 높였다.

"이놈. 마구잡이로 사람을 죽이는 살수가 아니로군?"

태옥교가 처음으로 그를 위해 걱정해 주었다.

"조심하세요, 도승. 아버님과 삼 초를 겨룬 절세도객입니다. 그의 절대 쾌도를 우습게보면 안 돼요."

무을은 보검을 수평으로 눕혔다.

"걱정 마시오. 설마 도불쌍절의 제자가 한낱 살수 따위한테 패하겠소?"

단혼치살은 잠시 무을과 대치하고 있다가 그 자세 그대로 뒤로 미끄러졌다.

"퇴각한다!"

살수들이 표적을 제거하지 않고 퇴각하기는 극히 드물다. 하지만 단혼치살이 결코 잘못 판단한 것은 아니다. 만일 무리하게 태옥교를 죽이려 했다가는 자신을 비롯해 은사회 살수 모두가 몰살당할 우려가 있음을 확신한 것이다.

부상당한 동료들을 부축한 살수들이 은신술을 펼쳐 빠른

속도로 사라졌다. 살수들은 본래 흔적을 남기지 않기 위해 동료들이 시신까지 챙기는 것이 일반적이지만 현 상황에서는 워낙 피해가 커서 부상자만 돌볼 수밖에 없었다.

태옥교가 다급히 외쳤다.

"잡아요! 예사천궁을 회수해야 해요!"

무을은 보검을 빙글빙글 돌리다가 검집에 꽂았다.

"이미 늦었소."

"어검술을 터득했잖아요?"

"아직 수련이 부족하오. 게다가 어검술을 펼치면 전신 공력이 일순 소멸되는데 내가 왜 그 위험한 짓을 해야 한단 말이오?"

"예사천궁을 찾아야 한다고 했잖아요?"

무을의 반응은 여전히 시큰둥했다.

"그게 내 목숨보다 소중하지는 않소."

"……"

태옥교는 예사천궁를 회수하지 못한 것이 안타까웠지만 마냥 무을을 닦달할 수가 없었다. 어쨌거나 자신과 잠혼을 구해준 은인이었다. 빠르게 생각을 굴린 그녀는 얼른 표정을 풀며 공손히 예를 올렸다.

"구명지은에 감사드립니다, 도승."

태옥교의 사례에 한결 기분이 좋아진 무을이 힐끗 잠혼을 내려다보았다.

“잠혼은 괜찮소?”

“아주 위험합니다. 어서 태백궁으로 데려가야 해요.”

“반사곡으로 데려가야 하는 것 아니오?”

“아닙니다. 약재만 갖춰져 있으면 소녀가 치료할 수 있으니 굳이 귀선님의 신세를 지지 않아도 됩니다.”

태옥교가 잠혼을 등에 업자 무을의 눈빛이 예리해진다.

“고귀하신 대공녀께서 한낱 호위를 너무 각별하게 대하는군. 이리 주시오. 내가 업고 가겠소.”

“괜찮아요. 잠혼은 소녀에게 있어 가족과 다름없기에 허물없이 대하는 것일 뿐 다른 의도는 없습니다.”

“잠혼이 가족이라면 나는 뭐요?”

무을의 따지듯 묻자 태옥교가 잔잔한 미소를 띠었다.

“도승, 소녀를 좋아하지 않으세요?”

“무… 물론 좋아하오. 아니, 내가 대공녀를 진심으로 연모한다는 것을 잘 알고 있지 않소?”

“그래요, 잘 알지요. 얼마 전 도승께서 금강마존을 격파했다는 낭보를 듣고 얼마나 기뻤는지 몰라요. 도승께서는 천하 창생을 위해 엄청난 공적을 세우신 겁니다.”

태옥교가 찬사를 보내자 무을이 뛸 듯이 좋아했다.

“그럼 이제 대공녀도 내게 시집 오기로 결심한 거요?”

태옥교는 답변을 피하고 매혹적인 눈웃음을 지었다.

“어서 앞장서세요. 잠혼을 치료한 후 금강마존을 격파한 무용담을 듣고 싶어요."

무을이 훌쩍 몸을 날렸다.

"헤헷, 갑시다. 내가 대마두를 어떻게 죽였는지 화끈하게 얘기해 주겠소."

2

대륙 남단을 가로지르는 장강(長江)은 유유히 흐르는 강물이 아니라 하나의 길이다.

물길을 따라 크고 작은 상선들이 갑판 가득 짐을 실은 채 강을 오르내리고 있었다. 상선은 여객선을 겸하기도 해 배 뒤편 갑판에서는 선객들이 비좁은 공간에 모여 앉아 잡담을 나누거나 마작으로 무료함을 달래기도 했다.

다소 금전에 여유가 있는 사람들은 선실을 차지하고 앉아 편안히 쉴 수 있었지만, 선실 비용이 워낙 비싸 그런 호사는 부호들만이 누릴 수 있었다.

고풍스런 검을 지닌 청년은 상당한 재력가인 듯 선실 하나를 통째로 빌려 혼자 쓰고 있었다.

황해 포구에서 배에 오른 청년은 식사도 마다한 채 선실에 들어 줄곧 잠을 자기만 했다. 가벼운 풍랑에 배가 잠시 요동치기도 했지만 한 번 잠에 빠져든 청년은 깨어날 줄을 몰랐다.

드르릉!

코까지 골며 깊이 잠들어 있는 청년은 다름 아닌 백무향이 었다.

반사곡을 떠나온 그는 자신의 기억을 찾아 십만대산으로 향하는 길이었다. 처음에는 하루 여덟 시진씩 이동해 빠른 시일 내에 십만대산까지 이를 생각이었지만 진득하지 못한 천성은 어쩔 수 없었다.

고작 이틀 정도 지나자 그는 쏟아지는 잠과 피로를 주체할 수가 없었다.

사실 자신의 기억을 찾는 일이 그렇듯 시간을 다툴 상황이 아니기에 서두를 이유가 없었다. 그런 생각에 자기 합리화에 익숙한 그는 동호로 향하는 선박에 올라 선실을 하나 차지하고는 밀린 잠을 자기 시작한 것이다.

"하암!"

질펀하게 잠을 잔 백무향은 팔다리 근육이 마비될 만큼 힘차게 기지개를 켜고는 천천히 일어나 앉았다.

"얼마나 왔을까?"

그는 선실 창을 통해 강변 쪽을 살펴보았다.

통상 대형 포구에는 패루(牌樓)가 세워져 있어 어떤 지방인지 알려주는데 지금은 작은 어촌만 보여 지방을 구분할 수 없었다.

"슬슬 노을이 지기 시작하는 것으로 미루어 네 시진은 족히 잤나 보군. 그래도 배에서 자는 동안 조금은 이동했으니 객잔에서 지내는 것보다 낫지.”

그는 목을 좌우로 움직여 우득우득 소리를 내고는 선실을 나섰다.

갑판으로 내려선 그는 선실 내에 마련돼 있는 간이 주점으로 들어섰다.

간이 주점이래야 탁자 두 개에 등받이 없는 통나무 의자를 둘러놓아 공간이 아주 협소했다. 술도 죽엽청밖에 없었고 간단한 안주, 그리고 요깃거리로 소면을 파는 게 전부였다. 한데도 가격이 제법 비싸 대부분 선실을 차지한 부호들이나 이용하는 게 보통이었다.

“술과 안주. 요기할 만한 것이면 무엇이든 좋소.”

백무향은 통나무 의자에 엉덩이를 걸치며 주문했다.

졸린 눈의 주인이 미리 삶아놓은 국수에 국물을 부어 소면을 내왔다. 죽엽청을 한 잔 마시고, 소면을 한 젓가락 입에 넣은 백무향의 인상이 잔뜩 구겨졌다.

‘염병, 더럽게 맛없군. 이따위 것을 백 전이나 받아먹어?’

그러나 맛과 상관없이 무엇이든 먹을 수 있는 그였다. 소면을 깨끗하게 비운 그는 잘게 썬 구운 오리를 안주 삼아 느긋하게 술잔을 비웠다.

한데 이때였다. 선실 밖에서 두려움에 찬 비명 소리가 연신 터져 나왔다.

“아이고, 이를 어째?”

“수, 수적들이다!”

“수적들이 나타났다!”

그러자 뱃사람의 거친 음성이 선객들의 아우성을 가라앉혔다.

“당황할 것 없소! 동호의 수적들은 오직 한 척의 배만 노략질하는 게 관례요. 공연히 소란을 피워 저들을 자극하지 않으면 안전할 수 있소.”

간이 주점 주인이 선창을 통해 밖을 내다보았다.

쾌속선을 타고 온 수적들이 한 척의 상선을 습격해 노략질을 하고 있었다. 일부 수적들은 상선의 호위무사들과 싸움을 벌였고 다른 수적들은 귀한 물건만 골라내 자신들이 타고 온 쾌속선에 실었다. 상인들은 갑판 구석에 고개를 처박고 있었으며 두려움을 견디지 못한 상인 몇 명은 물속으로 뛰어들기도 했다.

노략질을 당하는 상선 주변의 배들은 저만치 멀어진 채 강 건너 불 구경하듯 이를 바라보기만 했다.

백무향은 잠시 선창가에 서서 수적들의 노략질을 바라보다가 다시 통나무 의자에 앉아 술을 마시기 시작했다.

간이 주점 주인이 혀를 차며 개탄했다.

“쯧쯧, 도적들이 저리 설쳐 대는데도 누구 하나 나서는 사람이 없군. 세상의 의협들은 다 어디 갔단 말인가?”

이때 선실 안으로 몇 사람이 들어와 술을 주문했다. 그들은 탁자를 치며 분통을 터뜨렸다.

"참으로 가슴 아픈 일이오! 예전에는 도적들이 나타나면 모두가 달려들어 싸우곤 했는데 지금은 아무도 나서지 않는군."

"태백궁에서는 대체 무엇을 하는지……."

"광명신검께서 어서 폐관을 마치고 세상에 나서야 이런 도적들이 사라질 것이오."

백무향은 공공연하게 자행되는 약탈을 방관하고 있다는 사실이 조금 찜찜했지만 양심의 가책을 받을 정도는 아니었다. 그가 정의로운 협사도 아니기에 사소한 사건까지 개입하고 싶지 않았다.

그는 씁쓸한 죽엽청을 입에 털어 넣고는 자신의 신분에 대해 다시 한 번 생각해 보았다.

'내가 정말 뇌천검제의 현신이란 말인가? 뇌천검제는 정파 맹주를 지낼 만큼 정의로운 협사였다고 했다. 한데 난 왜 수적들의 노략질을 보고도 전혀 피가 끓지 않는 거지?'

그는 잔뜩 미간을 찌푸리다가 천천히 선실을 나섰다.

그가 비록 열혈의 의협은 아닐지라도 눈앞에서 벌어지는 악행을 방관하자니 영 기분이 개운치 않았다. 수적들 정도는 손짓 한 번으로 해결할 수 있기에 그로서도 커다란 수고는 아니었다.

'그래, 무공을 배운 사람으로 못 본 척하기는 좀 그렇군.'

그는 갑판의 구경꾼들을 헤치고 천천히 뱃전으로 다가섰다.

상선 호위무사들의 드센 반발에 수적들의 칼질이 난폭해지기 시작했다. 그들의 신경질적인 칼질에 닭 모가지 하나 비틀 힘이 없는 상인들마저 몇 명 애꿎은 목숨을 잃고 말았다.

'새끼들, 적당히 물건이나 챙겨서 떠났으면 좋잖아?'

백무향은 적수공권으로 충분했기에 가볍게 주먹을 쥐었다. 한데 이때였다.

두 척의 편주가 호수 위를 가로지르며 쏜살같이 미끄러져 왔다. 한 척의 편주마다 다섯 명의 여인이 타고 있었는데, 저마다 면사로 얼굴을 가렸으며 긴소매로 손등까지 가리고 있어 드러난 것은 싸늘함이 느껴지는 눈매뿐이었다.

펑— 펑—!

면사로 얼굴을 가린 여인들은 대단한 무공의 소유자인 듯 편주마다 두 명이 손바람을 일으켜 배를 몰았다. 한 번 폭음이 터질 때마다 편주는 거의 수면 위를 떠서 미끄러져 갔다. 두 척의 편주는 순식간에 상선 부근에 이르렀다.

네 명의 여인이 가볍게 몸을 날려 상선의 갑판 위로 올랐다.

쐐애액!

여인들의 손속은 아주 매서웠다. 칠팔 명의 수적이 무참하게 살해되었다.

비로소 여인들의 고강한 무공을 실감한 수적들은 병장기를 내던지고 뱃전 밖으로 몸을 날렸다. 하지만 그들의 몸은 수면에 이르기도 전에 조각이 나고 말았다. 편주에 남아 있던 여인들의 검기가 벼락처럼 날아든 것이다.

간단하게 수적들을 해치운 여인들이 편주 위로 내려서자 곧바로 편주가 이동했다.

주변에서 이를 바라보던 뱃사람들과 선객들은 일제히 환호와 갈채를 보냈다.

"와아, 동호에 선녀들이 강림했다!"

"오오, 이는 하늘의 돌보심이다!"

"세상에나… 내 눈으로 선녀를 보게 될 줄이야!"

백무향은 홀연히 나타나 수적들을 처단하고 사라지는 여인들을 바라보다가 눈을 번쩍 떴다.

'가만, 복장이 눈에 익은데?'

그는 이내 여인들의 신분을 간파할 수 있었다.

'맞아. 일전에 소견과 다툼을 벌이고 요지를 나오다가 이상한 숲에 들어간 적이 있었다. 그곳에서 수욕을 하던 드센 기질의 계집들을 만났다. 계집들은 신비한 체하느라 문파의 이름조차 밝히지 않았지.'

기억을 더듬은 그는 유일하게 들었던 한 여인의 이름을 떠올릴 수 있었다.

'취운이었던가? 그래, 분명 취운이라는 계집이 있었어.'

그는 눈알을 또르르 굴렸다.

'워낙 숨기는 것이 많아 세상과 담쌓고 사는 줄로만 알았는데 저 계집들이 무슨 연유로 세상 밖으로 나왔을까?

그러다 당시 여인들의 매서운 눈빛을 떠올리자 공연히 뒤가 켕겼다.

'설마 날 추적해 온 것이란 말인가?'

생각이 여기에 미치자 그는 뱃전 밖으로 훌쩍 몸을 날렸다. 수면을 밟고 건너뛴 그는 수적들에게 약탈을 당했던 상선 위로 올라섰다.

여인들 도움으로 겨우 목숨을 건진 상인들은 갑작스런 백무향의 출현에 놀라 주저앉고 말았다.

출렁이는 선두에 내려선 백무향은 멀어지는 편주를 향해 외쳤다.

"이봐, 너희 중에 혹시 취운이 있느냐?"

순간 저만치 미끄러져 가던 편주가 급선회하며 다시 상선 쪽으로 다가왔다.

백무향은 손까지 철저하게 가린 면사여인들의 복색을 보고는 신비지문의 제자들임을 확신했다.

"훗, 맞아. 신비한 체하던 고약한 계집들이 분명해."

사실 그로서는 타 문파를 무단 침입한 죄인의 입장이기에 이렇게 버젓이 나설 계제가 아니었다. 오히려 추격을 피해 몸을 숨기는 것이 당연했다. 하지만 백무향이 누구인가? 그는 두려움 때문에 자신을 숨길 성격이 아니었다.

그는 다가서는 두 척의 편주를 두루 살피다가 한 여인을 향해 외쳤다.

"취운! 너 맞지?"

취운으로 지목된 여인이 편주를 박차며 치솟아올랐다. 뱃전으로 내려선 그녀가 매섭게 백무향을 쏘아보았다.

"이 음적! 마침내 찾아냈구나!"

백무향은 낭랑한 웃음을 터뜨렸다.

"하하, 너희가 날 찾아낸 게 아니라 내가 스스로 너희를 찾아온 것이다. 어쨌든 날 만나러 온 것은 확실하군. 흐음, 내가 보고 싶어서 찾아온 것 같지는 않고……."

그의 장난기 어린 희롱에 취운의 두 눈에서 싸늘한 한기가 뿜어졌다.

"어디서 더러운 수작이냐!"

그녀가 검을 뽑아 들자 백무향이 점잖게 타일렀다.

"취운, 너희가 신비함을 드러내지 않으려면 싸우고 싶어도 조용한 곳에서 겨뤄야 하지 않을까? 이곳은 지켜보는 사람들이 너무 많다."

그러자 여인들 중에서 유일하게 궁장 형태로 머리를 틀어 올린 여인이 지시를 내렸다.

"저자의 말이 맞다, 취운. 자리를 옮기겠다."

취운은 검을 거두고는 편주를 향해 공손히 손을 모았다.

"알겠습니다, 문주님."

그녀는 갑판의 상인들을 향해 요청했다.

"구명선을 한 척 빌려야겠어요."

상인들은 수적들에게 죄다 약탈을 당할 순간에 구원을 받았던 터라 취운을 하늘이 내린 선녀로 생각하였다.

"예에, 당장 내드리겠습니다, 선녀님."

상인이 눈짓을 보내자 뱃사람 둘이 밧줄을 풀어 작은 구명선을 호면 위로 내려 보냈다.

취운이 긴소매를 들어 구명선을 가리켰다.

"타라!"

"혹시 날 죽일 셈이냐?"

"타기나 해!"

"알았다. 일부러 너희 앞에 나섰으니 보채지 마라."

백무향이 구명선으로 내려서자 취운은 금 한 덩이를 갑판 위에 던지고는 구명선 선미로 내려섰다. 그녀가 호면을 향해 손바람을 일으키자 구명선은 빠른 속도로 미끄러져 갔다.

상선의 상인들과 인부들이 모두 뱃전으로 달라붙었다. 그들은 수평선 저편으로 멀어지는 세 척의 배를 보고는 혀를 내둘렀다.

"이게 대체 어찌 된 일이야?"

"그러게. 저 청년이 선녀님들을 아는 것으로 미루어 진짜 선녀님들은 아닌 것 같군."

"그렇기는 해. 선녀님들처럼 신비롭기는 해도, 너무 쌀쌀맞잖아?"

아홉 명의 여인이 구궁진을 펼쳐 백무향을 에워쌌다. 진세의 압박과 함께 검극에서 뿜어지는 기운이 섬뜩했지만 백무향은 마치 호위무사들의 경호를 받으며 동호를 산책 나온 서생처럼 한가해 보였다.

머리를 궁장으로 틀어 올린 여인은 진세 밖에서 팔짱을 낀 채 백무향을 응시하고 있었다

"검향난무(劍香亂舞)!"

쐐애액ー!

세 자루 검이 거의 동시에 전면과 좌우에서 날아들었다. 쾌속함 속에 현란한 변화마저 깃든 절기였다.

'이것 봐라? 지난번 계집들과 다르군?'

백무향은 마황진경의 절기인 천마환영보를 펼쳤다. 다짜고짜 공세를 펼쳐 오는 여인들이 괘씸했지만 일전에 지은 죄가 있어 공연히 뇌천검으로 여인들을 다치게 하고 싶지 않았던 것이다. 그가 취운 앞에 먼저 나선 것도 오해를 해소하기 위함이지 싸우려는 의도는 아니었다.

"좋아. 내가 잘못한 바가 있으니 조금은 봐주겠다. 적당히 공격하다가 어느 정도 분이 풀리면 손을 거둬라."

사실 그의 성격상 이 정도로 인내력을 보이기도 드문 일이

다. 그는 보법을 구사해 시종 피하기만 하면서도 이상하게 반 감이 솟지 않았다. 여인들이 다쳐서는 안 된다라는 강박관념 때문에 반격 한 번 할 수가 없었다.

궁장 머리 여인은 제자들의 검진이 전혀 위력을 발휘하지 못하자 가볍게 미간을 찌푸렸다. 잠시 백무향의 보법을 주시 하던 그녀의 눈빛에 서늘한 한기가 뿜어졌다.

"마도의 귀환보법?"

여인은 한 손을 가볍게 쳐들었다.

츄리릭!

그녀의 손끝에서 투명한 검형이 발출되었다.

탄지검(彈指劍)!

놀랍게도 초상승 검법 절예였다. 탄지검은 신검합일과 버 금갈 절대 비기로 당금 천하에서 이를 구사할 수 있는 사람은 손에 꼽을 정도다.

여인은 검진을 향해 탄지검을 날렸다. 탄지검은 아무런 파 공성도 발하지 않고 검진 속으로 스며들었다.

"이제 그만 하자고. 너희들 능력으로는 절대 날 제압할 수 없다."

백무향은 여전히 보법으로만 상대하면서 여인들을 타일렀 다. 그러다 측면에서 날아드는 싸늘한 한기에 등골이 오싹해 졌다.

'어엇?'

싸늘한 한기의 정체는 탄지검에 의한 무형 검기였다. 소리
도 없고 파공성도 없기에 감각으로만 감지할 수 있다.

백무향은 본능적인 위기를 느끼며 벼락처럼 뇌천검법을
전개했다.

"무형섬쾌광!"

파괴력은 다소 떨어져도 뇌천검법 중 가장 빠른 쾌검식이
었다.

콰아앙!

섬광과 폭음이 동시에 터졌다. 탄지검이 부서지며 검형의
파면이 빠른 속도로 확산되었다. 취운을 비롯한 여제자들은
급히 검을 휘둘러 검편을 막아내고는 뒤로 물러섰다.

궁장 머리의 여인은 마치 환영처럼 백무향 앞으로 다가섰
다. 그 움직임이 너무 빨라 마치 본래부터 그 자리에 있었던
것처럼 보였다.

'축지성촌(縮地成寸)?'

무공이라면 누구와 겨뤄도 패하지 않을 자신이 있는 백무
향이었지만 여인이 펼쳐 낸 전설적인 절기에는 놀라지 않을
수 없었다.

여인이 한 손을 쳐들자 손아귀에서 강기가 발출되었다. 강
기는 예기를 발하는 검형으로 변환되며 주변으로 파장을 일
으켰다.

"심기검(心氣劍)?"

백무향은 또 한 번 놀라고 말았다.

진기로써 검형을 만들어내는 기검은 초극의 절기다. 일전에 지옥마부에서 광명신검 태무건을 만났을 때 그는 태무건을 통해 처음으로 심기검을 접할 수 있었다. 이후 무수한 싸움을 벌였지만 심기검을 전개한 고수는 만난 적이 없었는데 이번에 두 번째로 심기검을 접하게 되었다.

"신화묘재(神花妙才)!"

여인은 빙글 회전하며 심기검을 내리그었다.

화려했다. 쏟아져 내리는 수백, 수천의 검화는 검법이 아니라 하나의 예술처럼 보였다. 이를 접한 사람은 현란함에 매료돼 검화가 자신의 몸을 관통할 때까지 위기를 전혀 감지하지 못할 정도였다.

검화가 지척에 이르자 퍼뜩 정신을 차린 백무향이 연속적으로 뇌천검법을 전개했다.

"천뢰광류섬 — 건곤반탄섬!"

우렛소리와 함께 시퍼런 번갯불이 번쩍거렸다. 뿜어진 번갯불이 검화와 충돌하면서 엄청난 폭음이 울려 퍼졌다.

콰—콰쾅!

대지가 요동치고 주변의 수림이 공포에 떨었다.

여인은 심기검이 박살 나자 둥실 떠오르며 연속적으로 양손을 내뻗었다.

"난화섬수!"

섬광과 함께 발출된 수강이 칼날처럼 차갑고 예리했다.

상대가 내가강기로 공세를 변화시키자 백무향도 뇌천검을 회수하고 폭염마공을 운기했다.

하늘을 향해 치켜 올린 장심에서 이글거리는 붉은 구슬이 형성되었다. 폭염마공의 정화인 폭염열화주였다.

"가랏!"

강력한 폭염열화주가 여인의 수강과 정통으로 부딪쳤다.

꽈아앙!

너무도 엄청난 굉음에 취운을 비롯한 여인지문의 제자들은 공력을 운기해 귀를 틀어막으며 최대한 멀리 피신했다.

폭염열화주가 터지며 비산되는 무수한 불덩이에 주변은 새까맣게 타버렸다. 마치 수천 근의 폭약이 일시에 터진 듯 바닥은 심하게 파헤쳐졌고 아직 꺼지지 않은 불꽃이 군데군데 남아 있었다.

충돌의 여파로 형성된 돌풍이 사위를 휩쓸고서야 흙먼지가 서서히 가라앉았다.

여인의 두 눈이 경악으로 물들었다.

여인은 손등까지 덮은 긴소매며 옷자락이 불꽃에 그슬린 상태였다. 면사도 일부가 타버려 고운 턱 선의 일부가 드러났다.

백무향은 상대의 고강한 무공에 경탄과 더불어 의혹을 금치 못했다.

'굉장한 고수로군. 오행마단의 종주들과 비교해도 손색이

없다. 정말 세상은 넓고 기인이사들은 많아.'

여인은 면사를 당겨 드러난 턱 선을 가리고는 백무향을 직시했다.

"소문대로 뇌천검을 지녔고 폭염마공까지 구사하는구나."

백무향은 여인의 용모와 나이를 전혀 짐작할 수 없었지만 세상을 살아온 경륜이 느껴지는 음성으로 미루어 젊은 나이는 아니라 판단했다. 주름살 하나 없는 이마와 깨끗한 피부를 감안한다면 중년 정도로 생각되었다.

물론 세상에 그보다 더 오랜 산 사람이 있을 수 없으니 그에 비하면 고손녀뻘도 되지 않는다. 문제는 자신의 나이를 입증할 수 없다는 데 있었다.

백무향은 잠시 고심하다가 상대를 동등한 신분으로 예우했다.

"당신이 이름을 알 수 없는 여인지문의 문주인가?"

"그렇다."

"대체 문파 이름이 뭔가?"

"밝힐 수 없다."

"무슨 대단한 문파라고 이름조차 밝히지 않는단 말이냐?"

"대단해서가 아니다."

문주의 두 눈에 짙은 그늘이 드리워졌다.

"본 문은 세상의 죄인이기에 이름이 알려지기를 원치 않아서다."

그 말에 백무향은 여인지문에 대한 반감을 누그러뜨렸다.

"가혹하군. 세상에 죄인 아닌 사람이 어디 있단 말인가? 문주의 자책은 지나치다."

"본 문의 문제이니 함부로 나서지 마라. 이제 너에 대해 분명히 밝혀라."

백무향은 문주 주변으로 도열해 있는 여제자들을 둘러보았다.

"일전에 내가 문주의 제자들에게 밝혔을 텐데? 난 뇌천공자 백무향이다."

"뇌천검을 지녔으니 뇌천검제의 제자임은 분명하다. 한데 네가 펼친 열양신공은 대체 어떻게 된 것이냐? 게다가 잠시 전 네가 펼친 보법은 마교의 귀환마보가 분명하다."

"대단한 안목이군. 내가 펼친 보법은 정확히 말하면 파천마황의 절기인 천마환영보다."

일순 문주의 가는 눈썹이 심하게 꿈틀거렸다.

"천마환영보라고? 그렇다면 네가 마황진경마저 수련했단 말이냐?"

"얘기가 무척 복잡하다. 만일 문주가 문파 명과 자신의 이름을 밝히면 나도 비밀을 조금 털어놓겠다."

"……."

문주는 그를 직시하다가 동호 쪽으로 돌아섰다. 잠시 침묵을 유지하던 그녀가 입을 열었다.

“네가 본 문에 대해 전혀 모른다면 악적 풍운마제의 제자와는 무관한 것 같구나. 그렇다 해도 풍운마제는 뇌천검제와 친구였기에 본 문에 대해 언급했을 텐데 네가 모른다는 것이 이해가 되지 않는다.”

백무향은 풍운마제를 악적이라 칭하는 말에 가슴 한쪽이 뜨끔해졌다. 그가 풍운마제의 현신일 가능성도 배제할 수 없기 때문이다. 그로서는 과거를 기억할 수 없기에 자신이 어떤 죄를 지었는지 전혀 짐작할 수가 없었다.

문주는 다시 백무향을 향해 몸을 틀었다.

“좋다. 나도 너를 통해 반드시 확인할 사안이 있으니 본 문에 대해 말해주겠다. 내 이름은 초은시(楚銀施)이며 본 문은 신녀문(神女門)이라 한다.”

“신녀문……?”

백무향은 미간을 찌푸리며 그 이름을 몇 번 되뇌었다. 과거를 기억하지 못하기에 분명 모르는 문파 명이다. 한데도 생소하다는 생각은 전혀 들지 않았다.

‘신녀문이 풍운마제와 어떤 원한을 맺었기에 이백 년이 지난 지금까지 원수로 생각한단 말인가?’

그는 눈을 가늘게 떴다.

‘그래, 비밀스런 고사를 듣게 되면 기억을 되살리는 데도 도움이 되겠다.’

나름대로 생각을 굴린 그가 자신에 대해 솔직하게 밝혔다.

"초 문주, 믿지 못하겠지만 난 뇌천검제의 제자가 아니라 뇌천검제 그 당사자일 수 있다. 물론 풍운마제일 가능성도 충분히 있다. 불운하게도 난 과거의 기억을 잃어 솔직히 내가 누구인지 내 자신도 잘 모른다."

"닥쳐! 감히 나를 희롱하는 것이냐?"

백무향은 초은시의 일축을 무시했다.

"당연히 미친 소리로 들리겠지. 반사귀선조차 날 진맥하고도 믿지 못했으니까. 하지만 네가 날 어떻게 생각하든 내가 이백 년 전의 사람임에는 변함이 없다."

"……."

"난 분명 마정쌍제 중 한 사람이다. 이백 년 동안 잠들어 있다가 깨어났다. 과거를 잊었기에 기억을 찾기 위해 중원으로 왔다가 내가 전설 속의 사람임을 알게 되었다. 난 지금 내 자신이 과연 누구인지 확인하기 위해 십만대산으로 향하는 중이다. 그곳을 다녀온 후 내가 누구인지 분명하게 밝혀주겠다."

백무향은 취운을 비롯한 신녀문의 제자들을 둘러보았다.

"내가 뇌천검제라면 다행이지만 불행히도 풍운마제라면 신녀문의 원수가 되겠구나. 대체 무슨 연유로 원한을 맺었는지 모르지만 어떤 희생을 감수해서라도 해소하고 싶다. 신녀문이 나 때문에 이백 년 동안 이름을 감춘 채 살아왔다면 이제 그 가혹한 굴레를 벗겨주는 게 내 도리일 것이다."

평소의 그답지 않게 진지한 모습이었다. 백무향은 자신이 신녀문의 여인들 앞에서 왜 이렇게 숙연해져야 하는지 그 스스로도 놀라워했다.

초은시는 눈 한 번 깜빡이지 않은 채 백무향을 직시하다가 탄식을 지었다.

"난… 믿을 수 없다. 하지만 불가능하다고는 생각지 않는다. 어쩌면 운명일 수 있다. 천색요골은 오직 마왕지상의 소유자만이 제압할 수 있으니까."

"천색요골?"

"오행천 중 환희마궁의 신임 궁주가 천색요골의 소유자로 알고 있다. 맞느냐?"

"그건 사실이다. 환희마후로 불리는 소견은 내 여인이다. 내가 구만산 산적 소굴에서 깨어났을 때 첫 번째로 만난 여인이 바로 소견이지."

초은시의 면사가 세차게 흔들렸다.

"환희마후가 네 여인이란 말이냐?"

"정식으로 혼례를 올린 것은 아니지만 내 아내와 다름없다. 내 정혼녀라 생각하면 될 거다."

"혹시 그 마녀와……."

초은시가 말을 잇지 못하고 난감한 눈빛을 보이자 백무향은 소탈한 웃음을 터뜨렸다.

"하하, 교접을 가졌느냐고 묻는 거로군? 물론이다. 여러 번 가졌지. 세상에 소견만큼 침상에서 격정적인 여인은 없을 것이다.”

취운을 비롯한 신녀문 제자들은 눈가를 발갛게 물들이며 두 손으로 귀를 틀어막았다.

초은시는 아주 복잡한 감정이 섞인 눈빛으로 백무향을 직시하다가 하늘로 시선을 들었다.

“조사님이시여, 제자는 어찌해야 하옵니까?”

천천히 다가선 백무향이 부드럽게 물었다.

“초 문주, 대체 신녀문과 풍운마제 사이에 어떤 원한이 결부돼 있는 것인가? 혹시 내 잊혀졌던 기억을 되살려줄 열쇠가 될 수 있기에 꼭 듣고 싶다.”

초은시는 유령처럼 뒤로 미끄러졌다.

“네가 천색요골의 마녀와 교접을 갖고도 죽지 않았다면 분명 마왕지상의 소유자다. 과거 풍운마제도 마왕지상을 타고났다고 들었다. 네가 과거의 인물이라면 풍운마제가 분명하다. 하지만 뇌천검을 뽑을 수 있고 뇌천진기를 지녔다면 뇌천검제여야 한다. 뇌천검제 이후 뇌천진기를 보유한 사람이 있었다는 얘기는 들은 적이 없었으니까. 나로서는 도저히 판단할 수가 없구나.”

“더 답답한 사람은 나다. 그래서 내 자신을 찾으러 가는 길이다.”

백무향이 자신의 가슴을 두드리자 초은시가 결연한 어조로 말했다.

“오냐. 만일 네가 과거의 풍운마제라면 본 문과의 원한도 기억하게 될 것이다. 네 과오를 참회하고 싶다면 본 문을 찾아오너라.”

“내가 혹시 뇌천검제라면?”

“본 문의 원한과 무관하니 굳이 과거를 거론치 않겠다, 그대가 정말 뇌천검제의 현신이라면 내가 그대를 찾아서 무례함을 사죄할 것이다. 그대는 전설의 영웅이니까.”

초은시는 잠시 백무향을 바라보고는 연신 고개를 저었다.

“있을 수 없는 일이야. 이럴 수는 없어.”

둥실 떠오른 그녀가 앞서 날아갔다.

“귀환한다.”

신녀문 제자들이 절정의 신법을 펼쳐 곧바로 그녀를 따라다.

백무향은 손으로 이마를 짚었다. 뜨거웠다. 혼재된 기억이 충돌하면서 머리가 터질 것만 같았다.

“염병, 이건 또 웬 생각지 못한 변수야? 풍운마제란 자가 어떤 과오를 저질렀기에 하나의 문파가 이백 년 동안 이름조차 숨긴 채 살아왔단 말인가?”

그의 입에서 절로 한숨이 흘러나왔다.

“백무향, 백무향아, 넌 대체 어떤 놈이냐?”

제 42 장

내가 소견을 죽여야 한단 말인가

1

계림의 산수는 자연이 빚어낸 신비이며 경이이다.

현지인들은 그저 늘 보는 정경이라 별다른 감명을 받지 못하겠지만 처음 계림의 절경을 접한 외지인들은 마치 신선의 세상에 발을 들여놓은 듯한 흥분과 감동을 금치 못한다.

백무향은 이강에서 양삭으로 이어지는 놀잇배를 탄 채 강변을 바라보고 있었다.

계림은 그가 소견과 헤어진 장소였기에 감회가 새로운 곳이다. 이곳에서 소수마후에게 강제로 소견을 빼앗겼고 그의 운명에 중대한 변화가 생겼다. 그의 운명뿐 아니라 소견의 운명까지 변화되었기에 계림은 가슴을 아프게 만드는 장소이기도 했다.

"와아, 저기 좀 봐. 산의 형상이 정말 근사해."

"그러게. 하기는 보이는 모든 곳이 절경이라 어디에 눈을 둬야 할지 모르겠어."

유람을 온 젊은 부부가 발갛게 상기된 모습으로 연신 얘기를 주고받았다.

백무향은 술을 한 모금 마시고는 뱃전에 걸터앉았다.

'염병, 저들 부부를 보니 소견이 더욱 그립군. 함께 계림에 왔을 때 사람들은 나와 소견을 부부로 보았지.'

그러다 최근에 만난 소견을 떠올리자 그는 다정했던 추억을 머릿속에서 씻어내야 했다.

환희마궁의 궁주가 된 소견은 더 이상 구만산 자락의 여도적이 아니었다. 교접을 맺고도 죽지 않은 사내 백무향을 위해 옷을 지어주고 이름까지 지어준 매력적인 여도적은 이미 세상에서 사라지고 없었다.

지금의 소견은 마녀다. 그것도 오행천을 재건하려는 무서운 야망을 품고 있는 대마녀.

그녀는 지옥마부와 축융마곡을 통합하면서 세상을 위협할 공포의 마녀로까지 지목되었다.

그것이 백무향의 고민이었다.

소견이 그저 환희마궁의 궁주로서 존재한다면 굳이 그녀를 견제하고 싶은 마음이 없었다. 자신이 흑도와 맞서 싸우는 정의로운 협사가 아닌 이상 그녀가 어떤 부류의 수장이 되든 문제 삼을 이유가 없다.

그러나 소견이 오행마단을 통합해 마도천하를 목표로 한다면 얘기가 달라진다.

수많은 사람들이 죽고 다치는 대규모 혈겁은 결코 좌시할 수 없었다. 강호에 부는 피바람을 최대한 억제하는 것은 무림인으로서 갖춰야 할 최소한의 도리이기 때문이다.

백무향은 모처럼의 격렬한 정사를 벌인 다음날 소견이 보여준 모습이 아직도 눈에 선했다.

사나운 눈매를 강조한 짙은 화장이 섬뜩했다. 또한 자신을 향한 눈빛에 적개심이 깃들어 있었다. 그녀가 보여준 무서운 마성은 소수마후를 능가할 정도였었다.

백무향은 나직이 한숨을 쉬고는 술을 한 모금 들이켰다.

'소견의 눈빛을 보면 소수마후에 의해 강제로 마녀가 된 것이 아니야. 마치 그녀의 내면에 잠재된 본성이 비로소 깨어난 것처럼 보였다.'

타의가 아니라 자의에 의해 대마녀가 되었다면 소견과의 충돌은 피할 수 없다.

문득 신녀문주 초은시를 떠올린 그의 표정이 신중해졌다.

'초은시는 왜 천색요골에 대해 그토록 우려를 표명한 것일까? 신녀문이 천색요골과 무슨 연관이 있는 거지?

만일 초은시가 과거사에 대해 보다 상세하게 얘기해 주었다면 그의 잊혀진 기억을 되살리는 데 도움이 되었겠지만, 그녀는 오히려 더 많은 의혹만 남겨주었다.

다시 머릿속에서 섬광이 번득이고 폭음과 같은 환청이 엄습해 오자 백무향은 얼른 머리를 흔들어 상념을 털어냈다.

'염병, 이제는 반드시 알아내겠다. 십만대산을 죄다 뒤져서라도 내 흔적을 찾아낼 것이다. 내가 정말 전설 속의 인물인지, 그리고 마정쌍제 중에 누구인지 알아내고야 말겠다. 그래야 내가 다시 살아난 이유를 깨달을 수 있을 테니까.'

뱃전에서 내려선 백무향은 고개를 젖히며 술을 들이켰다. 일순 그의 눈에 상공에서 배회하고 있는 매 한 마리가 보였다.

과거의 한 장면을 연상케 하는 광경이었다.

백무향은 희미한 미소를 머금었다.

'그래, 소견과 함께 구만산을 떠나올 때도 혈번교의 매가 쫓아온 적이 있었다. 설마 저 새 대가리가 날 알아보는 것은 아니겠지?

한데 배가 포구로 다가서면서 백무향은 자신을 향한 감시의 눈빛을 곳곳에서 접할 수 있었다.

이강에서 그물을 던지는 어부이며, 포구에서 손님을 불러모으는 장사치들이 예사롭지 않았다. 물론 어느 누구도 그에게 위협이 될 수 없기에 두려울 일은 없었다.

'날 건드리지만 마라. 공연히 어디 한구석 작살나게 될 테

니까 말이다.'

포구로 올라선 백무향은 감시하는 눈빛을 무시한 채 천천히 걸음을 옮겼다. 외견상 느릿해 보였지만 한 걸음씩 옮길 때마다 그는 칠팔 장씩 움직였다. 몇 번 걸음을 옮기는 사이 그는 관도 저편으로 사라졌다.

그러자 장사치며 어부로 변장해 있던 사람들이 일제히 백무향이 사라진 방향으로 달려갔다.

"원수가 돌아왔다! 놓쳐서는 안 된다!"

"추격해라!"

그들은 바로 영외제일을 자부하는 혈번교의 제자들이었던 것이다.

2

산채는 간데없고 잡초만 무성했다.

백무향은 구만산 산채가 세워져 있었던 곳을 둘러보고 있었다. 이백 년 만에 깨어난 그가 처음으로 정신을 차린 곳이기에 기억을 되찾기 위해서 의미가 있는 장소일 수 있었다.

만일 몽산파와의 다툼만 없었다면 그는 여전히 자신의 존재조차 모른 채 소견과 함께 산적질이나 하면서 지내고 있었을 것이다.

"산적이라… 괜찮은 직업이지. 세금 낼 일도 없고 필요할 때만 잠깐 도적질을 하면서 먹고살면 되니까. 세상이 어떻게 돌아가든 알게 뭐야?"

백무향은 폐허로 변한 산채를 거닐다가 남쪽 하늘에 시선을 고정시켰다.

"저기 능선 너머가 십만대산인가?"

그의 가슴에 묘한 설렘이 일었다. 마치 자신의 고향을 찾아가는 심정이었다. 이백 년 전 대체 어떤 상황에 의해 자신이 잠들었다가 깨어났는지 정말 알고 싶었다.

"내가 묻혀 있었던 장소를 찾아가면 기억이 되살아날 수 있을 지도 모른다. 여러 가지 흔적이 남아 있을 테니 하나하나가 현재와 과거를 이어주는 연결 고리가 되겠지."

문득 그는 자신보다 앞서 떠난 무절 천패무광을 떠올렸다.

'설마 노형이 먼저 찾아내 내 흔적을 죄다 지운 것은 아니겠지? 만약 그랬다가는 가만두지 않겠다. 누구 하나가 죽는 싸움을 벌여야 할 거다.'

백무향은 잠시 더 산채를 둘러보다가 과거에 방벽으로 쓰였던 통나무 더미 사이로 나섰다.

일순 주변 수림에서 산새들이 놀란 울음소리를 발하며 일제히 날아올랐다. 그것은 다수의 접근을 알리는 경고음이었다.

백무향은 입맛을 쩍 다셨다.

"귀찮은 버러지들이 찾아왔군."

곧이어 무수한 붉은 깃발이 폐허로 변한 산채 주변을 빽빽하게 에워쌌다. 대형 기치에는 매의 형상인 문장(紋章)이 새겨져 있었다. 바로 혈번교의 깃발이었다.

"취왕친림(鷲王親臨)!"

우렁찬 외침과 함께 여덟 사람이 멘 가마 팔인교가 장내로 들어섰다.

"취왕을 뵈오이다!"

삼백 명에 달하는 혈번교 제자들이 한쪽 무릎을 꿇으며 예를 올렸다.

팔인교에는 당당한 체구의 노인이 타고 있었다. 한데 당당한 풍채와 달리 얼굴은 온통 화상으로 얼룩져 있었다. 예전에 그의 위용을 더해주었던 검은 삼각수염은 누렇게 변색되었고, 한쪽 팔마저 잘린 외팔이였다.

가마에서 내려선 노인은 원독 어린 눈빛으로 백무향을 쏘아보았다.

"백무향! 네놈이 돌아올 줄은 몰랐다!"

노인은 다름 아닌 혈번교의 교주 혈번취왕이었다. 지난 해 이강에서 백무향과 일전을 벌이다 참담한 패배를 당한 적이 있었다. 그렇다 해도 그는 여전히 영외제일의 고수였다.

총사 문호상이 공손하게 무적혈번을 건넸다.

"취왕, 속하가 잠시 놈을 심문하겠소이다."

"그리하라."

혈번취왕이 허락하자 문호상이 백무향 앞으로 다가섰다.

"날 기억하겠느냐, 백무향?"

"물론 기억한다. 아마 혈번교의 총사 문호상이지? 당시는 몰랐는데 알고 보니 네가 꽤나 유명한 사람이더구나? 태백궁의 태옥교가 인정할 정도였으니 말이다."

"네놈이 제 발로 돌아왔다는 것은 취왕께 지은 죄를 사죄하고 벌을 받기 위함이냐?"

백무향은 어처구니가 없어 실소를 지었다.

"이봐, 당시 너희가 내 뇌천검을 뺏으려 하지 않았다면 아무런 불상사도 일어나지 않았을 것이다. 내가 다시 이곳을 찾아온 것은 내 기억을 찾기 위함이지 너희와 다투려는 의도는 전혀 없다. 너희들의 협조까지는 바라지 않으니 방해만 하지 마라."

하지만 문호상은 단단히 믿는 바가 있는지 백무향을 호되게 꾸짖었다.

"백무향, 네가 그동안 엄청난 고수로 성장했다는 얘기는 들었다. 광명신검을 구출하였고 혈사성주와 금강마존을 격파했으니 너의 무공은 가히 당대 최강이라 해도 부족함이 없을 것이다. 하지만 네놈이 무공만 믿고 객기를 부린다면 죽음을 면치 못하리라."

백무향은 혈번취왕을 비롯해 삼백여 제자들을 쓸어보고는 심드렁하게 응수했다.

"문호상, 머릿수는 내게 전혀 위협이 되지 않는다. 공연히 애꿎은 제자들만 다치게 될 것이다. 좋게 말할 때 물러가. 취왕의 부상은 탐욕 때문이니 자신의 잘못을 인정하고 복수는 잊는 게 순리다."

순간 치솟아오른 혈번취왕이 무적혈번을 힘차게 내려쳤다.

"닥쳐라, 원수!"

화르륵!

휘날리는 깃발에 의한 바람 소리가 매섭다. 붉은 깃발은 강력한 돌풍을 형성하며 백무향의 머리 위로 떨어져 내렸다.

백무향은 짜증스런 표정을 지으며 뇌천검을 발출했다.

"남은 팔 한 짝마저 잘리고 싶으냐?"

우렛소리를 동반한 번갯불이 하늘과 땅 사이를 갈랐다.

콰아앙!

두 자루 신병이 충돌하자 지진이라도 일어난 듯 지반이 요동쳤다. 바닥이 다섯 자나 깊이 파이면서 세찬 돌풍이 주변을 휩쓸었다.

"크으윽!"

답답한 신음과 함께 혈번취왕이 무적혈번을 가슴에 안은 채 뒤로 물러섰다. 패배를 설욕하기 위한 의지가 아무리 강해도 현격한 무공 차이는 어쩔 수 없었다. 영외에서 제왕처럼 군림하는 그였지만 상대는 오행마단의 종주들조차 제압할 수 없는 절세고수였다.

문호상이 혈번취왕을 향해 정중히 예를 올렸다.

"취왕, 심기를 가라앉히소서. 백무향은 전설적인 마정쌍제의 절기를 터득한 무서운 고수외다. 근자에 듣기로 오행마단의 으뜸이라는 금강마존마저 격파했다 하오이다. 그런 괴물 같은 놈을 어찌 몸소 상대하려 하시오니까?"

"본좌가 놈에 의해 이런 몰골이 되었는데 어찌 참을 수 있겠는가?"

"복수를 위해 이미 포달랍사의 고수들을 초빙해 놓지 않았소이까? 서천사불(西天四佛)이 놈을 제압한 후 놈을 단죄하셔도 늦지 않소이다."

혈번취왕은 애써 분노를 억누르며 윤허했다.

"알겠네. 어서 서천사불을 모시게."

"예, 취왕."

문호상은 공손하게 합장을 하고는 허공을 향해 외쳤다.

"서천사불께서는 흉악한 마왕을 신령스런 불력으로 제압해 주십시오!"

백무향은 피식 실소를 지으며 뇌천검을 회수했다.

"훗, 별 수작을 다 부리는구나? 부처님께서 얼마나 할 일이 많은 분인데 날 잡으러 서천에서 여기까지 오겠느냐?"

한데 이때였다. 서쪽 하늘 저편에서 은은한 범패(梵唄) 소리가 들려왔다.

"……?"

백무향은 이게 웬 조화인가 싶어 서쪽 하늘로 시선을 돌렸다.

황색 가사를 걸친 네 명의 라마승이 범패 소리를 발하면서 날아들고 있었다. 한 손을 가슴 앞에 세운 채 허공을 밟고 미끄러져 오는 부공술 하나만으로도 저들의 높은 무공을 짐작케 해주었다.

네 명의 라마승은 백무향 앞에 내려선 상태에서도 범패를 그치지 않았다.

백무향은 고막을 자극하는 범패 소리에 정신이 혼미해졌다.

"멈추지 못해!"

그의 강렬한 폭갈에 네 명의 라마승이 범패 소리를 멈추었다. 다소 푸른 눈망울과 까무잡잡한 피부가 전형적인 장족(壯族)의 형상이었다.

네 명의 라마승 중 붉은 묵주를 쥔 승려가 입을 열었다.

"보승법래… 시주가 세상을 해치는 마귀인가?"

"난 뇌천공자 백무향이다. 내가 왜 마귀란 말이냐?"

"시주는 몽산파의 제자들 여럿을 해치고 종주 청아태세를 불로 태워 죽였다. 또한 혈번취왕의 팔을 베고 심한 화상까지 입혔다. 이렇듯 흉포한 악적이 마귀가 아니면 대체 누구를 마귀라 하겠는가?"

백무향이 인상을 굳히며 내뱉었다.

"흥, 내가 마귀라면 너희들은 승복만 걸친 땡추들이다. 일단 신분부터 밝혀라."

"우리는 포달랍사에서 온 서천사불이다. 내 법명은 찰리모이다. 법왕(法王)께서 혈번취왕과의 교분을 감안해 마귀를 제압하라는 교시를 내리셨다."

"포달랍사라면 아득한 서역이라 들었는데 여기까지 오느라 고생깨나 했겠구나."

백무향이 빈정대자 문호상이 오히려 그를 힐책했다.

"무지한 자는 어쩔 수 없군. 서역에서 중원에 이르는 길은 수만 리나 되지만 이곳 영외는 운남만 거치면 바로 서역에서 건너올 수 있다."

백무향은 지역적인 상황을 전혀 고려하지 않았다가 비웃음만 사게 되자 조금씩 피가 끓었다.

"말 삼가라, 문호상. 내가 이곳이 영외인 줄 깜빡했을 뿐이다."

그는 서천사불 중 찰리모를 직시했다.

"땡추, 신중하게 생각하고 나서라. 영외도 중원에 해당된다. 서역에서 개입할 사안이 아니다."

"보승법래… 취왕은 라마교의 절실한 신도이다. 법왕의 신도를 보호하는 일에 어찌 지역을 구분하겠는가?"

"포달랍사가 얼마나 대단한지 몰라도 상대를 보고 나섰어야지? 여태 나 건드려서 성한 놈 없었다는 것만 알아라.”

“취왕의 말대로 흉포하기 짝이 없는 마귀로다. 우리 서천 사불은 세상의 안녕과 불법 수호를 위해 널 제압하겠다.”

백무향은 가소롭다는 듯 턱을 치켜들었다.

“난 분명히 경고했다, 찰리모. 꺼지는 게 상책이야.”

찰리모는 동문들을 돌아보고는 가볍게 눈짓을 보냈다.

“불성금마진(佛聲禁魔陣)을 펼치세.”

“예, 사형.”

세 명의 라마승은 빠른 속도로 미끄러지며 백무향의 배후와 좌, 우측으로 포진했다.

백무향을 가운데 놓고 네 명의 라마승은 합장을 하며 경전을 외우기 시작했다.

의미를 알 수 없는 범어의 독경이 울려 퍼지면서 백무향은 기이한 환상에 사로잡혔다. 네 명의 라마승이 마치 불문의 사천왕과 같은 모습으로 보였다.

사천왕은 마귀들을 제압하는 불문의 수호신으로 엄청난 불력을 지니고 있는 거인 신들이다.

‘염병, 내가 마귀도 아닌데 왜 위축이 되는 거지?

백무향은 애써 독경을 무시하려 했지만 괴이한 염불 소리는 마치 절간의 종소리처럼 그의 고막을 강타했다.

라마승들은 염불을 외우면서 백무향을 가운데 두고 빠르게 회전했다. 염불 소리가 높아지면서 그들의 신형 또한 빨라졌다.

백무향은 아득한 현기증을 느끼며 고개를 흔들었다.

'정신 차려라, 백무향! 이건 사술이다!'

그는 양손 가득 폭염마공을 운기했다. 장심을 통해 이글거리는 불꽃 구슬이 피어올랐다.

"받아라, 땡추들!"

폭염마공의 정화인 폭염열화주가 연속적으로 서천사불을 향해 뿜어졌다. 폭염열화주는 열양지공이 응축된 절기이기에 무쇠도 녹일 만큼 강렬하고 파괴력 또한 엄청나다.

한데 염불 소리가 메아리쳐 울리는 진세 속으로 스며드는 폭염열화주가 마치 물속에 빠진 불똥처럼 소멸되었다.

"뭐, 뭐야?"

백무향은 자신의 양대 절기 중 하나인 폭염마공이 무산되자 당황함을 감추지 못했다.

뇌천검법은 완벽하지 않아 간혹 제 위력을 발휘하지 못한 적이 있었지만 폭염마공이 파훼된 적은 없었다. 한데 그가 자부하던 폭염마공이 너무도 어이없게 와해된 것이다.

'단순한 사술이 아니다!'

백무향은 서천사불을 경시하던 마음을 싹 지우고는 뇌천검을 뽑아 들었다.

"그렇게 목숨이 부담스러우면 극락으로 보내주겠다!"

검극에 뇌천진기를 주입시키자 시퍼런 번갯불이 무수하게

피어올랐다.

"풍운만파섬!"

백무향은 빠르게 보법을 밟으며 뇌천검법의 기수식을 펼쳤다. 웬만한 상대는 일초 검법만으로도 격파할 수 있는 강렬한 절기다.

기이한 독경으로 일관하던 서천사불이 비로소 손을 세워 들고 무공으로 응수했다.

"수미산(須彌山)의 불력이시여!"

서천사불의 손바닥이 마치 거인의 손바닥처럼 커다랗게 부풀어 올랐다. 서역 밀종의 절기인 대수인이었다.

백무향은 마치 거대한 산악이 자신을 짓누르는 듯한 환각에 사로잡혔다. 깊은 잠에서 깨어난 이후 무수한 격전을 치렀지만 이렇듯 자신의 절기가 위력을 발휘하지 못하기는 이번이 처음이었다.

"차아앗!"

백무향은 환각을 씻기 위해 눈을 감은 채 연속적으로 뇌천검법을 전개했다. 그러나 눈을 감게 되자 고막을 강타하는 환청이 더욱 강렬해졌다. 서천사불의 독경 소리가 마치 귀에 대고 종을 울려대는 것만 같았다.

퍼퍼펑—!

서천사불의 대수인에 적중된 백무향은 심하게 휘청거렸다. 워낙 강골이기에 내상을 당하진 않았지만 자존심이 몹시 상했다.

'젠장, 내가 어떤 사람인데 이따위 땡추들에게 얻어맞는단 말인가?'

피가 부글부글 끓은 백무향은 감았던 눈을 부릅뜨며 환각을 직시했다. 본래 성격적으로 두려움이 없기에 그는 눈앞으로 달려드는 거대한 사천왕의 위용을 무시했다.

"건곤반탄섬!"

검극에서 시퍼런 번갯불이 분출되자 그를 둘러싼 무형의 진세가 세차게 요동쳤다.

백무향은 심신을 어지럽히는 환각과 환청을 무시하며 재차 뇌천검을 휘둘렀다.

"파황벽뇌섬!"

뇌천검법 중 가장 강력한 위력을 지닌 제십초. 부딪치는 모든 것을 파괴할 수 있는 절대적인 검법이 폭발적인 섬광과 함께 사위로 비산되었다.

콰—콰쾅—!

한바탕 굉음이 구만산 전체를 뒤흔들었다. 주변 십 장 일대가 철저하게 파괴되었다. 지표면은 갈퀴로 후벼 판 듯한 흔적이 이십여 장 밖까지 이어졌다.

"보승법래… 실로 무서운 마귀로다. 불성금마진을 파훼하다니."

진세가 해소되면서 서천사불이 본래의 모습을 드러냈다.

백무향은 진세가 해소되자 겨우 안도할 수 있었다. 그로서는 전력을 다한 출수였기에 만일 진세를 깨뜨리지 못했다면 서천사불에 의해 제압되는 수모를 면치 못할 상황이었다.

백무향은 두 손으로 뇌천검을 움켜쥐고는 찰리모를 향해 겨누었다.

"땡추, 재주껏 막아봐라!"

뇌천검법 제십일초 초범무뢰섬.

금강마존을 격패시킨 절대비기를 펼칠 의도였다. 굳이 상대를 해쳐야 할 만큼 위급한 상황은 아니었지만 그는 또다시 펼쳐질 불성금마진이 두려웠다. 그의 의지가 아무리 굳건해도 항마저를 휘두르는 사천왕의 환각과 고막을 강타하는 환청은 견디기 어려웠던 것이다.

이 순간 한줄기 섬광이 허공 저편에서 날아들었다.

휘리리링—!

크게 호선을 그리며 날아든 섬광은 커다란 동발이었다.

반사적으로 동발을 후려친 백무향이 눈을 동그랗게 떴다.

"천패무광?"

그러했다. 백무향 옆으로 내려서며 튕겨진 동발을 무형진기로 끌어들이는 사람은 분명 무절 천패무광이었다.

동발을 손에 쥔 천패무광이 백무향을 가볍게 꾸짖었다.

"노제, 어찌 하수에게 절기를 구사하려는 것인가?"

백무향은 답변이 궁했다.

“그게 말이오… 땡추들이 사술을 펼치기에…….”

“사술? 만일 노제가 환각과 환청에 시달렸다면 그것은 사술이 아니라 포달랍사의 불성금마진에 의한 현상이었을 것이네. 불성금마진은 사악함과 마기를 제압하는 신묘한 진법이지.”

“뭐요? 그럼 노형도 날 사악한 마귀로 여긴단 말이오?”

“허헛, 마왕지상을 지닌 노제가 아닌가? 자네가 사악한 사람은 아니지만 그렇다고 선인도 아닐세.”

천패무광은 서천사불을 향해 한 걸음 나섰다. 비록 여느 사람의 가슴께에 불과한 오 척 단구의 몸이지만 그의 기도는 태산과도 같다.

“사불, 가패륵 법왕은 아직 입적하지 않았느냐?”

서천사불은 놀란 눈빛으로 천패무광을 바라보다가 입을 딱 벌렸다.

“호, 혹시 무절 노사(老師)님이십니까?”

“허헛, 그렇다. 너희들의 법왕과는 몇 번 면식이 있지.”

천패무광이 뒷짐을 지며 고개를 끄덕이자 서천사불은 급히 오체복지했다.

“중원의 대영웅 무절 노사님을 뵈오이다.”

천패무광은 면구스런 표정으로 지으며 손을 흔들었다.

“일어들 나거라. 노부는 무공에 조금 미쳤을 뿐이지 대영웅은 아니다.”

그의 심후한 내공에 서천사불은 자신들의 의지와 관계없이 몸을 일으켜야 했다.

찰리모가 공손하게 합장을 올렸다.

"법왕께서는 무절 노사님과의 비무를 위해 폐관수련 중에 계십니다."

"허허, 법왕의 호승지심은 여전하군. 여기 결코 젊지 않은 친구는 노부의 아우이다. 노부도 이기지 못했으니 너희의 무공으로는 절대 감당할 수 없다. 무슨 연유로 싸움을 벌였는지 모르지만 내 체면을 봐서 그만 손을 거두도록 해라."

천패무광의 요구에 찰리모는 잠시 난감을 표정을 짓다가 다시 합장을 올렸다.

"법왕께서는 무절 노사님을 사문의 존장처럼 예우하라 교시하셨소이다. 저희는 삼가 노사님의 지시에 따르겠소이다."

"고맙다."

천패무광은 백무향을 돌아보며 싱긋 웃었다.

"싸움이 끝났으니 이제 노제도 검을 거두게나."

백무향은 말 몇 마디로 서천사불을 제압한 천패무광의 위용에 조금은 질투가 났다.

"제기, 이래서 전설은 소용없다니까. 역시 중요한 것은 현실이야."

찰리모와 세 라마승은 혈번취왕에게 작별을 고했다.

"도움을 못 드려 유감이외다, 취왕. 저희는 이만 귀환하겠소이다.”

혈번취왕은 당황함을 금치 못했다.

“서천사불, 어찌 이럴 수 있는 거요?”

“법왕의 지엄하신 교시를 어찌 거역하겠소이까? 취왕께서도 노사님과의 다툼은 자제하기를 바라겠소. 보승법래.”

서천사불은 합장을 취하고는 허공을 밟고 순식간에 멀어졌다.

혈번취왕으로서는 믿었던 서천사불이 떠나 버리자 아주 난감해졌다. 서천사불을 믿고 백무향의 행보를 추적해 복수를 벼렸는데 이제 포기할 수밖에 없는 상황이었다.

이때 천패무광이 등에 멘 동발을 철그렁거리며 다가섰다.

“자네가 영외제일 혈번취왕인가?”

혈번취왕은 상대가 연배로도 대선배이며 중원 최강의 고수임을 감안해 최대한 예를 표했다.

“후배가 천패무광 선배님을 뵈오이다.”

눈치 빠른 문호상은 공손하게 절을 올렸다.

“무절 노선배님을 뵈어 영광이외다.”

교주와 총사가 몸을 굽히자 혈번교 제자들마저 일제히 부복했다.

이를 지켜보던 백무향은 또 한 번 심기가 틀어졌다.

‘염병, 천패무광 앞에서는 죄다 무릎을 꿇는군. 나이로 따지면 천패무광은 나보다 이 갑자는 어린데 말이야.’

천패무광은 바닥까지 질질 끌리는 수염을 내리쓸며 점잖게 말했다.

"취왕, 백무향은 노부의 아우일세. 중대한 과거사를 밝히기 위해 함께 영외로 내려온 것일세. 내 아우와 어떤 원한을 맺었는지 몰라도 지금은 잠시 보류해 주게나."

혈번취왕이 잔뜩 불만에 차서 말을 받았다.

"선배님, 후배가 이런 몰골이 된 것은 모두 잔악한 백무향 때문이었소이다. 명색이 일문의 종주로서 어찌 수모를 설욕하지 않을 수 있겠소이까? 선배님의 높은 명성과 고강한 무공은 존경하지만……."

천패무광의 표정이 딱딱하게 굳어지자 문호상이 얼른 끼어들었다.

"노선배님, 일전의 대결은 오해에서 비롯된 불상사외다. 취왕의 체면을 감안해 백무향이 정중히 사과한다면 취왕께서도 감정을 해소하실 것이외다."

비로소 천패무광의 굳은 표정이 해소되었다.

"허헛, 영외에 뛰어난 현자가 있다는 풍문은 익히 들었네. 자네가 혹시 영외일현으로 불리는 문호상이 아닌가?"

문호상은 천패무광과 같은 당대의 고인이 자신을 알고 있다는 사실에 크게 감격했다.

"영외일현이라는 호칭은 그저 허명이외다."

"노제의 자존심이 너무 강해 사과를 할지 모르겠지만 내한 번 권해보겠네."

천패무광은 백무향에게 다가가 나직이 말했다.

"노제, 사과 한 번 하게나. 이로써 다툼을 멈출 수 있다면 서로에게 좋은 일이 아닌가?"

"내가 어떤 사람인데 저런 놈한테 고개를 숙이란 말이오? 놈은 예전에 내 뇌천검을 뺏으려 한 도적이오."

"영외는 혈번교의 세상일세. 상대는 혈번교 하나가 아니네. 영외무림 전체가 자네를 죽이려 한다면 기억을 찾기 위해 십만대산을 탐색하려는 자네의 계획은 결코 이루어지지 못할 것이네."

"수천 명, 아니, 수만 명이 와도 상관없소. 내 앞을 막는 놈은 가만두지 않겠소."

백무향이 워낙 강경한 태도를 보이자 천패무광 역시 언성을 높였다.

"결국 수백, 수천을 살해하는 살인마왕이 되겠다는 말인가? 내가 강호사에는 관여하지 않는 성격이지만 무고한 살상을 일삼는 살인마왕은 결코 좌시하지 않네."

"그러니까 나와 싸우겠다 이거요?"

"무도한 살인마왕이라면 내가 아니더라도 죽이려는 열협들이 세상에 가득하네."

천패무광의 결연한 모습에 백무향은 잔뜩 인상을 찡그렸다.

천패무광과는 싸우지 싶지 않았으며, 혹 싸우게 된다 해도 상대는 그가 이길 수 없는 절대고수 중 하나다. 더군다나 같은 목적으로 영외까지 온 상황이기에 동반자일 수 있었다. 자신이 자존심이 조금 상하겠지만 천패무광의 체면을 봐서 협상에 응하는 것이 순리라 생각되었다.

생각을 고쳐 먹은 백무향이 혈번취왕을 향해 포권을 취해 보였다.

"유감이오, 취왕. 예전의 싸움은 피차 간의 오해에서 비롯되었다고 생각하오. 나 역시 당시 대결에서 내상을 당해 고생이 많았소. 취왕이 널리 양해한다면 감정을 접고 싶소."

혈번취왕은 말 몇 마디에 감정을 접기에는 원한이 너무 컸다. 하지만 백무향의 사과를 거부하자니 천패무광을 무시하는 처사이기에 거부하기도 어려웠다.

문호상이 좋은 말로 그를 달랬다.

"취왕, 뇌천공자는 중원 무림의 제왕인 광명신검을 구출한 공적을 세웠을 뿐만 아니라 사파의 수괴 혈사성주와도 맞섰던 중원의 영웅이외다. 이렇듯 진심으로 사과를 한 이상 취왕께서도 관대함을 보이십시오. 이번 기회에 무절 노선배님과도 교분을 맺게 되었으니 오히려 얻는 바가 많소이다."

혈번취왕은 백무향의 살을 저며 씹어도 시원치 않았지만 냉엄한 현실을 무시할 순 없었다.

"알겠네. 무절 선배님의 체면을 봐서 뇌천공자의 사과를 받아들이겠네. 나도 과거의 원한은 더 이상 문제 삼지 않겠네."

백무향의 사과를 수용한 혈번취왕은 천패무광을 향해 정중히 예를 올렸다.

"선배님, 한 번 혈번교를 찾아주시면 성심을 다해 모시겠소이다."

"허헛, 그리하겠네."

"그럼 이만."

팔인교에 오른 혈번취왕은 제자들을 이끌고 산채를 내려갔다. 문호상은 천패무광에게 배례를 올리고는 서둘러 혈번취왕이 뒤를 따랐다.

혈번교 무리들이 사라지자 백무향은 신경질적으로 주먹을 휘둘렀다.

"염병, 고손자뻘도 안 되는 새까만 후배에게 내가 고개를 숙이다니!"

거목 한 그루가 애꿎게 그의 주먹에 맞아 허리가 꺾였다.

천패무광이 백무향의 어깨를 다독이며 위로해 주었다.

"고개 한 번 숙이는 게 뭐 어려운가? 천하의 제왕도 상황에 따라 고개를 숙이는 법일세."

"그럼 노형도 고개를 숙인 적이 있소?"

"물론 없네. 난 죽으면 죽었지 절대 고개를 숙이지 않는 게 내 신조일세."

백무향의 목에 핏대가 솟았다.

"뭐요? 노형만 자존심을 세우고 난 배알도 없는 놈으로 만들어? 당장 취왕을 찾아가 사과를 취소하겠소!"

천패무광이 그를 잡아끌며 나뭇등걸에 앉혔다.

"허헛, 농담일세. 내가 평생 천 번을 패한 사람일세. 만일 내가 자존심을 굽히지 않았다면 어떻게 천 번을 패하고 살아남을 수 있었겠는가?"

"그, 그런 거요?"

"내뱉은 말은 주워 담을 수 없는 법일세. 이미 사과를 했으니 이만 잊게나."

"젠장, 하여간 자존심 확 구겼소."

백무향은 한 번 더 분통을 터뜨리고는 화제를 돌렸다.

"한데 노형은 나보다 훨씬 앞서 영외로 왔을 텐데 어째서 이제야 당도한 거요?"

"급한 용무가 아니지 않은가? 모처럼 옛 친구들을 만나다 보니 조금 늦은 것일세."

"노형처럼 괴팍한 사람도 친구가 있소?"

"당연하지. 물론 나보다 열 살, 스물 살 정도 어린 친구들이지만 나이에 관계없이 좋은 친구들이네."

백무향은 왠지 가슴 한쪽이 허전해졌다.

"친구라… 좋지. 한데 난 왜 친구가 없는 걸까?"

"노제의 옛 친구들이야 이미 무덤에 묻혀 가루가 되어버렸

지 않은가? 이제부터라도 새로운 친구를 사귀게나. 풍문에
들으니 도불쌍절의 제가 무을과도 의형제 사이라 하더군. 도
불쌍절의 제자라면 자네의 친구로서 손색이 없을 것이네.”

“그런 말씀 마시오. 무을 그 자식이 얼마나 교활하고 음흉
한데? 날 못 죽여 안달하는 놈이오.”

“허헛, 명색이 도불쌍절의 제자라면 정의로운 심성을 지녔
을 것이네. 외양만 보지 말고 내면을 살펴보게나.”

백무향은 술병을 입으로 가져가며 한 마디 던졌다.

“사람이 죽을 때가 되면 바른말을 한다던데… 노형답지 않
게 진지한 충고를 다 하는군.”

천패무광은 폐허가 된 산채를 둘러보며 물었다.

“이곳이 자네가 처음 정신을 차린 곳인가?”

“그렇소. 백월림으로 불린 산적 소굴이었는데 이렇게 변했
소.”

“그렇군. 한데 십만대산은 산세가 워낙 넓어 자네의 흔적
을 찾기는 쉽지 않을 것이네.”

“그래도 노형이 곁에 있으니 심심치는 않겠소.”

자리를 털고 일어선 백무향이 그에게 술병을 건넸다.

“참, 한 가지 묻고 싶은 게 있소.”

“뭔가?”

“혹시 마도의 수법 중에 사혼마령심법이라고 들어보았
소?”

“사혼마령심법……?”

술을 한 모금 마신 천패무광은 눈을 가늘게 뜨며 기억을 더듬었다.

“마도의 수법이라… 구체적으로 어떤 무공이던가?”

“무공이라기보다 사술이나 마법에 가깝소. 혈훼의 말에 의하면 사람의 심령을 제압하는 수법이라 하였소.”

백무향은 소견이 사혼마령심법에 현혹돼 마성에 빠지게 되었다는 혈훼의 얘기를 상세하게 전해주었다.

얘기를 다 들은 천패무광은 긴 수염을 내리쓸었다.

“오행천은 마교를 기반으로 창건된 집마궁이기에 무수한 마법과 사술을 지녔네. 하지만 혈훼의 얘기는 다소 어폐가 있군. 살아 있는 상태에서 자신의 마력을 전수하는 수법은 몇 가지 있지만 죽은 상태에서 마력을 전한다는 것이 과연 가능할지 의심스럽네.”

“그럼 혈훼 그 교활한 년이 나한테 거짓말을 했단 말이오?”

“그것까지 내가 판단할 수는 없지만 사혼마령심법에 대한 설명이 충분치 않은 것은 사실일세. 만일 소견이 대마녀로 변모되었다면 그것은 결코 마도의 대법 때문이 아닐세.”

“그럼 무엇 때문이란 말이오?”

천패무광은 휘적휘적 걸음을 옮겼다.

“소견이 천색요골이라 하지 않았던가? 타고난 천성일세.

그녀의 내면에 잠재된 마성이 비로소 본색을 드러낸 것이지 결코 마성에 물든 것이 아닐세."

"말도 안 돼!"

백무향이 천패무광을 따르며 소견을 극구 비호했다.

"소견은 정말 순수하고 착한 여자요. 재수없게 도적들에게 납치돼 산적 소굴에서 성장했지만 고운 심성을 잃지 않았소. 자신과 교접한 사내들이 죽을 때마다 자신의 저주받은 육체를 원망하며 눈물을 흘렸다고 했소. 만일 소견이 마녀였다면 영외는 이미 소견에 의해 지배되었을 것이오."

"그것은 소견이 마공을 수련하기 전의 얘기일세. 절대적인 마공을 터득하면서 그녀는 비로소 천색요골의 본성을 드러낸 것이네. 특히 소수마공과 같은 극음의 무공은 사람의 심성을 아주 냉혹하게 변모시키지."

백무향은 기분이 울적해졌다.

"천성이라고? 마녀로 변모한 그런 모습이 정말 소견의 본색이란 말인가?"

소견의 마성을 씻어내면 예전의 사랑스럽고 쾌활한 소견으로 돌아올 것이라 기대했는데, 천패무광의 판단이 정확하다면 그것은 도저히 이루어질 수 없는 꿈이 되는 것이다.

소견이 마녀로 변모한 것이 마도의 수법 때문이 아니라 타고난 본성이라면 그녀의 운명이라고밖에 생각할 수 없었다.

백무향이 안타까운 심정으로 물었다.

"그러면 이제 어떻게 해야 되는 거요? 다른 사람이 소견을 죽이는 것은 차마 볼 수가 없으니 내 손으로 소견을 죽여야 한단 말이오?"

천패무광이 무거운 어조로 말을 받았다.

"천색요골은 지극히 위험한 체질일세. 소견의 마성이 극에 이르면 끔찍한 색녀로 변할 것이네. 미소 한 번으로 세상의 모든 사내를 굴복시킬 마력을 지니게 되는 것일세."

"난 믿을 수 없소!"

"정확하지는 않지만… 이백여 전 그런 여인이 존재했었다는 얘기를 들은 적이 있네. 가만, 이제 보니 노제와 같은 시대에 살았던 여인이로군?"

"뭐요? 나와 같은 시대에도 천색요골의 마녀가 있었다고?"

백무향의 눈에 기광이 번득였다.

"천색요골의 소유자는 마왕지상만이 제압할 수 있다."

신비의 여인지문인 신녀문의 문주 초은시가 언급한 내용이 뇌리를 강타했다.

'맞아. 초은시가 내가 되살아난 것은 운명이라 했다. 그리고 천색요골을 제압할 사람은 마왕지상뿐이라고 했지. 그렇다면 내가 이백 년 전 천색요골의 여인과 만났다는 얘기인데……'

일순 하나의 아름다운 영상이 바람처럼 눈앞을 스치고 지나갔다. 언뜻 소견으로 생각되었지만 조금은 다르게 느껴졌다. 보다 매혹적인 눈매와 색정 어린 미소는 소견과 확실히 구분이 되었다.

'천색요골의 여인… 혹시 신녀문 출신? 그래서 신녀문 제자들이 이백 년 동안 이름조차 숨긴 채 살아왔어야 했던 것일까?'

기억이 모호한 가운데 과거와 현재를 이어주는 단편적인 증거들이 하나씩 짜 맞춰지기 시작했다.

"젠장!"

심한 두통을 느낀 백무향은 천패무광의 소맷자락을 쥔 채 힘차게 솟구쳐 올랐다.

"어서 갑시다! 이러다 내 머리가 먼저 터지겠소!"

제 43 장

아득한 기억의 저편

1

까악— 까악—!

허공을 선회하는 까마귀들의 울음소리가 드높다. 험준한 산세 주변에서 날갯짓을 하며 먹이를 노리는 까마귀들의 숫자가 급속도로 불어난다.

쐐애액!

예리한 파공성과 함께 섬광이 번득이며 한 사람의 목이 댕강 잘라졌다. 살아서도 그랬지만 죽어서도 흐릿한 눈망울에는 변함이 없었다.

목 없는 시체로 변한 사람은 당대의 대살수인 은사회주 단혼치살.

그러했다. 단혼치살을 비롯한 칠십여 명의 살수들이 몰살한 은사회는 피와 시체로 뒤덮여 있었다. 시체 더미를 뒤져 동료들과 살수들을 분류하는 무사들은 바로 태백궁의 검수들이었다.

"아미타불, 무량수불… 끔찍하외다, 대공녀. 아무리 살수들이라도 몰살을 명한다는 것은 지나치지 않소?"

무을은 바닥에 즐비한 시체를 쓸어보며 합장을 취했다.

태옥교의 표정이 평소와 달리 지극히 싸늘했다.

"이자들은 인간이 아니라 살인귀들입니다. 사람의 귀한 목숨을 하찮은 은자로 바꾸는 자들이지요. 이들의 죽음에 천하인들 누구도 제 처사를 나무라지 않을 겁니다. 오히려 살수 따위가 다시는 뿌리를 내리지 못하도록 철저하게 말살한 소녀의 용단을 높이 평가할 것입니다."

"하지만 대공녀의 그림자 호위도 은사회 출신의 살수가 아니오? 그렇다면 잠혼도 죽여야 은사회의 재건을 막을 수 있소."

무을의 말은 물론 농담이다. 장난기 어린 웃음까지 머금고 있어 진심이 아님을 내세웠다. 한데 그를 쏘아보는 태옥녀의 눈빛이 아주 섬뜩했다.

"누가 잠혼을 은사회 출신이라 확신합니까? 다만 추측일 뿐입니다. 다시는 언급하지 마세요."

"아, 알겠소. 내가 실언을 한 것이니 제발 그런 눈빛으로 보지 마시오. 마치 날 죽일 것만 같소.”

무을이 엄살을 부리자 태옥교가 얼른 표정을 풀었다.

“고생하셨어요, 도승. 만일 무을 도승이 경이적인 무공으로 단혼치살을 먼저 제압하지 않으셨다면 우리 태백궁의 피해가 아주 클 뻔했어요.”

“하하, 매번 내 공적을 인정하면서도 항상 말로만 때우려 하는군. 우리 사이에 좋은 인연도 생겨야 하지 않겠소?”

“인연은 억지로 만들어지는 것이 아닙니다. 상황과 시기가 적절해야 하지요.”

태옥교는 매혹적인 추파를 던지며 그를 지나쳤다.

“다행히… 시기가 가까이 온 것 같아요.”

일순 무을의 눈알이 팽그르르 돌아갔다. 입을 다물지 못한 그는 태옥교의 뒷모습을 훑으며 마른침을 꿀꺽 삼켰다.

‘시기가… 가까이 왔다고? 마침내 대공녀를 내가 품을 수 있게 됐다 이거지?’

청룡전주가 고색창연한 활을 태옥교에게 바쳤다.

“다행히 훼손되지 않았소이다.”

예사천궁을 손에 쥔 태옥교는 흡족한 미소를 지었다.

“그래요. 천하를 위해서도 다행입니다. 예사천궁 덕분에 혈사성의 현사군 부자를 격파했으니 태백무고에 소장되어야 하지요. 예사천궁은 누대에 걸쳐 정의로운 신병으로 명성을 떨치게 될 겁니다.”

"본 궁 사상자들은 모두 실어 보냈소. 살수들은 한꺼번에 묻어주는 게 어떻겠소?"

"그럴 필요 없어요. 살인귀들의 시체는 까마귀밥이 되어야 마땅하고 죽어서도 편히 묻혀서는 안 됩니다."

청룡전주가 다소 우려의 표정을 지었다.

"대공녀, 과거 궁주께서 흑도의 삼회칠문을 제거했을 때도 자비를 베푸셨소. 궁주께서는 흑도의 무리들도 무림의 일부이기에 사악한 기세만 제압하면 된다 하셨소. 은사회의 살수들이 비록 잔악한 무리들이지만 시체를 방치하는 것은 도리가 아니오."

"아버님은 정의로운 분이셨지요. 아버님의 광명 덕분에 세상이 밝아질 수 있었습니다. 하지만 조금 더 냉정하셨어야 했습니다. 흑도와 오행마단에 대해 보다 강력한 대책을 강구하셨다면 지금과 같은 분란은 없었을 겁니다."

태옥교는 분명한 어조로 자신의 소신을 밝혔다.

"난 세상의 욕과 비난을 두려워하지 않습니다. 제거해야 할 자들은 철저하게 제거하고, 억눌러야 할 상황이라면 주저하지 않을 겁니다. 아버님은 태백궁의 군림천하를 반대하셨지만 난 아버님의 취지에 동조할 수 없어요. 조만간 태백궁 총단을 낙양의 태백별궁으로 옮길 생각이에요."

"대공녀?"

"청룡전주만 알고 계세요. 아직 공개될 사안은 아닙니다."

태옥교는 예사천궁을 어루만지며 천천히 걸음을 옮겼다.

청룡전주는 난감한 표정을 짓다가 수하들에게 명을 내렸다.

"동료들을 챙겼으면 철수한다."

영주 하나가 물었다.

"전주, 살수들은 묻어주어야 하지 않겠습니까?"

"방치한다. 그것이 대공녀의 지침이다."

시체 더미 위로 새까맣게 내려앉은 까마귀들이 연신 부리를 쪼며 살점을 뜯어 먹고 있었다.

"대공녀, 별로 유쾌한 장면도 아닌데 뭘 그리 유심히 보는 거요? 난 속이 울렁거려 더 이상 못 보겠소. 이만 갑시다."

무을이 거듭 청했지만 태옥교는 시체를 쪼아 먹는 까마귀들을 아주 가상한 눈빛으로 바라보았다.

"감히 날 죽이려 했던 살인귀들이에요. 하마터면 잠혼이 죽을 뻔했지요. 이렇게 철저히 응징해야 다시는 날 노리려는 자들이 없을 겁니다."

"대공녀, 가끔 대공녀를 보면 정말 무섭소. 누구보다 예쁘고 똑똑하지만… 악녀라는 생각이 들기도 하오."

태옥교가 그를 돌아보며 서늘한 눈빛을 발했다.

"소녀가 악녀라고요?"

무을은 찔끔하여 너스레를 떨었다.

"하하, 진짜 악녀가 아니라… 뭐, 그렇다는 얘기요."

그에게 다가선 태옥교가 예사천궁의 활시위를 당겼다.

"도승, 불타의 말씀 중에 이런 말이 있지요? 내가 지옥에 가지 않으면 누가 지옥에 가랴."

"물론이오. 그래서 내가 이 지옥 같은 사바 세계로 내려온 것이 아니오?"

"소녀 역시 마찬가지입니다. 잔혹한 악도들과 마도들을 상대하기 위해서는 독해질 수밖에 없어요. 세상의 정의와 광명을 위해 소녀는 이렇게 말하고 싶습니다. 내가 악인이 되지 않으면 누가 악인이 되랴."

무을은 자신을 향해 활시위를 겨누고 있는 태옥교를 보며 진땀을 흘렸다.

"하하, 대공녀가 악녀가 되든 마녀가 되든 상관없소. 제발 그 흉측한 활을 좀 치워주시오. 누구 죽일 일 있소?"

태옥교가 활시위를 당겼던 손을 놓았다.

"도승, 이제 최후의 대결까지는 얼마 남지 않았어요. 금강마존이 쓰러진 이상 이제 오행마단은 벽라마원이거나 환희마궁에 의해 통합될 겁니다. 우리는 저들이 격돌할 때를 포착해 대대적인 공격을 펼쳐 괴멸시켜야 합니다."

"기습은 조금 비겁한 행동이 아니오?"

"기습도 하나의 전략입니다. 우직한 정면 대결만이 능사는 아니지요."

무을은 벼랑가 쪽으로 걸음을 옮겼다.

"당장 큰 싸움은 없을 테니 잠시 다녀오겠소."

"어디를 말입니까?"

"이달 중순이 두 사부의 기일이오. 날 속이고 강제로 무공을 배우게 만든 괘씸한 사부들이지만 어쩌겠소? 어쨌든 날 키워주신 분들인데 묘소를 찾아가 제사라도 올려야지."

무을은 벼랑 아래로 훌쩍 뛰어내렸다. 양팔을 활짝 펼친 그는 장난스럽게 까마귀 울음소리를 내면서 떨어져 내렸다.

벼랑가에 선 태옥교는 예사천궁을 어루만지며 무을을 내려다보았다.

'예상외로 까다로운 자야. 탐욕스러운 듯하면서도 욕심이 많지 않고, 단순한 듯하면서도 심기가 깊어. 역시 무림 정기의 화신이라는 도불쌍절의 제자라서 그런가?'

그녀는 눈을 가늘게 뜨며 회색빛 하늘을 올려다보았다.

'어쩌면… 죽어야 할 자가 한 사람 더 늘어날지도 모르겠군.'

2

쿵— 쿵— 쿵—!

육중한 금철문을 강타하는 폭음이 잇달아 울려 퍼졌다. 폭음의 여파로 벼랑 전체가 요동쳤고 지반마저 흔들렸다.

이어 금철문 일부가 벌겋게 달아올랐다.

어떤 신병으로도 깨뜨릴 수 없다는 금마동의 금철문. 외부에서 밀고 들어가는 것만도 가공할 공력이 요구되기에 내부에서 출관하기 위해서는 금철문을 깨뜨릴 수밖에 없다.

꽈아앙!

마치 하늘과 땅이 뒤집히는 듯한 굉음이었다.

쇳덩이가 찢기며 금철문이 활짝 열렸다. 실로 믿기 어려운 조화가 일어난 것이다.

금마동은 세상에서 마기가 가장 짙은 곳이다. 금철문이 박살 나면서 백수십 년 동안 응축된 마기가 신음을 하며 흘러나왔다. 귀신의 울음소리처럼 섬뜩한 바람 소리.

이어 검붉은 마기 속에서 한 사람이 유령처럼 흘러 나왔다.

금빛을 발하는 피부와 푸른 모발, 그리고 핏빛처럼 짙은 눈망울. 분명 인간의 형상이되 도저히 인간으로 생각하기 힘든 괴인이었다.

"카하하핫!"

괴인의 입에서 광소성이 터져 나오자 벼랑 일각이 무너지고 하늘마저 빛을 잃었다. 괴인의 광소성은 대마황의 탄생을 고하는 공포의 일갈이기도 했다.

괴인은 깃털처럼 가볍게 바닥으로 내려섰다.

순간 주변이 새까맣게 타 들어갔다. 초록빛 잔디는 한순간에 재가 되었고 십 장 밖의 나무들도 고목처럼 화했다. 생명을 앗아가는 가공할 극마지기에 의한 현상이었다.

괴인이 한 걸음씩 내디딜 때마다 지표는 계속 타 들어갔다. 그가 지나쳐 온 곳은 검게 타버렸다. 풀벌레는 물론이고 잡초 한 포기 자랄 수 없는 죽음의 땅으로 변한 것이다.

괴인이 계곡을 나서자 수백 명의 무사와 세 명의 백발노인이 괴인을 맞이했다.

"오, 마침내 출관하셨소이다, 소존!"

"소존을 뵙소."

"장하시오, 소존!"

세 명의 백발노인은 감격에 젖어 정중히 허리를 숙였고 나머지 무사들은 배례를 올렸다.

괴인이 세상의 맑은 공기를 들이켜자 두 눈에서 뿜어지던 핏빛 기운이 스러졌고 금빛 피부가 엷어졌다.

"반갑소, 황금삼상. 나 현사군이 마침내 마황진경을 대성하였소."

그러했다. 금마동의 금철문을 깨뜨리고 나선 괴인은 바로 현사군이었다. 마황진경의 극마 절기를 터득하기 위해 금마동으로 들어선 그가 스스로의 힘으로 금철문을 부수고 나온 것이다.

총상의 노안에 흐릿한 물기가 배어 나왔다.

"크으, 원통하외다. 소존의 이 늠름한 모습을 성주께서 직접 보셨어야 하거늘……."

현사군의 눈꼬리가 가늘게 떨렸다.

"총상, 무슨 말씀을 하는 거요? 사부님께 무슨 불상사라도 생겼단 말이오?"

금상이 한 서린 음성으로 청했다.

"소존, 성주께서는 대법을 통해 겨우 생존해 계시오. 속히 가셔야 하오."

현사군의 표정이 싸늘하게 굳어졌다.

"가십시다!"

그는 황금삼상과 함께 부공비행술을 펼쳐 날아갔다.

관은 죽은 사람들을 위한 장례용품이다. 따라서 관에 들어간 사람은 당연히 망자여야 하며 살아 있는 사람이 관에 모셔질 수는 없다.

한데 비스듬히 세워진 황금 관에 모셔진 사람은 아직 목숨이 끊어지지 않고 있었다. 그렇다고 살아 있다는 징후를 찾기도 힘들었다.

반쯤 뜨고 있는 두 눈은 동공이 이미 풀려 시력을 상실했고, 입술조차 달라붙어 말 한마디 할 수 없다. 본래 건장했던 몸은 피골이 상접해 해골을 방불케 한다. 아직 숨이 붙어 있다 해도 이미 시체와 다름없는 상태다.

황금 관이 안치된 방은 두 개의 향로에서 피어오르는 향연으로 가득했다. 황금 관 주변으로 칠성등(七星燈)이 밝혀져 있어 아직 혼백이 육신에 남아 있을 수 있었다.

방으로 들어선 현사군은 황금 관 앞에 이르자 이를 질끈 깨물었다.

"크으, 사부님!"

황금 관 앞에 부복한 현사군은 슬픔보다 분노를 느꼈다.

황금성주 금강마존.

황금 관에 눕혀져 반생반사의 상태에 머물러 있는 사람은 바로 성주 율지환이었다. 그는 반 권의 마황진경을 교환하기 위해 혈훼와 교섭을 벌이다 백무향과 무을의 합공을 받은 것이다.

당시 백무향의 신검합일에 관통된 몸이라 죽었어야 당연했지만 그는 마교의 대법을 펼쳐 한 가락 숨결을 유지하고 있었다. 죽는 것은 두렵지 않지만 오행마단이 와해돼 오행천의 존재가 말살될 것이 두려웠기에 눈을 감을 수 없었던 것이다.

율지환은 이제 금마동에 입동한 현사군에게 모든 희망을 걸고 있었다. 황금성을 계승할 후계자는 오직 현사군뿐이기에 그의 출관은 곧 황금성의 운명이기도 했다.

그러나 반생반사의 몸인 그로서는 현사군의 출관에 아무런 도움도 줄 수 없기에 막연히 기다릴 수밖에 없는 상황이었다.

다행히 그의 혼백이 남아 있는 동안 현사군은 마황진경을 대성해 출관하였다.

"사부님, 총상에게 모든 얘기를 들었습니다. 백무향, 제자의 아버님을 살해한 그 원수가 사부님마저 이 지경으로 만든 것입니다. 혈훼와 무을은 그저 동조자일 뿐 원흉은 백무향 그 놈입니다. 놈을 죽여 맷돌로 갈아 마신다 해도 어찌 이 원한을 해소할 수 있겠습니까?"

현사군은 사부를 향해 손가락을 뻗었다.

손가락에서 뿜어진 붉은 기운이 율지환의 미간을 통해 스며들었다. 잠시 후 반쯤 감겨 있던 율지환의 두 눈이 번쩍 떠지며 동공에서 붉은 기운이 뿜어져 나왔다.

현사군은 마황진경에 수록된 반혼귀속마공으로 율지환을 잠시 되살렸다. 이는 사람의 숨결이 남아 있는 한 일시적으로 생명을 회생시킬 수 있는 마교의 대법이다.

율지환이 몇 번 눈까풀을 깜빡거렸다.

"사군… 너냐?"

황금 관 앞으로 다가선 현사군이 사부의 손을 쥐었다. 얼음장처럼 차가운 손은 이미 생명지기를 잃은 상태였다.

"예, 사부님. 제자가 출관하였습니다."

율지환은 신지를 회복했지만 이미 시신경이 훼손돼 여전히 앞을 볼 수 없었고, 얼굴 근육마저 마비돼 감정 표현을 전혀 할 수 없었다. 그저 입술만 달싹거릴 뿐이다.

"너를 다시 대할 수 있다니… 내가 죽지 않고 버틴 보람이 있구나."

"송구하옵니다, 사부님. 제자가 좀 더 빨리 출관했다면 이런 불상사도 없었을 것입니다."

"늦은 게 아니다… 네 스스로 금철문을 깨뜨리고 나왔으니 이는… 너의 성취가 극마지경에 이르렀음을 의미한다. 이제 마음 편히 눈을 감을 수 있겠구나."

"사부님."

"듣거라, 사군. 이 사부는 곧 죽는다. 그전에 네게 내릴 지시가 있다."

"하명하십시오."

율지환은 대법에 들기 직전 가다듬어 두었던 그의 구상을 말해주었다.

"벽라마원에 대한 복수심은 잠시 접어둬라. 혈훼 그 교활한 계집은 반드시 죽여야 하지만 지금은 아니다. 또한 백무향과의 대결도 보류해라. 지금 네가 수행해야 할 첫 번째 임무는 태백궁을 격파하는 것이다. 태백무고 연공실에서 폐관수련을 하고 있을 태무건이 아직 출관하지 않았다면 누구도 네 적수가 될 수 없다."

"하오나……."

"명심해라. 태백궁을 괴멸시키는 것이 우선 과제다. 연후 벽라마원을 격파하고 환희마궁을 복속시켜라. 혈훼보다는 환희마후 소견이 더 경계해야 할 상대이다."

"알겠습니다, 사부님."

율지환의 깡마른 몸이 가늘게 경련을 일으켰다. 현사군이 반혼귀속마공으로 신지를 일깨워 주었지만 생명지기가 워낙 메마른 상태라 죽음의 기운이 급속도로 엄습해 온 것이다.

"사군아, 널 위해 반 권의 마황진경을 마련해 두었다. 이 사부의 목숨과 바꾼 비급임을 명심해라. 혈훼 또한 본 성이 소장했던 반 권의 마황진경을 수련할 것이기에 너도 절기를 마저 연성한 후 출진해야 한다."

"……."

"역천혈류마겁공을 터득한 너이기에 오래 걸리지는 않을 것이다. 완벽한 승리를 위해서는 완벽한 준비가 필요하다. 네가 마황진경 전부를 대성한다면 파천마황을 능가하는 절대마황으로 우뚝 서게 될 것이다."

"예, 사부님."

"복수보다는 완벽한 수련이 우선이다… 그리고 태백궁을 격파하라. 벽라마원에 대한 복수는 나중이다……."

율지환의 음성이 점점 미약해졌다. 곧이어 달싹거리던 입술이 닫혔다.

대마두의 죽음.

소수마후, 지옥마존, 축융장왕에 이어 또 한 명의 오행마단 종주가 목숨을 잃었다. 이는 오행마단의 대변혁을 고하는 중대한 사건이었다.

현사군은 사부의 두 눈을 감겨주었다.

　오로지 복수를 위해 금강마존의 제자가 된 현사군은 사부의 죽음에 대해 별다른 충격을 받지 않았다. 비통함도 느껴지지 않았고 눈물 한 방울 흘러나오지 않았다.

　"사부님, 이제 제가 황금성의 성주가 된 것이군요."

　현사군은 황금 관 앞에 무릎을 꿇었다.

　"사부님의 유명은 받들겠습니다. 하지만 저는 이미 극마지경에 이르렀으니 반 권의 마황진경은 필요없습니다. 사부님의 장례를 마치는 대로 태백궁으로 쳐들어가겠습니다."

　태옥교와 백무향을 떠올린 그는 이를 부득 갈았다.

　"기다려라, 원수들!"

3

　휘이이잉!

　험준한 능선을 넘어서면 아직도 한겨울의 차가운 바람이 옷깃을 헤집고 스며든다.

　십만대산은 대륙 남방에 위치하기에 산중턱까지는 야자수와 같은 열대 식물들로 무성하다. 하지만 산세가 천 리나 되는 넓은 산악이며 높은 봉우리들이 즐비해 수많은 능선 안쪽으로는 실로 상상치 못한 풍경이 펼쳐져 있다.

　산비탈 중턱까지는 초록의 신록이 우거져 있는데 산 정상에 가까울수록 눈과 얼음으로 뒤덮인 빙봉이 우뚝 서 있다.

대부분의 봉우리는 한여름에는 모두 녹아 본래의 모습을 드러내지만 일부 봉우리며 산사면의 그늘진 곳은 만년설을 간직하고 있다.

사계의 풍광을 동시에 지니고 있는 절묘한 풍경. 이것이 바로 십만대산의 신비로움이었다.

"젠장, 뭔 산이 이렇게 넓어? 할 수만 있다면 삽으로 계곡을 몽땅 메우고 싶군."

벼랑 위에서 잔설을 밟고 선 백무항이 짜증스럽게 내뱉었다.

그와 천패무광은 두툼한 가죽옷으로 몸을 감싸고 있었다. 아무리 심후한 공력의 소유자라 해도 매서운 한풍에 장시간 노출되면 몸이 얼어붙을 수밖에 없다. 그들이 탐색하는 봉우리들은 모두 만년설로 뒤덮인 곳이기에 그들로서도 만반이 준비를 갖춰야 했다.

천패무광은 수염에 달라붙은 고드름을 훑어내고는 술을 한 모금 들이켰다.

"내 세상 여러 곳을 다녀봤지만 이렇듯 춥게 느껴지는 곳은 처음이군."

"그럴 것이오. 중턱까지만 내려가도 따뜻한 봄날인데 이곳은 한겨울이니 더 춥게 느껴질 수밖에."

"현지인들의 말에 의하면 지난해 이맘때 엄청난 천둥벼락이 이 부근으로 떨어졌다고 하더군. 아마 그런 천재지변에 의

해 만년설 일각이 붕괴되면서 자네가 깨어난 것으로 생각되
네.”

백무향은 매서운 바람에 진저리를 치고는 거푸 독한 술을
마셨다.

“노형, 한데 그게 가능할까? 살아 있는 사람도 얼어 죽을
판에 이미 이백 년 동안 동결된 사람이 과연 되살아날 수 있
느냐 말이오.”

천패무광은 실소를 지으며 그를 바라보았다.

“자네가 바로 그 경이로운 증거가 아닌가? 이제 진실이 확
인된다면 자네는 전무후무한 존재로 영원히 기록될 것이네.”

백무향은 눈발이 날리는 바람을 헤치고 가파른 산정 위로
몸을 날렸다.

“전무후무? 설마 내가 괴물로 기록되는 것은 아니오?”

“괴물이면 어떻고 영웅이면 어떠한가? 또 마왕으로 기록된
다 해도 어떠한가? 자네의 존재는 두 번씩이나 전설로써 남겨
질 것이네.”

“이제 보니 노형은 공명심이 아주 대단하군? 그렇게 이름
을 남기고 싶소?”

“허헛, 일부러 명성을 떨치고 싶지는 않네. 하지만 내 존재
가 후세에 기억될 수 있다면 즐거운 일이 아니겠는가?”

두 사람은 매서운 한풍을 헤치며 매끄러운 비탈을 차고 산
정으로 향했다.

워낙 높은 곳이다 보니 봉우리 주변은 짙은 운무로 가득해 오 장 앞을 헤아리기 어려울 정도였다. 시야가 좁아지는 바람에 탐색에 애로가 많았다.

위치도 정확하지 않는 데다 뚜렷한 표식도 없다. 게다가 지난겨울 동안 눈보라가 몰아쳐 백무향이 깨어난 흔적이 묻혔을 수도 있는 일이었다.

백무향은 세찬 한풍에 두 눈만 남기고 가죽으로 칭칭 둘러 쌌다.

"노형, 이런 방법으로는 도저히 찾을 수가 없겠소. 벌써 열흘이나 만년설 일대를 뒤졌지만 이렇다 할 단서 하나 찾아내지 못했소. 잠시 산을 내려가 몸을 녹이면서 새로운 방법을 모색해 봅시다."

"새로운 방법이라니?"

"지난해 천둥벼락이 떨어진 정확한 장소를 알아내잔 말이오. 혹시 얼음벼랑 일각이 무너지는 광경을 직접 본 사람도 있지 않겠소?"

천패무광이 한심하다는 듯 혀를 찼다.

"사실 내가 이런 고생을 할 이유는 없네. 귀선이 신세를 갚으라며 요구하는 바람에 예까지 오게 되었네. 나야 대충 둘러보고 가면 그뿐이지만 이것은 자네의 문제가 아닌가? 자네는 잃어버린 기억을 되찾고 싶지 않은가?"

"물론 되찾고 싶소. 어떨 때는 답답해서 심장이 터질 것만 같고, 어떨 때는 단편적인 기억 때문에 머리가 깨질 것만 같으니까. 다행히 기억을 되찾게 된다면 그런 마음고생을 하지 않아도 되겠지. 한데 말이오.”

“무슨 문제라도 있는가?”

백무향은 술을 한 모금 들이켜고는 다소 가라앉은 어조로 말을 이었다.

“내가 마정쌍제의 무공을 동시에 구사할 수 있다는 것이 조금 마음에 걸리오. 당시 두 사람이 절친한 친구였다 들었는데 그들 사이에 어떤 일이 벌어졌는지 확인하는 것이 조금은 두렵소. 게다가 동호에서 만난 신녀문의 여인인…….”

“신녀문?”

“이런, 저들의 존재를 밝히지 않기로 맹세했는데.”

백무향이 난감한 표정을 짓자 천패무광이 웃음을 터뜨렸다.

“허헛, 자네가 무슨 대단한 의인이라고 맹세에 연연하는가? 게다가 신녀문이라는 이름은 나도 들은 적이 있는데.”

“뭐요? 노형도 알고 있단 말이오?”

“아주 오래전에 언뜻 들은 기억이 있네. 계집들로만 이루어진 전설적인 문파가 있다고 하더군. 신녀문의 제자들은 하나같이 경이적인 무공을 지녔는데 어찌 된 영문인지 몰라도 이백여 년 전에 갑자기 모습을 감추었다고 하였네. 그 이후는 누구도 본 적이 없다고 했어.”

“거의 정확한 정보요.”

백무향은 동호 변에서 신녀문주 초은시와의 대결 상황을 간략하게 말해주었다.

“만일 내가 풍운마제의 현신이라면 신녀문에 엄청난 죄를 지은 악인이 되는 거요.”

“너무 개의치 말게. 이미 이백 년 전의 일일세. 세상이 수십 번이나 바뀌었는데 이제 와서 어쩌란 말인가?”

좋은 말로 백무향을 위로한 천패무광은 눈빛을 반짝이며 전의를 불태웠다.

“흐음, 노제의 무공은 천하에 적수가 없는데 대등하게 겨루었단 말이지? 세상에 그런 절세고수가 있는 줄은 몰랐네. 내가 계집과는 잘 싸우지 않는 편이지만 그만한 고수라면 직접 찾아가서 꼭 겨뤄봐야겠네.”

“안 돼!”

백무향이 천패무광의 어깨를 힘껏 쥐었다.

“내가 신중하지 못해 신녀문의 존재를 밝히기는 했지만 노형은 모른 체하시오. 날 신의없는 놈으로 만들 거요?”

“그냥 한 번 겨뤄볼 뿐일세. 자네가 신녀문의 소재를 일러주었다는 말은 절대 하지 않겠네.”

“내 마음이 편치 않소. 제발 삼가주시오.”

천패무광은 아쉬운 듯 입맛을 다셨다.

“알겠네. 일단 자네의 흔적부터 찾아보세. 자네가 어떤 사람이었는지 확인한 후 다시 논의해 보자고."

그는 얼어붙은 바위를 밟으며 훌쩍 몸을 날렸다.

백무향은 안력을 높여 운무 속을 이리저리 살폈다.

"가끔 빙산이 저절로 녹아 붕괴된다고 했다. 내가 얼음 속에 갇혀 있다가 얼음이 녹아 되살아날 수도 있는 거다. 그렇다면 지난해 천둥벼락이 떨어진 곳과 무관할 수도 있잖아?"

생각이 여기에 미치자 그는 다시 낙담하게 되었다. 어쩌면 그의 진정한 신분이 영원한 숙제로 남을 것만 같았다. 한데 이때였다.

"노제, 이리 와보게나!"

운무 저편에서 천패무광의 음성이 들려왔다.

백무향은 눈발이 섞인 바람을 헤치고 빠른 속도로 달려갔다.

옥패(玉牌)였다.

두터운 얼음에 덮여 있는 옥패는 하얀 옥으로 만들어져 있기에 얼음의 일부처럼 보여 여간해서는 찾아내기 힘든 상태였다.

"이게 뭐요?"

"나도 모르지. 하지만 웬만한 사람은 이를 수 없는 빙봉에 이런 옥패가 떨어져 있다는 것이 기이하지 않은가?"

천패무광이 수도로 내려치자 한 자 두께의 얼음이 대번에 갈라졌다. 옥패를 집어 든 그는 표면에 새겨진 글자를 헤아렸다.

"완완(婉婉)?"

백무향은 옥패를 받아 들고 표면에 서린 허연 빙기를 닦아 냈다. 앞면에는 구름을 밟고 선 여인의 형상이 새겨져 있었고 완완이라는 두 글자는 뒷면에 새겨져 있었다.

"완완이라… 옥패를 소유한 여인의 이름인가?"

백무향은 옥패를 세심하게 검사해 보았지만 그 내력을 밝혀줄 별다른 글자나 문양은 보이지 않았다.

천패무광은 신중한 표정으로 주변을 둘러보았다.

"흐음, 이곳의 지형이 조금 색다르군. 마치 천신이 정으로 쪼갠 듯 빙벽 일부가 붕괴된 형상일세."

백무향 역시 동조했다.

"그렇소. 어떤 강력한 힘에 의해 빙벽 일부가 뜯겨져 나간 것 같소."

"그렇다면 조사를 해봐야겠군."

천패무광은 등에 멘 동발을 풀어 쥐고는 빙벽을 향해 내던졌다.

"차앗!"

휘리리링—!

두 개의 동발이 급선회하며 빙벽 속으로 파고들었다.

쩌—저정!

요란한 음향과 함께 얼음벽이 갈라지더니 힘없이 무너져

내렸다. 얼음덩이가 걷히자 오랜 세월 얼음 속에 갇혀 있던 허연 화강암 석벽이 드러났다.

석벽 주변을 살피던 백무향이 힘없이 중얼거렸다.

"아무것도 없군……."

무너진 돌덩이 몇 개가 전부였다. 자연적으로 부서져 내렸을 수도 있기에 별다른 증거일 순 없었다.

한데 천패무광은 석벽에 새겨진 흔적을 가리켰다.

"보게나, 노제! 검법에 의한 흔적일세!"

"뭐요?"

백무향은 훌쩍 몸을 날려 석벽 중단으로 솟구쳐 올랐다.

석벽에는 예리한 도구로 새겨진 듯한 흔적이 선명하게 남아 있었다. 흔적의 형태를 감안하면 분명 검법에 의한 자국이었다.

손끝으로 흔적을 더듬던 백무향이 격동에 찬 외침을 발했다.

"뇌천검법? 분명 뇌천검법이오!"

부공술로 떠오른 천패무광도 새겨진 흔적을 더듬어보고는 힘있게 고개를 끄덕였다.

"맞아, 분명 뇌천검법일세. 게다가 오직 뇌천검만이 검게 탄 듯한 흔적을 만들어낼 수 있지."

"그렇다면 뇌천검제가 이곳에 온 것이 확인된 것이오?"

백무향은 요동치는 심장을 억누르며 석벽 곳곳을 신중하

게 검색했다. 그러다 석벽 아래쪽에서 새까맣게 변색된 흔적을 찾아낼 수 있었다.

"여기 폭염마공의 흔적도 있소!"

천패무광이 약간 떨어진 곳에서 외쳤다.

"나도 찾아냈네! 뇌천검법의 흔적도 함께 있어!"

매서운 추위에도 불구하고 두 사람의 얼굴이 흥분과 격동으로 붉게 달아올랐다. 이제는 추위도 잊었다.

천패무광이 호탕한 웃음을 터뜨렸다.

"허허헛! 이곳이 바로 전설의 장소로군. 마정쌍제는 이백 년 전 이곳에서 일대 격돌을 벌였네. 풍문에도 쌍제가 새외에서 일전을 가졌다고 했으니 그 진위가 확인된 셈일세."

백무향은 잔뜩 미간을 찌푸렸다.

"그렇다면 내가 이곳에서 깨어났다는 말인데… 왜 아무런 기억도 떠오르지 않을까? 그리고 나 외에도 다른 한 사람이 있어야 하는 것 아니오? 뇌천검제이든 풍운마제이든 쓰러져 있어야 당연한데……."

"흐음, 그렇군. 만년설로 뒤덮인 곳이니 시체가 남아 있다면 전혀 부패되지 않았을 것이네. 마정쌍제의 생김새가 다르니 누구인지 알아볼 수도 있었을 텐데……."

벼랑 가로 다가선 천패무광이 까마득한 협곡을 내려다보았다.

"마정쌍제가 대결을 벌였다면 그 여파는 엄청났을 것이네.

그들의 무공을 감안하면 하늘과 땅이 뒤집혔겠지."

백무향은 갑자기 엄습해 오는 두통에 숨이 턱 막혔다.

"노형… 머리가 터질 지경이오."

"심기를 가라앉히게, 노제. 귀선의 말에 의하면 잊혀졌던 기억이 되살아날 경우 광증을 나타낼 수도 있다 하였네. 과거와 현재의 기억이 뒤엉키는 바람에 큰 혼란을 겪게 되는 것일세."

"젠장, 이렇게 심하지는 않았는데……."

백무향은 태양혈과 백회혈의 혈도를 점해 두통을 가라앉혔다.

협곡을 내려다보던 천패무광이 눈빛을 반짝였다.

"흐음, 어떤 광채가 보이는군. 쇠붙이에 반사된 빛일세."

이마를 짚으며 벼랑 가로 다가선 백무향이 협곡의 깊이에 혀를 내둘렀다.

"여기를 내려가겠단 말이오? 자칫 뼈도 못 추리겠군."

"허헛, 경공술은 공연히 배웠는가? 내가 할 수 있으면 자네도 할 수 있네."

천패무광은 백무향의 뒷덜미를 쥐고는 벼랑 밖으로 내던졌다.

"먼저 내려가게나."

갑작스럽게 내던져진 백무향은 미처 신법을 구사하지 못하고 팔다리를 허우적거리며 급속도로 떨어져 내렸다.

"으아아아!"

이때 그의 귓속으로 천패무광의 전음성이 흘러들어 왔다.

"어서 경공을 구사하게. 그대로 죽을 셈인가?"

퍼뜩 정신을 차린 백무향은 도운답공비의 구결을 떠올렸다. 새처럼 양팔을 펼친 그는 몸의 중심을 잡으며 커다랗게 선회했다.

천패무광은 가파른 협곡 벼랑을 마치 평지처럼 밟고 뛰어내려 왔다.

"허허헛, 누가 빨리 내려가는지 내기해 볼까?"

백무향은 그처럼 능숙한 경공술을 펼칠 수 없기에 수차례 벼랑 벽에 몸을 멈춰 세운 후 겨우 바닥으로 내려설 수 있었다.

협곡 바닥은 질척했다. 따뜻한 봄기운 때문인지 벼랑에 서린 얼음이 녹기 시작한 것이다.

"흐음, 이게 바로 빛을 반사한 물건이로군."

천패무광은 바닥에서 한 자루 비수를 집어 들었다. 오랜 세월 혹한 비바람 속에 던져져 있었음에도 불구하고 비수는 여전히 예리한 기운을 발했다.

백무향은 두개골과 정강이뼈만 남은 두 구의 해골을 찾아낼 수 있었다. 두개골의 형상으로 미루어 하나는 사내, 다른 하나는 여인으로 보였다.

"젠장, 이렇게 해골로 변했으니 누구인지 알 수가 없잖아?"

백무향은 낙담하지 않을 수 없었다.

자신의 기억을 찾기 위해 열흘 넘게 십만대산을 뒤져 흔적을 탐색했지만 남은 단서가 너무 적었다. 마정쌍제가 격돌했다는 분명한 증거 외에는 밝혀진 사실이 거의 없었다. 여전히 그 자신이 누구인지 확인할 방법이 없었던 것이다.

천패무광이 해골을 가리키며 물었다.

"여인은 누구인가? 마정쌍제 중 어느 한 사람과 함께 떨어져 죽었다면 보통 사이가 아니로군. 대체 누구인가?"

백무향은 심한 두통에 세상이 빙글빙글 돌았다.

"모, 몰라! 전혀 기억이 나지 않소."

"노제, 정신 차리게."

"가만, 여인의 영상이 떠오르는 것 같소."

백무향은 바위에 기대선 채 두 손으로 머리를 감쌌다.

머릿속에서 섬광과 폭음이 교차하는 와중에 하나의 아리따운 영상이 환상처럼 피어올랐다.

여인의 형상은 분명치 않았다. 언뜻 온몸을 가린 옷에 면사까지 쓴 신녀문주 초은시의 모습 같기도 했다. 그러다 면사가 바람에 나부끼며 모습이 드러났는데 소견의 용모였다. 이어 색정 어린 미소를 짓는 모습은 한 번도 본 적이 없는 여인의 얼굴로 바뀌었다.

"크으으!"

백무향은 극심한 두통을 이기지 못하고 전신을 와들와들

떨었다. 심장이 세차게 요동치고 피가 끓었다. 눈앞이 캄캄해지며 살기가 치솟았다.

천패무광은 난감한 표정으로 그의 어깨를 쥐었다.

"노제, 어서 운공조식을 취하게. 어서 심기를 가라앉혀야 돼. 자칫 주화입마에 빠질 수 있네."

백무향이 서서히 고개를 쳐들었다.

두 눈이 핏빛으로 이글거리고 있었다. 인성이 말살된 악귀의 눈이며 피에 굶주린 야수의 눈. 그것은 바로 마왕의 눈이었다.

"허억!"

천패무광은 기겁을 하며 뒤로 미끄러졌다.

"으아아아!"

백무향의 입에서 야수의 절규와 같은 괴성이 흘러나왔다. 그가 몸을 뒤틀자 어마어마한 화염 폭풍이 뿜어져 나왔다.

화르르륵!

화염 폭풍에 휩쓸린 모든 것이 재로 화했다. 잔설은 녹아 물이 되었고 갓 피어난 풀은 새까맣게 타버렸으며 바위마저 가루로 변했다.

"이야아아!"

광기에 젖은 백무향은 주변을 향해 마구 화염 폭풍을 쏟아냈다. 가공할 폭염마공에 의해 사위가 온통 불바다였다.

"노제, 정신 차리게나!"

천패무광은 사자후로 외치며 지강을 날렸다. 한데 백무향
은 지강에 혈도를 맞고도 전혀 제압되지 않았다.

"카아아!"

백무향은 핏빛 안광을 발하며 천패무광을 향해 덤벼들었
다.

천패무광은 조금씩 물러서면서 계속 지강을 발출했다. 백
무향을 안정시키려면 기력을 소진시켜야 했기에 자극이 필요
했던 것이다. 백무향은 폭염마공을 마구 쏟아내며 천패무광
을 쫓아왔다.

콰—콰콰쾅!

거대한 협곡이 절반이나 붕괴되었다.

천패무광은 무너져 내리는 바윗덩이를 깨뜨려 백무향이
압사당할 위험을 해소시켜 주었다. 그렇게 반 시진이 흘러서
야 백무향의 폭염마공이 거의 소진되었다.

"뇌압격!"

천패무광은 내리꽂히듯 떨어져 내리며 백무향의 뇌정혈에
일격을 가했다. 이는 상대의 신체는 전혀 손상시키지 않고 기
력을 제압하는 독특한 수법이었다.

"욱!"

한순간 탈진된 백무향이 무너지듯 주저앉았다.

"노제!"

백무향을 부축해 안은 천패무광이 급히 진맥부터 했다. 기

혈이 뒤엉킨 상태는 아니지만 맥의 흐름이 아주 불규칙적이
었다.

"큰일이로군. 광증이 한 번 더 발작되면 목숨을 잃을 수도
있다."

그는 천하의 모든 무공을 알고 있는 무광이었지만 의술에
대해서는 간단한 응급조치를 할 수 있는 수준에 불과했다. 백
무향을 들쳐 업은 그가 둥실 떠올랐다.

"노제, 제발 반사곡에 도착할 때까지만 잠들어 있게나."

허공으로 솟구친 그는 최고조의 공력을 운기했다.

슈아아악!

한줄기 빛과 같은 속도였다. 협곡을 빠져나온 그는 여인의
치맛자락처럼 겹겹이 펼쳐진 십만대산의 능선 밖으로 날아갔
다.

전설적인 경공 육지비행술이었다.

제44장

무림제왕의 장렬한 최후

1

여산 태백궁.

신록으로 우거진 여산의 수려한 풍광 속에 자리한 태백궁은 가까이 다가서야만 그 위용을 느낄 수 있었다. 망루를 감싸고 기어오른 담쟁이 덩굴 때문인지 높이 솟은 망루가 높이 자란 수목처럼 보인다.

성루의 제자들은 별반 보이지 않아 평온함이 느껴졌고 진입로 또한 개방돼 있어 누구라도 자유롭게 다닐 수 있도록 배려되었다. 하지만 무림인이라도 태백궁을 방문하는 경우는 흔치 않다.

이는 태백궁이 고압적인 위엄을 내세워서가 아니라 드러

나지 않게 천하의 정기와 협의를 지키려는 광명신검 태무건의 신중함 때문이었다.

존재하되 군림하지 않는다.

태무건은 자신의 세력을 기반으로 천하를 호령하지 않겠다는 의지를 여러 번 천명했다. 그런 의도로 제자들의 숫자를 제한했으며 강호의 출입 또한 엄중하게 관리했다. 하기에 태백궁은 중대한 사건이 터질 때만 그 존재를 드러낼 뿐이었다.

결국 무림계에서도 광명신검이 조금의 사심도 없는 영웅임을 확신하게 되었다.

군림하지 않는 제왕 태무건.

그는 무림 사상 가장 광명정대한 의협으로 추대되었으며 그가 무림 정기의 화신이라는 데에 천하인 모두가 의견을 같이했다.

그러나 태무건의 뒤를 이을 대공녀 태옥교에 대해서는 판단을 유보했다. 그녀가 혈사성을 괴멸시키고 그 자리에 세운 태백별궁은 관할 지역을 여산으로 국한한다는 태무건의 지침에 위배되기 때문이었다.

십전(十全)으로 불리는 완벽한 여인 태옥교.

그녀가 무엇을 의도하고 무엇을 계획하고 있는지는 아무도 모르고 있었다. 태백궁의 최고 수뇌들까지.

온통 검은색 일색으로 칠해진 방.

창문 하나 없는 방은 태백궁 내에서 가장 음습한 기운이 감돈다. 태옥교의 거처인 옥봉각과 인접한 곳에 이렇듯 음습한 방이 있는 줄은 극히 일부의 시녀들만 알고 있었다.

이때 문이 열리며 태옥교가 들어섰다.

침상 위에는 한 사람이 죽은 듯 누워 있었다. 평범한 용모의 청년으로 안색은 유난히 희었다. 아니, 핏기 한 점 보이지 않는 것이 창백해 시체를 연상케 했다.

"잠혼……."

태옥교는 침상에 걸터앉으며 사내의 맥문을 쥐었다.

그러했다. 창백한 안색의 청년은 바로 태옥교의 그림자 호위인 잠혼이었다. 그는 은사회 살수들로부터 상전을 지키기 위해 몸을 던지는 바람에 치명적인 부상을 당하고 말았다. 다행히 목숨은 건졌지만 부상이 워낙 심해 아직 거동이 쉽지 않은 상태였다.

신중하게 진맥을 마친 태옥교가 나직이 한숨을 쉬었다.

"아, 다행이야. 이제야 진기의 흐름이 안정을 찾았어."

태옥교는 안도의 미소를 짓고는 천천히 고개를 숙였다. 잠혼의 창백한 볼에 입을 맞춘 그녀는 정감 어린 눈빛으로 그를 바라보았다.

"잠혼, 당신은 나의 생명이야. 아버님의 치료를 위해 죽음을 각오했고, 날 두 번씩이나 구해주었어."

그녀는 그의 마혈과 수혈을 풀어주었다.

그의 성격상 절대 누워서 치료를 받지 않기에 강제로 혈도를 점해놓았던 것이다. 눈을 번쩍 뜬 잠혼은 태옥교를 보고는 얼른 몸을 일으켜 앉았다.

"안 돼, 아직 무리하지 말아요."

태옥교가 만류했지만 잠혼은 기어코 침상에서 내려섰다. 그는 선반 위에 놓인 복면을 뒤집어쓰고 패왕도를 가슴에 품었다.

"잠혼, 태백궁은 안전한 곳이니 당분간 경호 임무를 맡지 않아도 좋아요."

"……."

"어서 몸을 추슬러 빠른 시일 내에 회복하도록 신경 쓰세요. 이건 명령이에요."

잠혼은 감동에 젖어 잠시 그녀를 응시하다가 정중히 허리를 굽혔다. 혀가 잘려 말을 할 수 없는 몸이기에 눈빛이 그의 심정을 대변해 준다.

태옥교는 다정한 미소를 지어 보이고는 그의 손을 쥐었다.

"탕약을 준비시켰으니 거르지 말고 복용해요. 나도 잠혼이 곁에 있어야 안심이 되니까."

통로에 시녀들이 대기해 있기에 잠혼을 포옹하지 못하는 것이 아쉬웠다. 검은 방을 나선 태옥교가 시녀들에게 엄중한 지시를 내렸다.

"잠혼 호위가 회복될 때까지 성심을 다해 간병해라."

시녀들은 바싹 긴장하여 한쪽 무릎을 꿇었다.

“예, 대공녀님.”

옥봉각 집무실에는 태옥교가 잠시 자리를 비운 사이 당도한 비합 전서들이 문서철로 묶여 결재를 기다리고 있었다.

“오셨는가, 대공녀?”

창가에서 들려오는 호쾌한 음성에 태옥교가 얼른 예를 올렸다.

“무상께서 오신 줄 몰랐습니다.”

둥근 월창을 절반이나 가리고 있는 당당한 체구의 노인은 바로 태백궁의 무상인 벽력도왕 사도풍이었다. 태옥교의 집무실인 옥봉각을 자유롭게 출입할 수 있는 사람은 오직 사도풍뿐이다.

사도풍은 서탁 앞에 놓인 의자에 앉았다.

“잠혼은 좀 어떤가?”

“많이 좋아졌습니다.”

“허허, 그런 것 같군. 대공녀의 미간에 드리워진 수심이 씻긴 것을 보니 회복된 게 분명해.”

태옥교는 잔잔한 미소를 지으며 사도풍 앞에 찻잔을 내렸다.

“한데 어쩐 일이십니까?”

“중요한 사안은 아니고… 전주들과 회의를 하던 중 세상이 지나치게 조용하다는 사실에 모두가 의아해하였네. 사실 이렇듯 평온해야 할 상황은 아니지 않은가?”

“그렇지요. 금강마존이 쓰러진 이후 오행마단의 행보가 지나치게 조용합니다. 황금성에서는 금강마존의 복수를 위해 벽라마원을 침공하는 것이 당연한 일인데 아직 그런 움직임은 전혀 포착되지 않았습니다.”

사도풍은 향기를 먼저 음미하고 차를 한 모금 마셨다.

“맞아. 마귀 놈들이 조용하면 좋은 일이지만 현 상황에서는 결코 좋은 일만은 아닌 것 같네.”

“폭풍 전야라고나 할까요? 저들의 속내를 모르기에 오히려 더 불안한 심정입니다.”

“참, 뇌천공자에 대한 새로운 소식은 없는가?”

“구만산 자락에서 혈번취왕과 약간의 다툼이 있었다는 보고가 가장 최근의 소식입니다.”

사도풍은 고개를 갸웃거리며 수염을 내리쓸었다.

“구만산이면 대륙 남방에 위치한 산이 아닌가? 족히 만 리도 넘는 먼 길인데 백무향이 그곳까지는 왜 내려갔을까?”

“과거의 기억을 찾기 위함이겠지요.”

“그런가? 그렇다면 백무향이 중원으로 돌아와야 오행마단의 마귀들이 준동하겠군. 오행마단과 어떤 악연이 있는지 몰라도 백무향처럼 오행마단과 수시로 충돌하는 사람은 없었으니 말일세.”

“옳으신 말씀입니다. 어쩌면 뇌천공자는 오행마단의 극성일 수 있습니다. 천하로서는 정말 다행한 일이지요.”

찻잔을 말끔히 비운 사도풍이 자리에서 일어섰다.

"허헛, 그가 성주를 마귀 소굴에서 구출해 올 때부터 영웅임을 알아보았네. 자신이 이백 년 전의 정마쌍제라는 헛소리만 하지 않았다면 대협객으로 손색이 없었을 거야."

그는 집무실을 나서다가 태옥교를 힐끗 돌아보았다.

"대공녀, 정말 경계 태세를 강화시키지 않아도 되겠는가?"

태옥교가 서탁 위에 문서철을 펼쳐 놓았다.

"최근에 접수된 정보를 다시 한 번 분석해 보겠습니다. 일단 경계 태세는 한 단계 높여주십시오. 철저히 대비해서 나쁠 것은 없으니까요."

"허허, 그리하겠네."

사도풍이 힘찬 걸음으로 집무실을 나갔다.

태옥교는 잠시 문서철을 검토하다가 자리에서 일어섰다. 둥근 월창 앞에 선 그녀는 정원 가득 피어난 꽃을 바라보았다.

"세상을 위협할 존재는 오행마단뿐이 아니다. 백무향, 만일 그가 진짜 풍운마제의 현신이며 기억을 되찾는다면… 피의 보복을 펼치게 될 것이다. 그것이 두렵다. 백도 방파들은 그의 명분에 맞설 자격이 없기에 힘을 모을 수 없게 된다. 게다가 그가 이백 년 전의 풍운마제임이 공개된다면 과연 누가 그와 맞서려 할 것인가."

태옥교는 지혜롭고 생각이 많은 여인이다.

그것은 남들이 미처 예상하지 못하는 문제들을 앞서 고민

하고 해결한다는 것을 의미한다. 하기에 당대 최고의 재녀로
서 추앙을 받아올 수 있었다.

그러나 그런 그녀도 해결하지 못하는 문제가 바로 백무향
이다. 마정쌍제의 절기를 동시에 구사하는 데다 그가 전설의
존재임을 그녀는 확신하고 있다. 다만 그가 뇌천검제인지 풍
운마제인지에 대해서는 아직 판단을 유보한 상태다.

다행히 그가 뇌천검제의 현신이라면 과거의 보복은 우려
하지 않아도 된다. 그의 영도로 오행마단의 잔당들이 제거될
것이며 무림은 다시 평온을 되찾을 수 있다. 뇌천검제는 이백
년 전에 이어 또다시 세상을 구한 전무후무의 대영웅으로 천
세에 기록될 것이다.

모두가 기뻐할 무림의 경사.

그러나 태옥교에게는 참담한 좌절이다. 위대한 태씨 가문
의 명성을 영세에 남기겠다는 야망이 수포로 돌아가는 것이
다. 뇌천검제가 존재하는 한 태백궁은 빛을 잃을 것이며 광명
신검조차 그 앞에서 허리를 굽혀야 한다.

그것은 최악이다. 어려운 싸움이 되더라도 백무향이 풍운
마제의 현신인 경우가 자신과 태백궁에 더 유리하다. 그녀가
진심으로 원하는 것은 무림의 평온이 아니라 태배궁의 군림
이 아니던가.

태옥교는 붉은 입술을 질끈 깨물었다.

'대비를 해야 한다. 그가 절대 과거의 기억을 찾지 못하게

조치를 취해야 돼. 백무향은 그저 뇌천공자로 존재해야 한다. 그것이 최선이야. 오행마단과의 대결에 투입될 전사로, 그리고 태백궁의 영광을 높일 디딤돌이면 충분해.'

그녀의 두 눈에서 서늘한 살기가 뿜어졌다.

'전설은 묻혀져야만 한다!'

2

때때땡—!

요란한 경종 소리가 밤하늘에 울려 퍼지며 깊이 잠들어 있는 태백궁을 깨웠다.

침상에서 벌떡 일어나 앉은 태옥교는 자신의 귀를 의심했다. 너무도 많은 문제를 고민하다 보니 악몽을 꾸는 것이라 여겼다.

야심한 시각에 경종이 울린다는 것은 외부의 잠입이나 침공이 있어야만 가능한 일이다. 그러나 누가 감히 태백궁을 침범할 수 있겠는가. 오행마단 모두가 침공해 오지 않는 한 자살 행위에 불과한 공격일 뿐이다.

태옥교는 급히 옷을 갈아입고 연검이 숨겨진 허리띠를 맸다.

"대공녀님!"

측근 호위인 무화영주(武花令主)가 그녀의 허락도 구하지 않고 침소로 뛰어들었다.

태옥교는 가슴의 격동을 애써 가라앉히며 차분하게 물었다.

“무슨 일이에요?”

“치, 침공입니다. 저들의 복색으로 미루어 황금성으로 추측된다는 것이 무상의 판단이십니다.”

“황금성?”

태옥교는 놀란 가슴을 다소 안정시킬 수 있었다. 황금성이 비록 오행마단 중 최강의 전력을 지닌 마단이지만 저들 단독의 침공이라면 크게 우려할 사안이 아니었다.

“흥, 금강마존이 죽었나 보군. 그래서 복수심에 쳐들어온 게 분명해.”

방어는 침공보다 훨씬 수월하다.

적을 침공하기 위해서는 최소 세 배의 전력을 갖추어야 한다는 것이 병법의 기본이다. 물론 무림계의 격돌은 전쟁과 다르지만 적어도 두 배 이상의 전력을 갖추지 못하는 한 공격을 전개한 쪽이 큰 피해를 입게 된다.

태옥교는 여인 호위들을 대동하고 옥봉각을 나섰다. 그러다 문득 커다란 의혹을 느끼게 되었다.

‘무을 도승은 금강마존이 즉사하지 않았지만 회복될 수 없는 치명상을 입었다고 했다. 지금쯤이면 죽었을 가능성이 높다. 저들도 전력의 차이를 분명히 느낄 텐데 아무런 승산 없이 단지 복수심만으로 침공해 왔단 말인가?

그녀가 옥봉각을 나서기 무섭게 외곽 경계를 담당하는 호궁원주(護宮院主)가 달려왔다.

“대공녀, 적들이 외궁 경계를 돌파했소이다.”

“예에? 벌써 외궁이 돌파됐단 말입니까?”

“도저히 감당할 수 없었소이다.”

“분명 황금성의 마인들입니까?”

“그렇소이다.”

“대체 수뇌가 누구예요? 설마 금강마존이 건재하단 말입니까?”

호궁원주가 난감한 표정을 짓다가 보고를 올렸다.

“황금성 마인들의 수괴는… 현사군입니다.”

태옥교이 얼굴에 핏기가 싹 가셨다.

“지금 누구라고 했습니까?”

“현사군입니다. 혈사성의 소성주였던 현사군이 분명합니다.”

“말도 안 돼!”

태옥교는 주먹을 불끈 쥐며 덜덜 떨었다.

“그, 그는 죽었어요! 내 손으로 죽였다고요! 이미 저세상으로 떠난 그가 어떻게 다시 살아날 수 있단 말입니까?”

“분명 사실이외다, 대공녀. 혈사성 토벌에 직접 출전했었던 사대전주 모두가 확인했소이다.”

“오오, 하늘이시여!”

태옥교는 두 손으로 머리를 감싸 쥐었다.

세상이 빙글빙글 도는 것만 같았다. 아직도 자신이 악몽을 꾸고 있는 것은 아닌지 거듭 확인을 해야 했다.

현사군이 살아 있다!

그 사실만으로도 대충격이다. 자신의 손으로 죽인 사람이기에 그가 살아났다는 것은 두렵고도 아찔한 공포다. 한데 그가 황금성의 마인들을 이끄는 수뇌가 되어 돌아왔다.

태옥교는 자신의 가슴을 끌어안으며 와들와들 떨었다.

천하에서 가장 지혜로운 여인이며 태백궁의 대공녀라는 지고한 신분이었지만 이때만큼은 두려움과 공포에 젖은 가녀린 여인에 불과했다.

그녀가 심한 혼란에 사로잡히자 호궁원주가 다급히 외쳤다.

"심지를 굳건히 하시오, 대공녀! 어서 출전해 제자들을 지휘하셔야 하오!"

호궁원주의 격한 외침에 퍼뜩 정신을 차린 태옥교는 자신의 추태를 깨닫고는 얼른 어깨를 폈다.

"가요. 내 눈으로 확인해야겠어요."

콰—콰쾅!

내궁과 외궁 사이의 넓은 광장에서 전개되는 전투는 실로 치열했다.

황금성의 마인들은 삼백여 명 정도. 그들은 번쩍거리는 황금 견갑과 호심경으로 무장했고 병기 또한 금빛이었다. 태백궁 무사들의 병기도 정강을 제련한 우수한 병기였지만 황금성 마인들의 병기는 더욱 강력했다.

"죽여라! 모조리 죽여라!"

두 명의 금포노인이 마인들을 독려하며 내궁의 방벽을 향해 돌격해 오고 있었다. 황금삼상 중 금상과 혈상이었다.

태백궁에서는 청룡전주와 백호전주가 나서 이에 대응했다.

"물러서지 마라!"

"마귀들을 격퇴하라!"

머릿수로만 구분한다면 태백궁 제자들의 숫자가 세 배는 많다. 개개인의 무공을 논해도 태백궁 제자들이 크게 뒤처지지 않기에 사실 황금성의 침공은 무모한 공격일 수 있었다.

태백궁 제자들은 절반만 전투에 참여했고 나머지 절반은 방벽 위에 늘어선 채 내궁으로의 침투를 차단했다.

사도풍은 성루 위에서 수뇌 급들과 함께 난전을 내려다보고 있었다.

늦은 밤이지만 곳곳에 화톳불이 밝혀져 있고 방벽 위로 횃불이 세워져 있어 싸움의 양상을 파악하기란 어렵지 않았다. 비록 기습으로 인해 외궁을 돌파당했지만 더 이상 밀리는 상황은 아니었다.

이때 태옥교가 호궁원주와 함께 성루 위로 올라섰다.

"어찌 되고 있나요?"

긴급 상황이기에 수뇌들은 대공녀를 맞이하는 예우를 생략했다.

사도풍이 전장 곳곳을 가리켰다.

"황금성 마귀들이 사납게 날뛰고 있지만 내궁 돌파는 어림도 없네. 이참에 황금성 마귀들을 섬멸할 수 있네."

태옥교는 전황보다 현사군의 생사를 확인하는 일이 더 급했다.

"현사군… 그가… 정말 살아 있단 말입니까?"

사도풍이 육중한 장도로 외궁이 성문 앞을 가리켰다.

"저놈 말인가?"

한 사람이 황금성 전사들의 경호를 받으며 태사의에 앉아 있었다.

화려한 금포 차림에 옥대를 찼고, 틀어 올린 머리에 금비녀를 꽂은 모습이 흡사 군왕을 방불케 했다. 가는 눈썹과 붉은 입술은 절세미인을 연상케 할 미장부였으며 피부에 은은한 금빛 광택까지 감돌아 신비로운 분위기를 풍겼다. 하지만 핏빛 기운이 뿜어지는 두 눈과 입가의 냉혹한 미소는 섬뜩함을 느끼게 해준다.

"아아!"

태옥교의 입에서 깊은 탄식이 흘러나왔다.

금포의 미청년은 분명 현사군이었다. 북망산에서 그녀의 검에 심장이 찔려 낙수로 추락했건만 그가 죽지 않고 되살아난 것이다.

태옥교는 손으로 가슴을 누르며 놀란 심장을 달랬다.

'현사군이 황금성을 이끌고 있다면 금강마존의 제자가 된 것이 분명해. 그의 두뇌와 자질은 당대 최고다. 그가 황금성의 마인들을 이끌고 쳐들어왔다면 반드시 승산이 있기 때문이다. 하지만 불과 반년도 안 된 기간 동안 그런 절대마공을 터득한다는 게 가능한 일일까?'

한데 이때였다. 느긋하게 기대앉아 대결을 관전하던 현사군이 자리에서 벌떡 일어섰다.

"멈춰라!"

불문의 사자후와 같은 음공이었다. 밤하늘을 진동시키는 외침에 연무장의 석판이 폭발하였고 내궁의 방벽마저 요동쳤다. 폭음과 금속성이 난무하던 전장이 그의 일갈에 정리되었다.

현사군 뒤에 시립해 있던 총상이 지시를 내렸다.

"모두들 물러서서 대기하라!"

황금성 마인들은 일제히 싸움을 멈추고 뒤로 물러섰다. 태백궁의 제자들도 검을 거두고 방벽 아래로 이동했다.

태옥교는 현사군이 외친 일갈에 가슴이 철렁 내려앉았다.

'맙소사! 인간 한계에 이른 공력이다! 아버님이 나서지 않으면 누구도 현사군을 막을 수 없다!'

현사군은 성루를 향해 점잖게 한마디 던졌다.

"내려오너라, 태옥교."

태옥교는 가슴이 떨렸지만 사도풍과 수뇌 급을 대동해 성루에서 내려섰다. 태백궁 수뇌들은 현사군의 기습적인 공격에 대비해 바싹 경각심을 높였다.

태옥교가 삼 장 거리를 두고 멈춰 서자 현사군이 뒷짐을 지며 천천히 다가섰다.

"표정이 왜 그러하냐, 옥교? 마치 못 볼 것을 본 사람처럼 보이는구나?"

태옥교는 그가 진짜 현사군임을 확인하기 위해 한번 깜빡이지 않은 채 지켜보았다.

"소성주가 죽지 않았군요?"

"당연히 죽었어야 할 몸이었다. 잠혼을 내세운 네년의 계략에 현혹되어 제대로 싸워보지도 못했지. 하지만 내게는 새로운 운명이 기다리고 있었다. 그 운명을 열어준 네게 진심으로 사례를 하고 싶구나."

"사군……."

"후훗, 다정한 척하지 마라. 너의 가증스러움이 역겹기만 하다. 야욕과 계략으로 가득 찬 너의 추악함을 모른 채 한때 너를 연모했다는 사실이 원통하구나."

현사군은 태백궁 내궁 방벽 곳곳에 첨탑처럼 솟아 있는 망루를 둘러보았다.

"태백궁은 네년의 사악함 때문에 붕괴되는 것이다."

태옥교는 서글픈 눈빛을 지었다.

"사군, 난 당신의 묘소 앞에서 소복을 입고 당신의 죽음을 애도했어요. 비록 길이 달라 맺어지지 못했지만 아직도 당신을 정혼자로서 생각하고 있습니다. 한데… 이제는 당신과의 인연을 잊어야 할 것 같군요. 당신이 황금성의 수괴가 되어 돌아온 이상 천하의 공적이 되어 모든 사람들의 지탄을 받게 되었습니다.”

“하하핫! 천하의 공적? 본좌가 곧 천하이거늘 누가 감히 본좌를 공적으로 지탄할 수 있겠느냐?”

현사군은 가슴을 활짝 펴며 당당한 걸음으로 다가섰다.

“태옥교, 네년부터 찢어 죽일 것이다!”

그러자 사도풍이 나서며 현사군을 가로막았다.

“닥쳐라, 마귀야!”

“호오, 태백궁의 충성스런 늙은 개로군?”

“현사군, 네가 비록 사파 소속이지만 노부는 너의 재주와 기량을 인정했었다. 한데 잔악한 마성에 물든 이상 너에 대한 평가를 달리해야겠다. 다시는 살아날 수 없게끔 확실하게 죽여주겠다.”

현사군은 출전을 위해 나서려는 황금삼상을 제지했다.

“본좌에게 맡기시오, 삼상. 벽력도왕은 태백궁의 수호신으로서 광명신검에 버금가는 절세고수요.”

그가 허리춤에서 황금검을 뽑아 들었다.

과거 황금마신의 신물인 구겁금마검(九劫金魔劍), 파천마황이 지녔던 파천마검과 함께 마도의 절대병기로 불리는 검이다.

“무상만 믿겠습니다.”

태옥교는 감히 현사군과 맞설 엄두가 나지 않아 수뇌 급들과 함께 뒤로 물러섰다.

육중한 장도를 뽑아 든 사도풍이 신중한 표정을 지었다.

"검의 형태로 보아 구겁금마검이로구나. 네가 구겁파천검법까지 터득했단 말이냐?"

"후훗, 구겁파천검법뿐이겠느냐? 난 오로지 태백궁을 괴멸시키기 위해 빛 한 점 들어오지 않는 금마동에서 죽음과 같은 시간을 보냈다. 복수! 내게는 오직 처절한 복수가 있을 뿐이다!"

현사군의 피부에서 짙은 금빛이 감돌았고 두 눈에서 핏빛의 안광이 무섭게 뿜어져 나왔다.

태옥교가 부르르 몸을 떨며 외쳤다.

"조심하십시오, 무상! 현사군은 파천마황의 절기인 역천혈류마겁공까지 연성했습니다!"

현사군은 힐끗 태옥교를 보며 사악한 웃음을 지었다.

"카하핫! 과연 안목이 대단하구나, 태옥교. 하지만 네가 아무리 많은 무공을 알고 있다고 해도 의미가 없다. 네년을 지켜줄 무공은 지니지 못했을 테니까!"

사도풍이 힘찬 기합성과 함께 장도를 내려쳤다.

"네놈의 상대는 노부다!"

츄아악—!

바닥이 쩍 갈라지며 푸른 도기가 섬광처럼 뻗어나갔다. 무림일절로 불리는 벽력도법이었다.

"카하하! 괜찮군."

현사군은 둥실 떠오르며 구겁금마검을 내리그었다. 찬란한 금빛 검기가 자욱하게 피어오른다.

콰아앙!

일진폭음과 함께 바닥의 석판이 일제히 폭발해 올랐다.

"벽뇌혈류참!"

허공으로 솟구친 사도풍이 연속적으로 장도를 휘둘렀다.

가히 폭풍과도 같은 기세였다. 도기의 예리함보다는 몰아치는 바람이 더 위력적이었다.

현사군은 구겁파천검법을 펼쳐 십 초 정도를 교환하면서 부쩍 자신감이 솟았다.

그는 아직 자신의 무공 수위에 대해 정확한 판단이 서지 않았었다. 구겁파천검과 역천혈류마겁공을 터득했지만 그 위력을 실감할 수 없었던 것이다. 한데 사도풍과의 대결을 통해 비로소 자신이 극마지경에 이르렀음을 확신하게 되었다.

벽력도왕이 누구이던가.

그는 이 갑자 전 마도 고수들을 제압해 금마동에 가둔 전설적인 영웅 도황 이후 최고의 도객으로 불리는 절세고수이다.

혈사성 시절 현사군은 광명신검만큼 두려워했던 존재가 바로 벽력도왕이었기에 맞대결은 감히 꿈도 꾸지 못했었다. 그러나 황금성주로 등극한 지금 그는 벽력도왕을 상대로 아주 여유있는 대결을 펼칠 수 있었다.

"카하핫! 실망이로군. 당대 최강의 도객이라는 벽력도왕의 실력이 고작 이 정도란 말인가?"

현사군이 비아냥대자 사도풍이 격노한 기합성을 외치며 팽이처럼 회전했다.

"차아앗!"

벽력도법의 정화인 벽력폭풍이었다. 오 장 이내가 사정권 안에 들면서 도기에 부딪치는 모든 것이 파괴되었다. 화톳불을 밝히던 무쇠 가마솥도 엿가락처럼 뭉개졌다.

현사군은 싸늘한 눈빛을 발하다 한 손을 쳐들었다. 손바닥이 금세라도 핏물을 흘러낼 듯 붉게 물들었다.

"역천혈류마겹공!"

절대마공이 전개되자 비릿한 피비린내가 사위를 진동시켰다. 핏빛 기류에 휩쓸린 벽력폭풍이 순식간에 소멸되었고 사도풍은 붉디붉은 강기에 휘감겼다.

콰—콰쾅!

하늘과 땅이 다 함께 놀랄 굉음이 울려 퍼졌다. 몰아치는 광풍에 망루가 주저앉았고 방벽 일부가 허물어졌다. 공력이 약한 자들은 충돌의 여파로 피를 뿜고 쓰러졌다. 실로 무시무시한 격돌이 아닐 수 없었다.

"크으윽!"

답답한 신음과 함께 뒤로 밀린 사람은 사도풍이었다.

그의 도포는 심하게 찢겨졌고 마기에 침해당해 피부가 붉게 물들었다. 더욱 참담하게도 그의 신물인 벽력패도가 손잡

이만 남긴 채 박살 나버렸다.

"가거라, 태백궁의 늙은 개!"

현사군은 벼락같이 날아들며 구겁금마검을 내질렀다.

퍼억!

사도풍의 심장을 관통한 검이 등판까지 뚫고 나왔다.

금검을 뽑아 든 현사군은 피 한 방울 묻지 않은 구겁금마검을 살피며 도도한 미소를 머금었다.

"크흣, 과연 천하의 명검이로군."

사도풍이 주저앉자 태백궁의 모든 무사들은 믿을 수 없는 현실 앞에 넋이 나가고 말았다.

태백궁 창건 이래 광명신검을 대신해 태백궁을 지켜온 수호신.

태백궁이 엄격한 체제 속에서도 조직을 유지할 수 있었던 것은 사도풍이 무상으로서 존재했기 때문이다. 긍지와 자부심을 심어주는 그의 강력한 영도력이 없었다면 현재와 같은 태백궁이 유지되기는 어려웠을 것이다.

하기에 태백궁의 제자들은 존엄한 광명신검보다는 함께 부대끼며 무공을 전수해 준 사도풍에게 더 큰 믿음을 지니고 있었다. 한데 그런 수호신이 쓰러졌다.

그것은 마치 태백궁을 에워싼 모든 방벽이 일시에 허물어지는 듯한 충격이 아닐 수 없었던 것이다.

"무상!"

태옥교를 비롯한 수뇌 급들이 사도풍 주변으로 내려섰다.

"무상, 정신 차리세요!"

사도풍을 부축해 안은 태옥교가 안타깝게 외쳤다.

사도풍의 허연 수염이 피로 물들어 있었다. 언제나 활기찬 정광을 발하던 눈빛에 죽음의 기운이 역력했다.

"대… 대공녀……."

"무상, 힘을 내세요!"

"피, 피하시게. 놈은 이미… 극마지신에 이르렀네……."

"흑흑, 어찌 태백궁을 버릴 수 있겠습니까? 차라리 죽어 태백궁의 귀신이 되겠습니다."

사도풍이 심한 경련을 일으켰다.

"궁주… 더 이상 지켜 드리지 못함을… 용서……."

한줄기 피를 뿜은 그가 고개를 떨구었다.

절대도객 사도풍의 죽음.

"무상!"

태백궁 제자들은 비통함에 젖어 모두가 무릎을 꿇었다. 너무도 놀랍고 두려운 마음에 눈물조차 나오지 않았다.

황금삼상을 비롯한 황금성 마인들은 현사군의 가공할 마공 앞에 압도되고 말았다. 그들로서도 태백궁은 감히 넘볼 수 없는 장벽이었던 것이다.

"성주께서는 진정 파천마황의 재현이시외다!"

"성주의 극마지공은 천하무적이외다!"

현사군은 내궁의 방벽을 가리켰다.

"죽여라! 태백궁을 철저하게 괴멸시키라!"

그의 무지막지한 명이 떨어지자 황금성 마인들이 일제히 공격에 나섰다.

"와아아아!"

태백궁 제자들도 마냥 슬픔에만 젖어 있을 수 없었다.

청룡전주가 검을 뽑아 들며 분연히 외쳤다.

"무상은 무림 정기를 위해 장렬하게 타계하셨다! 모두 맞서 싸워라!"

태백궁 전 제자들이 방벽을 등진 채 나섰다.

"악도들을 섬멸하라!"

"무상의 의기를 본받자!"

두 대의 마차가 외길에서 서로를 향해 달려가듯 피할 수 없는 충돌이었다. 순식간에 뒤엉킨 양측 무사들은 무서운 혈전을 벌이기 시작했다.

"카하핫, 태옥교! 네년은 내 손으로 찢어 죽인다고 공언하였다!"

현사군이 태옥교를 향해 곧장 날아들자 주작전주와 현무전주가 태옥교를 막아섰다.

"대공녀, 어서 무고로 피신하시오!"

"궁주께서 출관하셔야만 대마두를 제압할 수 있을 것이오! 어서 무고로 피신해 고하시오!"

두 전주가 잠시 현사군을 저지하는 사이 태옥교는 성문을 통과해 내궁으로 들어섰다.

"아, 이를 어찌한단 말인가?"

그녀는 중대한 결정을 내려야 하는 기로에 섰다.

최후까지 남아 태백궁 제자들을 독려하면서 대결을 지휘해야 하는 것이 대공녀로서의 도리였다. 하지만 사도풍의 죽음은 그녀에게 너무도 엄청난 충격을 안겨주었다. 자신도 죽을 수 있다는 두려움 때문에 혈전장으로 돌아가고 싶지 않았다.

'그래, 아버님 외에는 대마두가 된 현사군을 제압할 분이 없다. 아버님께 고해야 돼. 하지만 아버님의 출관은 낙관할 수 없다. 수련을 중단하실 경우 아버님은 출관도 하기 전에 주화입마에 들 수 있어.'

당대의 재녀도 이때만큼은 결단을 내리기가 쉽지 않았다. 한데 이때였다.

콰—콰쾅—!

어마어마한 폭음과 함께 방벽 일부가 허물어졌다. 방벽 위를 지키던 수십 명의 무사들이 붕괴되는 돌 더미에 깔려 목숨을 잃었다.

"태옥교, 어디를 달아나려는 것이냐?"

방벽 뒤에서 솟아오른 현사군을 본 태옥교는 간담이 떨려 몸을 와들와들 떨었다. 그와의 대결은 꿈도 꿀 수 없었다.

"막아라!"

그녀는 측근 호위들을 버려둔 채 태백무고 방향으로 달아
났다.

측근 호위들은 절대적인 충성심을 지닌 여인들이기에 상
전의 도피를 위해 현사군을 막아섰다.

"죽어라, 마귀!"

현사군은 살벌한 웃음을 지으며 한 손을 쳐들었다.

"크흣, 버러지 같은 계집들!"

금빛으로 물든 그의 손은 예리한 신병으로 손색이 없었다.
마왕진경의 절기인 금참마수(金斬魔手)가 전개되자 측근 호위
들은 병기와 함께 몸이 동강 나고 말았다. 그녀들이 감당하기
에는 턱없이 강한 상대였기에 당연한 결과였다.

현사군은 손끝에 묻은 핏방울을 혀로 핥았다.

혈사성 시절 그가 냉혹한 손속의 소유자이기는 했어도 이
렇듯 잔악하지는 않았다. 이미 극마지체에 이른 그는 사람의
피가 전혀 역겹지 않았다. 아니, 오히려 피비린내를 맡을수록
살인에 대한 욕구가 치솟아올랐다.

"태옥교, 네년이 달아날 곳은 없다!"

절정의 신법을 펼친 그는 가로막는 모든 것을 박살 냈다.
그의 일수에 전각이며 방벽이 모래성처럼 허물어졌다. 물론
그를 저지하려는 태백궁 무사들의 목숨을 던진 희생도 무의
미할 뿐이었다.

그그궁―!

 기관 장치에 의해 태백무고의 육중한 문이 열렸다. 안으로 들어선 그녀는 급히 기관을 작동시켜 문을 닫았다. 무려 세 개의 철문이 통로를 굳게 차단했다.

 태백무고는 무수한 비급과 병기들이 소장돼 있는 태백궁의 정화이다. 오직 성주와 문무상만이 출입할 수 있기에 태백궁 내에서도 금역에 해당된다.

 "아버님!"

 태옥교는 미로와 같은 서가를 밀쳐 내고는 안쪽으로 달려 들어 갔다.

 태백무고 가장 안쪽엔 자색 빛을 발하는 철문이 굳게 닫혔다. 자금철로 제작된 철문은 어떤 병기로도 깨뜨릴 수 없기에 오직 기관에 의해서만 열고 닫을 수 있었다.

 철문 안쪽으로 태백연공실이 존재한다.

 "아버님, 소녀 옥교이옵니다!"

 태옥교는 자금철문을 두드리며 안타깝게 외쳤다.

 "현사군이 죽지 않았습니다. 그자는 금강마존의 제자가 되어 황금성 마인들을 이끌고 쳐들어왔습니다. 무상께서… 흑, 무상께서 이미 타계하셨습니다. 그자는 과거 파천마황의 극마지공을 연성했기에 아무도 막을 수 없습니다. 부끄럽지만 소녀 역시 두려움 때문에 맞설 수가 없었습니다. 제발 깨어나십시오, 아버님. 제발!"

그녀는 눈물을 흘리며 자금철문을 두드리다 고개를 떨구었다.

부질없는 울부짖음이었다. 한 자 두께의 자금철문은 워낙 두텁고 강력해 그녀의 목소리가 안쪽으로 스며들기는 거의 불가능한 일이었다. 물론 그녀의 부친이 시공을 초월한 무상지경에 이르렀다면 일말의 희망이라도 있겠지만.

태옥교도 이런 사실을 잘 알고 있었지만 달리 하소연할 곳도 없었기에 부질없는 희망에 매달렸다.

"흑흑, 아버님. 제발 소녀를 구해주십시오. 아버님의 신기로 태백궁을 지켜주시고 세상을 구원해 주십시오."

한데 이때였다. 강력한 충격에 의해 태백무고 전체가 요동쳤다.

쿠구구궁!

태옥교는 하얗게 질려 태백무고 입구 쪽을 돌아보았다. 육중한 철문으로 봉쇄된 출입구 통로가 무너지기 시작했다.

통로가 붕괴되면서 육중한 철문이 연이어 바닥으로 쓰러졌다.

쿠웅!

뽀얀 먼지 사이를 헤집고 하나의 인영이 천천히 날아들어왔다. 핏빛 안광을 발하는 금빛 피부의 현사군.

태옥교는 절로 이가 딱딱 마주쳤다.

아무리 주변을 살펴보아도 달아날 곳이 없다. 이제 절망이다. 차라리 태백궁을 벗어나 멀리 달아났어야 했다. 부친이 출관하면 자신이 구출될 수 있다는 막연한 기대감에 태백무고를 찾아들어 온 것은 커다란 오판이었던 것이다.

현사군이 태옥교 앞으로 다가섰다. 태백무고를 둘러보는 그의 눈에 자부심이 깃들었다.

"이곳이 바로 무림의 절대금역이라는 태백무고로군. 하지만 별거 아니로구나. 대단치도 않은 무서들과 고철에 불과한 병기 몇 자루를 소장해 두고 금역이라니. 하긴 태백궁의 영광을 더하기 위해 그따위 신비함을 조장한 것이겠지만."

태옥교는 입술을 질끈 깨물며 그와 마주 섰다.

"현사군, 하늘이 널 용서치 않을 것이다."

"카하핫!"

한바탕 웃음을 터뜨린 현사군이 피를 뿜듯이 외쳤다.

"정작 용서받을 수 없는 쪽은 네년이다! 십 년 동안 네년을 연모해 왔건만 넌 나를 세상에서 가장 비참하게 만들었다! 너의 배신과 추악한 계략은 날 철저하게 망가뜨렸다! 날 마도로 밀어 넣은 계집이 바로 너다! 세상이 피로 물드는 것도 네년이 지은 악업 때문이다! 이 모두 잘난 태씨 가문과 태백궁의 영광을 위해 네년이 빚어낸 결과다! 한데도 네년이 할 말이 있단 말이냐?"

폐부를 칼로 찌르는 듯한 외침에 태옥교는 심장이 터질 것만 같았다.

현사군의 논리는 정연했다.

그의 말마따나 모든 결과의 책임은 그녀에게 있었다. 그녀가 혈사성 창건을 배후에서 조종하지 않고 진심으로 현사군의 도움을 청했다면 이렇듯 서로가 서로를 죽여야 하는 비극은 없었을 것이다. 아마도 천하에서 가장 지혜로운 한 쌍이되어 천하의 안녕을 지켰을 것이다.

태옥교는 연검을 뽑아 들었지만 심리적 타격으로 인해 전의를 상실했다. 연검을 쥔 손이 와들와들 떨린다.

현사군은 두 손을 늘어뜨렸다.

"네년에게 한 번의 기회를 주겠다. 북망산에서 그랬듯이 일검으로 날 죽여라."

"……?"

"대신 실패하면 네년은 처참하게 죽을 것이다."

현사군은 숙연한 모습으로 두 눈을 감았다.

"한때나마 널 사랑했던 사내로서의 마지막 배려다."

태옥교는 빠르게 눈알을 굴렸다.

현사군이 자신만큼 지모가 뛰어난 사람이기에 어떤 흉계가 있는 것은 아닌지 부쩍 의심이 들었다. 하지만 지금으로서는 마다할 이유가 없었다.

어차피 정면 대결은 불가피하다. 무상조차 이기지 못한 절대고수이기에 그녀로서는 현사군을 죽일 가능성이 없다. 그러나 상대가 눈을 감았고 한 번의 기회를 준다면 일말의 희망이라도 있다.

'그래, 어떤 의도인지 몰라도 기회를 놓칠 순 없다!'

태옥교는 모질게 마음을 다지고는 혼신의 공력을 운기해 검극에 운집시켰다.

"천세비마락!"

쐐애액—!

빳빳하게 세워진 연검이 현사군의 심장을 향해 날아들었다.

아무리 극마지체에 이른 대마두라 하여도 인간임은 부정할 수 없다. 심장이 찔리면 누구라도 죽게 된다.

태옥교는 자신이 살 수 있다는 짜릿한 희망을 느꼈다.

단지 살아나는 것이 아니라 대마두 현사군을 죽인 위대한 영웅으로 추앙받을 것이며, 현사군이 없는 황금성의 마인들을 격멸해 태백궁의 위대함을 다시 한 번 세상에 떨칠 수 있다. 상상만으로 황홀하다.

그러나 그녀의 연검이 심장을 뚫기 직전 현사군이 눈을 번쩍 떴다.

퍽!

현사군은 맨손으로 연검을 움켜쥐었다. 연검의 예리한 기운에 베여 손에서 피가 흘렀지만 표정에는 일말의 변화도 보이지 않았다.

결정적인 순간에 연검이 제압되자 태옥교는 일순 당혹함을 금치 못했다.

"야, 약속이 틀리지 않느냐?"

현사군의 입가에 비릿한 조소가 피어올랐다.

"독한 년! 네 잘못을 시인하고 스스로 자결하기를 바랐거늘 날 죽이려 들어?"

연검을 통해 역천혈류마겁공이 스며들었다.

"아악!"

태옥교는 고통스런 비명을 토하며 뒤로 퉁겨 나갔다. 검을 쥐었던 손바닥이 불에 덴 듯 시커멓게 타버렸다. 하지만 손의 상처보다 내상이 더 심했다. 가공할 마공이 스며들면서 그녀는 기혈이 뒤엉키는 중상을 입은 것이다.

현사군이 손끝으로 가리키자 그녀의 몸이 둥실 떠올랐다.

"태옥교, 네년은 절대 살 수 없다. 다만 어떻게 죽느냐가 다를 뿐이다. 난 네년과의 정분을 생각해 자결할 기회를 주었건만 네년 스스로 포기했다. 날 두 번씩이나 죽이려 했으니 세상에 너처럼 독한 계집은 없을 것이다."

섭물진기에 휘감긴 태옥교는 무방비 상태로 이끌려 갔다.

현사군의 손톱이 비수처럼 예리하게 돋아 올랐다.

"이제 네년의 가슴을 찢어 심장을 뽑을 것이다. 얼마나 검을 지 난 알고 있다. 네년은 천하를 속여온 추악한 계집이니까."

태옥교는 주르륵 눈물을 쏟았다.

살려달라고 애원하고 싶었지만 자존심 때문에 차마 입술이 떨어지지 않았다. 물론 그녀가 아무리 애원한다 해도 현사군은 눈 하나 꿈쩍하지 않고 자신의 심장을 가를 것이기에 모양만 비참해질 뿐이다.

"옥교, 네년이 마침내 내 손에 죽는구나!"

현사군은 태옥교의 가슴을 향해 힘껏 손을 뻗었다.

그 순간 한줄기 섬광이 천장에서 소리없이 내리꽂혔다. 현사군의 백회혈을 노리는 섬광의 정체는 한 자루 칼이었다. 평범한 장인에 의해 제작되었지만 도황의 정기가 담겨 신병으로 탈바꿈된 패왕도.

현사군은 비로소 위기를 감지하며 강력한 호신강기를 발출했다.

퍼엉!

일진폭음이 태백무고 안에서 메아리쳐 울렸다.

현사군은 얼굴을 타고 흘러내리는 머리카락을 쓸어 귀 뒤로 넘겼다. 바닥에는 한 움큼의 머리카락과 잘려진 금비녀가 떨어져 있었다.

절체절명의 위기 상황을 요행히 넘겼지만 현사군으로서는 머리카락이 베어졌다는 것만으로도 치욕이었다.

결정적인 상황에 기습을 펼쳐 태옥교를 구출한 사람은 복면인이었다. 머리서부터 발끝까지 검은색 일색의 복면인. 바로 태옥교의 그림자 호위인 잠혼이었다.

"아, 잠혼."

태옥교는 잠혼의 한쪽 가슴에 얼굴을 묻었다.

"몸도 성치 않은데 어떻게 여기까지……."

잠혼은 상전을 포옹한 상태로 가만히 서 있었다.

태옥교는 잠혼의 복면을 어루만지며 서글픈 미소를 지었다.

"와줘서 고마워요. 또 나를 구해주었군요. 당신과 함께라면… 죽음도 두렵지 않을 것 같아요."

잠혼은 조심스럽게 포옹을 풀고는 가볍게 목례를 취했다. 그것은 그동안 섬겨왔던 상전에게 보내는 마지막 인사였다. 그 역시 자신의 능력으로 태옥교를 지킬 수 없음을 인지하고 있었던 것이다.

태옥교는 그를 만류할 수도 없기에 공손하게 손을 모았다.

"부디 조심하세요."

잠혼의 음습한 눈빛에 한줄기 뜨거운 감성이 깃들었다.

아무리 감정이 말살되는 수련을 받았지만 그 역시 피가 흐르는 인간이다. 그의 목숨보다 소중한 상전을 섬기면서 마음속 깊이 연모하고 있었으며 뜻하지 않게 깊은 관계까지 가졌다. 그런 여인이기에 그는 그녀를 대신해 백 번을 죽는다 해도 마다하지 않을 사람이었다.

패왕도를 치켜든 잠혼이 현사군을 향해 달려갔다.

현사군은 가소롭다는 듯 조소를 머금으며 한 손은 뒷짐을 지었다.

"크훗, 태옥교의 충성스런 개. 북망산에서는 네놈을 미처 죽이지 못했지만 이번에는 확실히 보내주겠다."

우렛소리와 함께 강력한 권공이 뿜어졌다.

순간 달려들던 잠혼의 모습이 연기처럼 사라졌다. 살수 특유의 은신술을 펼친 것이다.

쐐애액—!

한줄기 섬광이 현사군의 턱밑으로 날아들었다. 전혀 예상치 못한 각도였다. 그러나 천하제일의 살수라도 죽일 수 없는 존재가 바로 현사군이었다.

현사군은 꼿꼿한 자세로 몸을 뒤로 눕혀 잠혼의 살인 초식을 간단히 피해냈다. 동시에 그의 각법이 전개되었다.

퍼엉!

발길질에 걸어 채인 잠혼이 뒤로 튕겨졌다.

"흥, 기습이나 노리는 비겁한 놈!"

현사군이 손가락을 튕겼다. 손끝에서 튕겨진 섬광은 초상승 절기인 탄지검(彈指劍)이었다. 탄지검은 빛처럼 빠르고 철판도 관통할 만큼 강력하기에 신검합일보다 높은 단계의 절기이다.

잠혼은 탄지검을 직시한 채 혼신의 힘을 향해 패왕도를 내던졌다.

퍼퍼퍽—!

탄지검에 적중된 잠혼은 사지가 잘리고 심장이 관통되었다. 실로 끔찍한 최후였다.

"잠혼!"

태옥교는 몸체만 남은 잠혼을 끌어안고는 비통한 눈물을 뿌렸다.

"흑흑, 잠혼!"

잠혼이 최후의 순간에 날린 패왕도는 현사군의 손에 쥐어져 있었다. 칼끝이 미간으로 파고들기 직전 맨손으로 패왕도를 잡아챈 것이다.

퍼억!

극마지기가 주입된 패왕도가 폭음과 함께 산산이 부서졌다. 전설적 영웅인 도황의 병기는 이렇게 허무하게 소멸되었다.

복면이 벗겨지며 잠혼의 창백한 모습이 드러났다.

잠혼은 안쓰러움이 깃든 눈빛으로 태옥교를 바라보고 있었다. 더 이상 그녀를 지켜주지 못하는 죄책감과 아픔이 서린 눈빛이었다. 그리고 한줄기 눈물이 볼을 타고 흘러내렸다.

살수의 눈물…….

태옥교는 그를 부둥켜안은 채 볼을 비볐다.

"흑흑, 잠혼. 내가, 내가 당신을 죽이고 말았군요."

잠혼은 그렇게 죽었다. 최후까지 상전을 지키기 위해 싸우다 죽었으니 장렬한 최후일 수 있었다.

태옥교는 잠혼의 시신을 안은 채 현사군을 직시했다. 삶을 체념했기에 두려움이 없는 눈빛이었다. 그녀는 비로소 태백궁의 대공녀다운 면모를 보였다.

"현사군, 네가 진정 파천마황의 후계자이기를 원한다면 태백연공실은 건드리지 마라. 아버님께서 수련을 마치고 출관하시기를 기다리는 것이 도리다. 네가 내 아버님과 당당히 맞서 이긴다면 비로소 오행천의 부활을 선포할 수 있다.”

“카하핫, 난 천하의 누구도 두렵지 않다. 오히려 두려움 때문에 태백연공실에서 나오지 못하는 네 아비를 원망해라.”

현사군은 태백연공실의 자금철문을 향해 일장을 내질렀다.

콰아앙!

엄청난 폭음이 울려 퍼졌지만 자금철문은 끄떡도 하지 않았다. 표면으로 얕은 손자국이 새겨졌을 뿐이다.

태옥교가 싸늘한 어조로 말했다.

“부질없는 짓이다. 태백연공실의 자금철문은 절대 격파되지 않는다. 네가 악마적인 마력으로 깨뜨리려 하면 무고가 붕괴돼 네놈 또한 압사를 면치 못할 것이다.”

“흥, 그래?”

현사군은 태옥교의 머리카락을 잡아챘다.

“광명신검! 비겁하게 숨지 말고 어서 나서라! 만일 나서지 않으면 당신의 딸년을 찢어 죽일 것이다!”

그는 재차 자금철문을 향해 장력을 내질렀다.

“어서 나서란 말이다!”

꿍음이 터지며 태백무고의 천장 일부가 와르르 무너져 내렸다. 하지만 태백연공실의 자금철문은 여전히 요지부동이었다.

현사군은 손을 꼿꼿이 세워 태옥교의 머리를 겨냥했다.

"죽어라, 더러운 계집!"

한데 이때였다. 아련한 저편에서 들려오는 듯한 신비로운 음성이 태백무고 안에 울려 퍼졌다.

"멈추어라, 현사군."

음성은 사방에서 동시에 들려온 듯 방향을 측정할 수 없었고, 큰 외침이 아니었는데도 태백무고를 진동시켰다.

현사군의 표정이 싸늘하게 굳어졌다.

"광명…신검?"

태옥교는 아득한 절망 속에서 가슴이 뜨거워지는 희망에 사로잡혔다.

"아아, 아버님!"

굳게 닫혀 있던 태백연공실의 자금철문이 요동치기 시작했다. 현사군과 태옥교는 눈 한 번 깜빡이지 않은 채 태백무고와 연결된 자금철문에 시선을 고정시켰다.

그그궁!

기관이 작동되며 한 자 두께의 자금철문이 좌우로 갈라졌다.

신비로운 광채.

마치 동녘으로 치솟으며 어둠을 몰아내는 태양처럼 눈부신 광채가 뿜어져 나왔다. 희뿌연 광휘를 접한 태옥교는 절로 안도감에 젖었지만 현사군은 피부가 베어지는 아픔을 느끼며 뒤로 물러서야 했다.

평범한 백의에 평범한 장검을 허리에 찬 노인.

감히 눈길을 마주하기 어려울 만큼 신위를 뿜어내는 백발노인은 바로 광명신검 태무건이었다. 최후의 심득을 얻기 위해 태백연공실에서 폐관수련을 해오던 그가 마침내 출관한 것이다.

"흑, 아버님!"

태옥교는 감격의 눈물을 뿌리며 절을 올렸다.

태무건은 아주 천천히 고개를 돌려 딸을 굽어보았다.

"옥교야, 현사군이 이리 변한 것은 우리 부녀의 오판과 자만심에서 비롯된 일이다. 너와 아비는 천하의 죄인이다."

"아니옵니다, 아버님. 죄를 지었다면 소녀가 지었을 뿐입니다. 아버님께서는 여전히 무림의 영웅이며 전설이십니다."

"한 손바닥으로 어찌 하늘을 가리겠느냐?"

태무건은 현사군 쪽으로 시선을 돌렸다.

"오랜만이구나, 사군."

현사군은 전신을 짓누르는 압박감 때문에 숨조차 크게 쉴 수가 없었다.

십 년 전, 그의 부친과 함께 태무건을 배알했을 때 그는 아주 작은 무림세가의 자제였을 뿐이다. 당시 그에 눈에 비친 태무건은 무림의 제왕이며 태양이었다. 태무건의 위용과 존엄함은 그때보다 더 빛을 발하기에 현사군은 자신도 모르게 허리를 굽히며 예를 올려야 했다.

"성주를 뵙소."

"오냐, 사군. 십 년 전 딱 한 번 너를 보았지만 한눈에 너를 알아볼 수 있겠다.”

“성주께서는 위대한 무인이었지만 딸년을 잘못 두었소. 내가 오행천의 후계자가 될 수 있었던 것은 모두 태옥교 때문이었소.”

태무건이 긴 탄식을 지었다.

“사군, 네 몸에 서린 기운으로 미루어 이미 극마지기를 연성한 것 같구나.”

“그렇소. 난 세상에서 가장 마기가 극심한 잠마동에서 수련을 하였소. 내 목표는 하늘과 땅을 피로 물들이는 것이오. 태백궁의 괴멸은 그 시작일 뿐이오.”

“……”

“성주와의 대결은 오래전부터 꿈꿔왔소. 이제 정식으로 도전을 요청하겠소. 벽력도왕조차 내 손에 쓰러졌으니 자격은 충분할 것이오.”

현사군이 구겁금마검을 뽑아 들었다.

태무건은 정광 어린 눈빛으로 그를 응시하다가 천천히 입을 열었다.

“이곳은 비좁으니 밖으로 나가자.”

“알겠소. 백도의 맹주께서 설마 내가 두려워 달아나지는 않으리라 믿겠소, 카하핫!”

현사군은 오만한 광소를 터뜨리고는 태백무고를 나갔다.

“아버님!”

태옥교가 무릎걸음으로 다가와 부친의 옷자락을 쥐었다.

"무상과 잠혼이 악마에 의해 목숨을 잃었습니다. 제발 복수해 주십시오."

"복수?"

"예, 아버님. 현사군은 인성이 말살된 악마이옵니다. 반드시 죽여야 하옵니다."

태무건은 무릎도 굽히지 않은 채 천천히 미끄러졌다.

"아비는 세상의 정기와 평온을 위해 최선을 다해 싸울 뿐이다. 현사군을 악마로 만든 것은 우리 부녀의 책임이니… 아비는 현사군을 제압하지 못할 것이 그저 두렵고 부끄러울 뿐이다."

"아버님?"

태옥교는 알 수 없는 불길함에 부르르 진저리를 쳤다. 활짝 열린 태백연공실을 돌아본 그녀가 급히 몸을 날렸다.

인공 폭포 앞에 마련된 좌대.

온옥으로 제작된 좌대 일부가 피로 물들어 있었다. 오래전에 흘린 피라면 이미 까맣게 굳었을 테지만 잠시 전 흘린 피였기에 아직도 붉고 굳지 않았다.

좌대의 피를 손끝으로 매만진 태옥교는 눈앞이 아득해졌다.

"맙소사! 아버님은 정식으로 출관하신 게 아니야. 강제로 수련을 중단하고 나서신 거였어. 이 피는 심장에서 흘러나왔다!"

대형 연무장.

태백궁 일천 제자들이 동시에 무공을 수련할 수 있는 거대한 연무장은 광명전 앞에 마련돼 있었다. 연무장을 사이에 두고 양측 진영이 멀찍하게 도열해 있었다.

연무장 중앙에 대치해 있는 두 사람은 태무건과 현사군이었다.

신비로운 광휘에 휩싸여 있는 태무건의 등장은 태백궁 제자들에게 있어 지옥에서 부처를 만난 듯한 기쁨이었다. 벽력도왕 사도풍의 죽음과 태옥교의 도주로 크게 위축돼 있던 태백궁 제자들은 비로소 안도할 수 있었다.

태무건의 존재는 그들에게 있어 하늘이었다.

비록 오행마단 수괴들의 함정에 빠져 잠시 구금되었다 들었지만 그런 치욕적인 사실은 이미 잊고 있었다. 천외삼성의 제자로서 백 년 내 최강의 고수임을 모두가 인정하기에 태무건의 승리를 누구도 의심하지 않았다.

반면 황금성 마인들은 바싹 긴장한 상태였다.

그들로서도 태무건의 출관은 전혀 예상치 못한 변수였다. 태무건이 깨어나기 전에 태백궁을 괴멸시키고 태백연공실을 붕괴시켜 태무건을 생매장하려는 것이 그들의 계획이었던 것이다.

한데 태무건이 수련을 마치고 연공실을 나섰다. 더군다나 신비로운 후광에 휩싸여 있는 그의 신위는 마주 대하는 것만으로도 두려울 정도였다.

현사군은 위축함을 애써 떨치며 구겁금마검을 높이 쳐들

었다.

"광명의 시대는 끝났다! 이제 오행천의 시대가 도래했다!"

태무건은 천천히 장검을 뽑아 들었다.

검극을 통해 일곱 척 길이의 검기가 뿜어져 나왔다. 그가 느릿느릿 검을 휘두르자 몸 주변으로 검형에 의한 호신강기가 형성되었다.

현사군은 상대의 기이한 수법에 잔뜩 미간을 찌푸리다가 바닥을 박차고 솟구쳐 올랐다.

"구천대멸황(九天大滅荒)!"

핏빛의 검기에 앞서 폭풍이 몰아쳤다. 검고 붉은 기운의 폭풍이 마치 아가리를 쩍 벌린 악귀처럼 보였다. 이어 수백, 수천의 검기가 소나기처럼 내리꽂혔다.

콰— 콰콰쾅!

연이은 폭음과 함께 대연무장 전체가 요동쳤다. 연무장 바닥에 깔린 두터운 석판이 꼬리를 물고 폭발하면서 사위로 비산되었다. 충돌의 여파가 얼마나 강력한지 석판 파편이 백 장 밖까지 날아갔다.

무시무시한 마검을 쏟아낸 현사군이 회심의 미소를 지으며 바닥으로 내려섰다.

그가 구겁파천검법을 전개하는 동한 일초반식의 반격도 받아보지 못했다. 그것은 자신의 검법이 태무건의 검법을 압도했음을 의미하는 것이다.

이윽고 자욱한 흙먼지가 가라앉으며 장내의 상황이 드러났다.

대연무장은 무려 일 장이나 깊이 파헤쳐졌다. 속을 드러낸 흙은 붉게 타버렸고 부서진 석판 조각들은 검게 변색되었다. 한데 태무건이 딛고 선 주변만 외로운 섬처럼 남아 있었다. 태무건의 몸을 에워싼 검형은 여전히 신비로운 빛을 발하고 있는 것이다.

"와아아!"

"오오, 성주님의 무공 수위가 더욱 높아지셨다!"

"대마두의 사악한 검법을 간단히 막아내셨다!"

태백궁 제자들은 일제히 환호를 외치며 광명신검의 우세를 확신했다.

"이, 이럴 수가?"

현사군은 눈앞의 현실을 도저히 납득할 수가 없었다.

그가 가공할 구겹파천검법을 구사하는 동안 어떤 반탄력도 느끼지 못했다. 따라서 태무건이 자신의 마검 아래 피투성이가 되어 쓰러졌어야 당연한 결과다. 하지만 주변만 파괴했을 뿐 태무건에게는 한 점의 타격도 주지 못했다.

'마, 말도 안 돼! 극마지기를 연성한 내 무공은 천하 최강이다! 대체 광명신검이 어떤 수법으로 구겹파천검법을 무산시켰단 말인가?

그가 지닌 최강의 절기는 구겹파천검법과 역천혈류마겁공이다. 검법으로 도저히 상대가 되지 않는다면 이제 내공 대결로 승부를 걸 수밖에 없다. 만일 역천혈류마겁공마저 무산된다면 통한의 복수를 가슴에 묻은 채 죽어야 하는 것이 그의 운명이다.

'오냐, 최소한 함께 죽겠다!'

현사군은 구겹금마검을 검집에 꽂고는 두 손을 가슴 앞에서 교차시켰다. 그의 몸 주변으로 핏빛 기류가 형성되며 허공으로 귀기스런 웃음소리가 울려 퍼졌다. 이어 눈알이 붉어지고 피부가 금빛으로 물들었다.

태무건의 표정이 심각하게 굳어졌다.

"역천혈류마겁공?"

안색이 해쓱하게 변한 태옥교가 주변의 제자들을 향해 외쳤다.

"물러서라! 어서 물러서!"

현사군은 허공을 밟고 선 채 귀곡성과 같은 귀성을 발했다.

"카아아아!"

콰류류류―!

어마어마한 폭풍이었다. 비릿한 악취를 동반한 핏빛 바람이 대지를 휩쓸었다. 연무장 바닥을 덮고 있던 석판들이 일제히 솟아올랐으며 세찬 소용돌이 수백 개가 피어올랐다.

태무건은 핏빛의 광풍 속에서 가볍게 입술을 깨물었다.

"네가 악마지공까지 터득했단 말이냐?"

검형에 의한 호신강기를 해소한 그가 처음으로 반격을 펼쳤다.

　두 손으로 검을 감싸 쥔 그는 주문과도 같은 구결을 외우며 검극에 혼신의 공력을 주입시켰다. 일순 검극에서 뿜어진 검기가 열 길이나 솟구쳐 올랐다.

　그의 몸이 검에서 뿜어진 빛에 흡수되며 몸과 마음, 검이 합일되는 초극지경에 이르렀다.

　번—쩍—!

　세상의 모든 빛과 어둠마저 앗아가 버릴 섬광.

　너무도 강렬한 섬광에 모두가 눈을 감았다. 시간조차 정지시킨 빛의 광휘에 극마지공인 역천혈류마겁공마저 한낱 미풍으로 화해 버렸다. 비릿한 악취와 귀기스런 파공성이 한순간에 스러져 버렸다.

　"크으윽!"

　답답한 신음과 함께 현사군이 폭음을 일으키며 바닥으로 떨어졌다. 얼굴을 감싸 쥔 손가락 사이로 붉은 피가 흘러내렸다. 호신강기를 베어버린 검기로 인해 얼굴서부터 몸까지 깊은 상처를 입고 말았다. 무엇보다 심한 고통은 한쪽 눈을 잃은 부상이었다.

　"성주!"

　황금삼상이 급히 주변으로 내려서며 급히 그를 부축했다.

　"성주, 괜찮으시오?"

　현사군은 원독의 눈빛을 발하며 태무건을 직시했다.

태무건은 두 손으로 검을 움켜쥔 채 차분히 그를 응시하고 있었다. 초극의 절기를 전개해 가공할 마공을 격파한 무림의 제왕답게 의연한 모습이었다.

현사군은 총상의 손을 쥐었다.

"퇴각하시오."

"성주?"

"어서… 퇴각하시오!"

현사군은 악을 쓰듯 외치고는 정신을 잃고 말았다.

금상이 그를 들쳐 업고 앞서 몸을 날렸다. 이어 혈상과 총상은 황금성 마인들을 이끌고 신속하게 태백궁을 벗어났다.

황금성의 퇴각.

외견상 마인들의 기습을 격퇴했으니 명백한 승리다. 하지만 무상을 비롯한 수뇌 급 고수들의 죽음과 태백무고마저 파괴되었으니 승리라 하기에는 너무 손실이 컸다. 하기에 마인들을 추살할 생각마저 잊고 있었다.

"아버님……."

태옥교가 수뇌 급을 대동해 조심스럽게 부친 앞으로 다가섰다.

태무건은 두 손으로 감싸 쥔 검을 천천히 내렸다. 순간 그의 입에서 붉은 피가 뿜어져 나왔다. 사람이 이토록 많은 피를 흘릴 수 있다는 것이 믿기지 않을 만큼 엄청난 피를 토한 것이다.

태무건이 자신이 토한 핏물 속에 쓰러지자 태옥교가 안타까운 눈물을 쏟으며 부친을 부축해 안았다.

"아버님! 흑흑, 아버님!"

비로소 성주의 심각한 부상을 깨달은 수뇌 급들과 제자들은 일제히 무릎을 꿇었다.

"크으, 성주님!"

태무건의 두 눈이 회색빛으로 물들었다. 사실 그는 현사군과 대결하기에 앞서 이미 치명적인 내상을 입은 상태였다.

폐관수련은 삼매지경에 심취해 무공을 성취하는 최고의 수련 과정이다. 그런 상태에서 갑자기 수련을 중단하는 것은 운기조식 중에 외부의 충격을 받는 것과 다름없다. 자칫 주화입마에 빠져 여태까지 쌓았던 수련의 성과를 모두 잃는 것은 물론이고 치명적 내상을 입게 된다.

인간 한계에 이른 심득에 심취해 있던 태무건 역시 갑작스럽게 수련을 중단하면서 기혈이 뒤엉키는 심각한 부상을 당한 상태였다.

하지만 딸을 구하고 태백궁을 지켜야 하기에 그는 자신의 몸을 돌보지 않은 채 연공실을 나섰다. 그런 몸으로 절대마공을 터득한 현사군을 물리쳤으니 가히 장렬한 희생이 아닐 수 없었다.

"아버님, 제발… 제발 정신을 차리십시오."

태옥교는 부친을 부둥켜안은 채 처절한 눈물을 뿌렸다. 누구보다 부친의 몸 상태를 잘 아는 그녀였기에 가슴이 찢어질 것만 같았다. 만일 그녀가 태백무고로 피신하지만 않았다면 부친은 천천히 깨어났을 것이고 이런 불상사도 없었을 것이다.

"흑흑, 소녀를 죽여주십시오, 아버님. 불민한 여식이 아버님을 해쳤습니다."

태무건의 메마른 입술이 가볍게 달싹거렸다.

"연공실에 아비의 심득이… 새겨져 있다. 네가 목숨을 걸고 현사군을 막아라. 그것이 그를 악마로 만든… 우리 부녀의 책임이다……."

"흑흑, 아버님. 소녀는 두렵습니다. 아버님이 계시지 않는다면 소녀가 무엇을 할 수 있겠습니까?"

"옥교야, 욕심을 버려라. 야욕을 버려야… 너와 태백궁을 지킬 수 있다……."

태무건은 칙칙한 밤하늘을 올려다보았다.

"하늘이 너무… 어둡구나……."

그것이 무림 사상 가장 위대한 영웅인 광명신검이 남긴 최후의 한마디였다.

무림맹주이자 제왕 태무건의 죽음!

천하인들은 이날 가장 두렵고도 슬픈 밤을 보내야 했다.

제 45 장

이제 고뇌하지 않는다

1

　반사곡 앞에 진을 치고 있는 병자들의 숫자가 훨씬 더 많 아졌다.

　지난번 혈훼가 이끄는 벽라마원의 마인들의 위협 때문에 수백 명이 잠시 이탈했지만 지금은 풍문을 듣고 찾아온 병자 들까지 더해져 근 이천여 명에 달했다.

　물론 반사귀선이 마음을 바꾸어 병자들을 치료해 주고 약 을 나눠주기 때문은 아니었다. 어쩌다 한 번씩 병자들을 돌보 고 약을 건네는 반사귀선의 모습은 최근 들어 더욱 찾아보기 힘들었다. 한데도 반사곡 앞에 병자들이 몰리게 된 연유는 선 녀의 심성을 지닌 여의원 때문이었다.

다정선자(多情仙子).

이것이 병자들을 치료해 주는 여의원에게 붙여진 별호였다.

그녀가 반사곡을 나서자 병자들은 움막 앞에 깔아놓은 거적에 앉거나 누우며 자신의 차례를 기다렸다.

병자들이 처음부터 이렇듯 순번을 지키는 질서를 유지한 것은 아니었다. 대부분 한시가 급한 병자들이라 그들은 다정선자를 보면 일제히 달려들어 다툼을 벌이기까지 했다. 하지만 병자들이 다투면 다정선자는 냉정하게 반사곡으로 돌아갔기에 병자들은 허탈한 심정으로 주저앉아야 했다.

이러기를 반복하면서 병자들도 다정선자가 무엇을 원하는지 깨닫게 되었으며 그들 나름대로 순번을 매기는 결단을 내리게 되었다.

병자들이 질서를 유지하자 다정선자가 비로소 병자들을 위해 의술을 베풀었다.

그녀의 의술이 아직 부족해 반사귀선처럼 대번에 병자들을 회복시키는 경지에 이르지는 못했지만 정성과 열정은 병자들 모두가 감동할 정도였다. 다정선자는 한 번 반사곡을 나서면 물 한 모금 마시지 않은 채 대여섯 시진 동안 병자들을 치료하고 약을 건네주었다.

이제 다정선자는 반사귀선보다 병자들에게 있어 더 소중한 존재였다. 더군다나 그녀는 한 푼의 치료비도 받지 않았기에 하늘이 내린 의원으로까지 칭송을 받았다.

"다행히 큰 병증은 아닙니다. 처방전을 써드릴 테니 정성껏 탕약을 끓여 드세요. 비싼 약재는 없으니 손쉽게 구할 수 있을 겁니다."

다정선자는 노인의 경혈에 꽂힌 침을 뽑고는 처방전을 써주었다.

"아이고, 고맙습니다요, 선자님."

노인의 가족들 모두가 눈물을 글썽이며 감사의 사례를 올렸다.

다정선자는 숨 돌릴 새도 없이 옆의 병자 쪽으로 이동했다. 그녀는 물론 소엽이었다. 그동안 반사귀선에게 의술을 배워 웬만한 병자 정도는 치료할 수 있는 수준에 이른 것이다.

한데 이때였다. 수림 저편에서 한줄기 인영이 쏜살같이 장내로 날아들었다.

"아이야, 급하다!"

한 사람을 들쳐 업은 노인의 체구는 아주 왜소했다. 그녀는 소엽의 손목을 쥐고 그대로 반사곡을 향해 날아갔다. 오랜 시간 자신의 차례가 오기만을 손꼽아 기다리던 병자들로서는 땅을 치고 통곡할 순간이었다.

"저, 저런 날강도 같은 놈을 보았나!"

"어서 선자님을 내려놓아라!"

"아이고, 어머님. 이를 어쩌면 좋소!"

반사곡으로 들어선 천패무광은 탁자의 기물을 밀치고 백
무향을 눕혔다.
"어서 살펴보아라, 소엽아!"
소엽은 짐독에 중독돼 있었기에 천패무광을 직접 대면하
기는 이번이 처음이었다. 그래도 반사귀선을 통해 익히 들었
기에 공손히 예를 올렸다.
"무절 노선배님을 뵈옵니다."
"예의 따위는 필요없다. 어서 진맥부터 해보아라."
"예, 노선배님."
소엽은 백무향의 맥을 짚으며 세심하게 안색을 살폈다.
천패무광은 차를 주전자째 들이켰다. 오늘 하루만 삼천여
리를 달려오느라 그로서도 상당히 지친 상태였다. 겨우 갈증
을 해소한 그가 물었다.
"귀선은 멀리 갔느냐?"
"사부님께서는 태백궁으로 조문을 가셨습니다."
천패무광이 무릎을 치며 탄식을 지었다.
"조문이라고? 허어, 그렇다면 풍문이 사실이란 말이냐?"
진맥은 마친 소엽은 백무향의 눈까풀을 들춰 동공 상태를
살폈다.
"소녀는 자세한 상황은 잘 모릅니다. 하지만 사부님께서

북해천붕을 타고 급히 출타하신 것으로 미루어 광명신검께서 타계하신 것은 확실한 듯합니다.”

“허어, 이런 변이 있나? 내 비록 광명신검과 교분은 없지만 당대 최고의 영웅이기에 꼭 한 번 겨루고 싶었거늘…….”

천패무광은 연신 혀를 차다가 백무향에게로 시선을 돌렸다.

“노제는 어떠하냐? 회복될 수 있겠느냐?”

“내외상은 전혀 없는 것 같습니다. 한데도 맥의 흐름이 불규칙한 것으로 미루어 상당한 심적 타격을 입은 듯하옵니다.”

“허허, 네가 그래도 귀선의 의술을 조금 익히기는 했나 보구나. 맞다, 노제가 광증을 일으키다가 혼절했다.”

“광증이라… 하셨습니까?”

“그래. 노제가 자신의 과거를 찾기 위해 나와 함께 십만대산을 찾아갔었다.”

“두 분께서 십만대산으로 가셨다는 말씀은 사부님을 통해 들었습니다.”

“그곳에서 노제가 갑자기 광증을 일으켰다. 아마 웬만한 사람이었다면 노제의 손에 죽음을 면치 못했을 것이다. 한데 혼절한 노제가 전혀 깨어나지 않기에 만 수천여 리를 단숨에 달려온 것이다.”

소엽의 표정이 심각해졌다.

“병증 중에 외상이 가장 치료하기가 쉽고 그다음으로 내상이 쉽습니다. 하지만 심환은 마땅한 처방이 없는 병증이라 소녀의 미천한 의술로는 어찌할 바를 모르겠습니다.”

“어쨌거나 너는 귀선의 의술을 배운 아이가 아니더냐? 반드시 회복시켜야 한다. 노제가 온전한 상태로 회복되지 못하면 너 또한 성치 못할 것이다.”

“성심을 다하겠습니다.”

“오냐, 노부는 잠시 태백궁의 상황을 알아보고 오겠다.”

천패무광은 훌쩍 몸을 날렸다. 서너 번을 도약하는 사이 그는 이내 반사곡을 벗어났다.

소엽은 바닥에 무릎을 꿇은 채 백무향의 손을 꼭 쥐었다.

“공자님, 대체 무엇을 보았기에 신지를 잃으신 것입니까. 어서 정신을 차리세요.”

그녀는 수건을 빨아 먼지로 뒤덮인 백무향의 얼굴을 닦아 주었다. 핏기가 가셔 다소 창백했지만 이목구비는 조금도 손상된 곳이 없었다.

소엽은 나직이 한숨을 쉬었다.

“기억의 일부가 상실된 상태에서 심한 정신적 타격을 받게 되면 모든 기억을 상실할 수도 있어. 아니면 현재의 기억을 잃을 수도 있지.”

그녀는 그의 가슴에 얼굴을 묻었다.

반사귀선의 제자가 된 이후 그녀는 하루하루가 새로웠다.

만일 그녀가 아직 벽라마원의 시녀로 남아 있었다면 여전히 암흑 속에서 살아야 했을 것이다. 고작 두 개의 불꽃만 밝힐 수 있는 미천한 신분이기에 대부분 어둠 속에서 살아야 하는 것이 그녀의 운명이었던 것이다.

소엽은 자신으로 인해 많은 병자들이 아픔을 씻고 죽음의 상황에서 벗어날 수 있다는 사실에 스스로 감격해했다. 세상을 위해 자신이 무언가를 할 수 있다는 것 자체가 감동이었다. 하기에 자신에게 이런 삶을 살도록 이끌어준 백무향은 그녀에게 있어 태양과도 같은 존재가 아닐 수 없었다.

소엽은 침통에서 금침을 뽑아 들었다. 그녀는 입술을 꼭 깨물며 떨리는 손을 자제했다.

"공자님이 날 밝은 세상으로 이끌어주신 덕분에 내가 사람다운 삶을 살 수 있었던 거야. 이제 내가 공자님을 깨워 드려야 돼."

백무향의 정신적 혼란은 아주 위중한 상황이다. 경혈을 뚫어 뇌로 집중된 피를 순환시켜 주어야만 신지를 회복할 수 있다. 하지만 후유증이 문제다. 과거의 기억을 모두 상실하거나 현재의 기억까지 말살될 수 있기 때문이다.

"과연 내가 공자님을 깨울 수 있을까?"

한참을 고민하던 소엽이 백무향의 미심혈에 금침을 꽂았다.

이어 인당과 태양, 뇌호혈 등 위험한 사혈에 금침을 꽂는

침술을 전개했다. 마지막으로 그녀는 백회혈에 금침을 꽂고는 긴 한숨을 내쉬었다.

회천금침대법은 그녀가 처방할 수 있는 최상의 의술이다.

물론 그녀의 사부가 지금이라도 귀환한다면 새로운 처방을 내릴 수 있겠지만 언제 돌아올지 모르는 사부를 기다리며 방치할 수도 없는 상황이었다.

소엽은 얼굴 가득 맺힌 땀방울을 손등으로 닦았다.

"공자님은 누구보다 강한 분이시다. 반드시 깨어나실 거야."

2

더 이상 뇌리 속에서 폭음과 섬광이 교차하지 않았다. 마치 한바탕 사나운 폭풍이 스쳐 간 후의 정적과도 같은 평온한 심정이었다. 이제 두통 때문에 고민할 일도 없었고 자신의 과거 때문에 갈등할 이유도 없었다.

"젠장!"

아주 오랜만에 눈을 뜬 백무향의 첫마디였다.

혼몽 속에서 깨어난 그는 한눈에도 자신이 소견의 처소에 누워 있음을 알아보았다.

물론 죽어 지옥에서 깨어났다 해도 두려워할 그가 아니었지만 일단은 안도감이 들었다. 하지만 머릿속에서 과거의 기억이 완벽하게 사라졌다는 사실에 조금은 허탈한 심정이었다.

구만산 자락에서 정신을 차린 이후 일어났던 모든 상황은 생생하게 떠올랐지만 그 이전의 기억은 어둠 그 자체였다. 한때는 단편적으로 떠오르던 기억 때문에 고통과 혼란에 휩싸였는데 지금은 아무것도 기억할 수 없기에 머리가 아플 이유가 전혀 없었다.

"결국… 기억을 찾으러 간 것이 아니라 아예 잊으러 간 셈이 되어버렸군."

몸을 일으켜 앉은 백무향은 차갑게 식은 차를 벌컥벌컥 들이켰다.

자신이 정확하게 누구인지 모르는 상태에서 기억마저 상실한 것이 조금은 답답했지만 이제 단편적으로 교차되는 섬광과 폭음의 두통에서 벗어나게 되었다는 것이 홀가분했다.

"어쨌거나 두통이 사라지니까 세상이 달라 보이는군. 정말 날 짜증나게 만드는 두통이었어."

이때 처소로 들어선 소엽이 그가 깨어난 것을 보고는 탄성을 발했다.

"아, 공자님! 깨어나셨군요?"

백무향은 오랜만의 재회였지만 잠시 전 헤어졌다 만난 사람처럼 덤덤하게 대꾸했다.

"그럼 깨어나지, 내가 잠시 혼절했다고 죽기나 하겠냐?"

“다행입니다, 정말 다행입니다.”

소엽은 눈물을 글썽이며 침상 앞으로 다가섰다. 그녀는 그의 손을 쥐고는 조용히 무릎을 꿇었다.

“공자님께서 별반 차도가 없어 소녀는 회천금침대법이 잘못된 줄 알고 얼마나 걱정했는지 모릅니다. 흑!”

“그놈의 눈물은 수시로 흘리는군.”

백무향은 그녀를 잡아끌어 침상에 앉혔다.

“귀선 노형은 어디 가셨냐? 왜 네가 침술을 펼쳤어?”

“사부님은 태백궁의 급보를 받고 출타하셨습니다.”

“급보라니? 무슨 일 있었어?”

“백도 맹주이신 광명신검께서 타계하셨다고 하옵니다.”

“뭐야?”

백무향은 씁쓸한 표정을 지었다.

“지옥마부에 갇혔던 후유증이 컸었나 보군. 결국 귀선 노형이 제대로 치료하지 못한 거였어.”

“병환 때문이 아니라… 전사하셨다고 들었습니다.”

“전사? 그게 무슨 소리냐? 광명신검이 누구인데 싸움을 하다 죽어? 비록 한 해 전 일이지만 나로서도 도저히 감당하지 못했던 절대고수였는데?”

“황금성이 태백궁을 급습했다 들었습니다. 광명신검께서는 황금성주 현사군과 싸우다…….”

“현사군?”

백무향이 소엽의 어깨를 덥석 쥐었다.

"너, 지금 무슨 소리를 하는 거냐? 현사군 그놈은 이미 죽었어. 날 죽이려다 제 아비를 쏘아 죽인 패륜아였지. 내가 직접 본 것은 아니지만 태옥교의 검에 찔려 낙수로 떨어져 죽었다고 들었다. 한데 놈이 황금성의 성주가 되어 돌아왔단 말이냐?"

"소, 소녀는 잘 모릅니다. 무절 노선배님과 말씀해 보십시오."

"무절? 그래, 무광 노형이 날 반사곡으로 데려온 것이었구나?"

백무향은 장삼을 걸쳐 입고는 초옥을 나섰다.

탁자 위에 구운 오리 구이를 펼쳐 놓고 한참 먹어대던 천패무광이 눈을 동그랗게 떴다.

"오, 노제가 정신을 차렸구먼?"

백무향은 탁자를 사이에 두고 천패무광과 마주 앉았다.

"노형, 의리없게 이 맛있는 요리를 혼자 먹는단 말이오?"

"허허, 몸은 좀 어떤가?"

"아주 좋소. 머리도 개운하고 몸도 날아갈 듯 가볍소."

백무향은 잔에 술을 따라 벌컥벌컥 들이켰다. 모처럼 술기운이 목구멍을 타고 넘어가자 뜨거운 열기가 확 피어올랐다.

"후아, 아주 독한 술이로군."

천패무광은 그를 세심하게 살피며 조심스럽게 물었다.

“이제 자네가 누구인지 확실히 기억해 냈는가?”

“그렇소.”

“오, 다행이로군. 대체 자네는 누구인가? 뇌천검제? 아니면 풍운마제?”

“아니오.”

천패무광의 입이 쩍 벌어졌다.

“아, 아니라니? 설마… 전혀 다른 사람이란 말인가?”

백무향은 오리 다리를 우물거리며 심드렁하게 대답했다.

“난 뇌천공자 백무향이오.”

“……?”

“복잡하게 생각할 것 없소. 단편적으로 떠오르던 기억이 모두 사라져 버렸소. 덕분에 짜증스런 두통마저 함께 사라져 정말 기분이 좋소.”

“노제?”

천패무광이 안타깝다는 표정을 짓자 백무향이 그의 아쉬움을 일축했다.

“노형, 생각해 보니 모르는 게 훨씬 나을 것 같소. 그래야 현재처럼 백무향으로 살아갈 수 있지 않겠소? 이미 죽었다가 깨어난 사람이 죽기 전의 사람으로 살아간다면 얼마나 재미없겠소? 솔직히 난 지금의 삶에 아주 만족하오.”

천패무광은 잠시 생각에 잠기다가 힘있게 고개를 끄덕였다.

“노제의 말이 옳네. 나 역시 죽었다가 다시 살아난다면 절대 지금처럼 살지 않을 것이네. 사실 내 백 년의 삶은… 고통이었네. 아, 미안하네. 나이도 어린 게 늙은 체했군."

"아니오, 노형. 내가 이백 년 만에 깨어났다면 그것은 살아온 세월이 아니오. 기억조차 없는 세월은 삶이라 할 수 없소."

"자네의 의식이 조금 달라진 것 같군. 뭐라 그럴까… 조금은 달관한 사람처럼 보이네."

"달관이 아니라 체념이오. 과거 신분에 연연하지 않을 수 있으니 즐겁기만 하오. 앞으로 이렇게 살 것이오."

백무향은 손에 묻은 기름을 쪽쪽 빨며 화제를 바꾸었다.

"한데 오리를 잡아먹었으니 귀선 노형이 돌아오면 한바탕 난리가 나겠군."

"그럴 일 없을 거네. 내가 성내에서 사 온 것이니까. 귀선이 돌보는 짐승들만 잡아먹지 않으면 되는 거지 우리가 출가한 사람도 아닌데 풀만 먹고 살 수는 없지 않은가?"

"하하, 그런 거요? 정말 노형과는 마음이 통하오. 그럼 마음 놓고 먹어도 되겠군."

백무향은 오리 날개를 우물거리며 물었다.

"참, 소엽의 말에 의하면 광명신검이 타계했다던데 사실이오?"

"사실일세."

단숨에 술잔을 들이켠 천패무광이 침통한 표정을 지었다.

"광명신검을 비롯해 벽력도왕 사도풍도 목숨을 잃었네. 나와 한 번 겨룬 적이 있는 대단한 후배였는데 말일세."

"현사군… 놈이 그렇게 강하단 말이오?"

"태백궁에서 공개한 내막에 의하면 광명신검은 폐관수련 도중 무리하게 수련을 중단하고 나서는 바람에 이미 치명적인 내상을 당한 상태였네. 그런 몸으로도 현사군을 격파해 쫓아냈으니 가히 당세의 영웅으로 손색이 없다 할 수 있지."

"광명신검은 그렇다 쳐도 벽력도왕을 죽였다면 현사군의 무공은 가공하다 할 수 있소. 비교하기가 어렵지만 금강마존도 벽력도왕을 쉽게 죽이지는 못했을 것이오."

"현사군이 강한 것은 마황진경을 터득했기 때문일세. 광명신검은 역천혈류마겁공에 당했고, 벽력도왕은 구겁파천검법에 쓰러진 것일세."

백무향은 빈 잔에 술을 따랐다.

"놈이 대마두로 부활했으니 날 가만두지 않겠군. 나 때문에 제 아비를 쏘아 죽였으니 말이오."

"자네뿐이겠는가? 오행마단이 통합돼 오행천이 재건된다면 과거의 혈겁이 재현될 것이네. 최하 수천 명은 목숨을 잃게 될 것일세."

"노형이 나서준다면 쉽게 해결되지 않겠소? 또한 비록 광명신검이 타계하긴 했지만 백도 쪽에는 무을이란 녀석이 있소. 조금 뺀질거리기는 해도 무공은 절세적이오."

"난 무림대전에 개입할 생각이 전혀 없네. 일전에 벽라마원의 혈휘와도 약조를 했으니 날 건드리지만 않는다면 지켜볼 생각일세."

"내가 죽어도 말이오?"

천패무광은 물끄러미 그를 바라보다가 냉담하게 응수했다.

"자네가 어디 쉽게 죽을 사람이던가? 하지만 불행히 자네가 죽는다 해도 결과는 마찬가지일세. 내가 자네를 위해 복수를 해주어야 할 이유는 없네."

"뭐, 틀린 말은 아니오. 나 역시 무광 노형이 죽는다 해도 원수를 갚아줄 생각은 없소. 우리가 서로를 위해 복수를 해줄 만큼 각별한 사이는 분명 아니니까."

"그럼 되었네."

천패무광은 빈 술병을 흔들며 아쉬운 표정을 짓자 기다렸다는 듯이 소엽이 나물볶음과 술을 내왔다.

"사부님이 담근 술입니다. 더는 내드릴 수 없으니 양해하세요."

"너도 같이 앉아."

백무향이 자리를 권했지만 소엽은 정중히 사양했다.

"미천한 제가 어찌 함께 자리를 할 수 있겠습니까?"

그러자 천패무광이 엄한 표정을 지었다.

"소엽, 넌 미천하지 않다. 반사곡 앞의 병자들은 너를 다정선자로 부르며 존경하지 않더냐? 벽라마원 시절은 잊어라. 너는 당대 최고의 신의인 반사귀선의 제자이다. 넌 당당히 자부심을 지니고 살아도 돼.”

백무향도 쾌활한 어조로 거들었다.

“맞아. 소엽은 더 이상 위축될 이유가 없어. 게다가 넌 내 여인이잖아? 누구라도 널 무시한다면 내가 가만두지 않을 것이다. 다시는 자신을 천시하지 마라, 알겠어?”

소엽은 감동에 젖어 두 사람을 향해 공손히 예를 올렸다.

“노선배님과 공자님께서 저를 이처럼 생각해 주시니 몸둘 바를 모르겠습니다. 그저 송구할 따름입니다.”

“됐으니까 어서 앉아.”

백무향이 손목을 잡아끌자 소엽은 옆에 다소곳이 앉았다. 그는 안주 삼아 내온 나물볶음을 우물거리며 물었다.

“한데 노형은 왜 태백궁에 조문을 가지 않았소?”

“광명신검과는 교분이 없네. 과거 광명신검은 내 도전을 여러 번 회피했지. 그 이후 난 광명신검을 진정한 무인으로 생각지 않게 되었네.”

“너무 옹졸한 것 아니오?”

“옹졸하다고? 내가?”

“그렇소. 광명신검이 비무를 회피한 것은 무광 노형을 위해서였을 것이오. 광명신검은 대결을 펼치면 누군가 다칠 수 있음을 우려했을 거요. 그렇다고 천외삼성의 제자로서 노형한테 일부러 져줄 수도 없으니 도전을 회피한 것이 최선의 선택으로 생각했을 것이오.”

“져주다니?”

천패무광이 탁자를 치며 벌떡 일어섰다.

“자네는 감히 날 무시하는 겐가?”

“오해하지 마시오, 노형. 내 말은 위험한 비무이기에 광명신검이 회피할 수밖에 없었다는 뜻이오.”

“말 돌리지 말게. 자네는 나와도 겨뤄보았고 광명신검과도 겨뤄보았으니 누가 고수인지 분명히 판단할 수 있을 것이네. 솔직히 말해보게. 내 무공이 광명신검에 못 미친다고 생각하는 건가?”

천패무광의 등등한 모습에 백무향은 고개를 갸웃거렸다.

“솔직히 판단이 어렵소. 지옥마부에서 잠깐 대결해 본 적이 있었지만 당시 광명신검은 한쪽 팔밖에 쓸 수 없는 상황이었고 공력도 제대로 운기하지 못하였소. 한데도 난 광명신검을 당해내지 못했소.”

“그렇다면 나도 같은 상황을 연출하지.”

천패무광은 스스로 두 다리와 한쪽 팔의 혈도를 짚었다.

“보다시피 두 다리와 한쪽 팔을 제압했네. 공력도 절반 이하로 낮추었지. 이제 대결해 보세. 그럼 정확한 비교가 될 것이네.”

백무향은 그의 무공에 대한 열정과 투지를 감안해 좋은 말로 달랬다.

"노형, 이미 죽은 사람과 비교해서 무슨 소용이 있겠소? 당대에서 노형의 무공이 최강임은 누구도 부인하지 못할 것이오. 나 역시 싸움을 마다하지 않는 성격이지만 무광 노형과는 절대 싸우고 싶지 않소."

천패무광은 다소 기분이 풀린 듯 호탕한 웃음을 터뜨렸다.

"허허헛, 내가 당대 최강이라고? 노제가 인정했다면 그것이 진실일세."

다시 자리에 앉은 그가 술잔을 부딪쳤다.

"자, 마시게나. 이는 광명신검을 위한 애도의 잔일세. 누가 뭐래도 광명신검은 당대 최고의 영웅이 아닌가?"

술잔을 마주친 백무향은 태옥교를 떠올렸다.

자신을 유혹하려 했던 그 사건 이후 조금은 서먹한 사이가 되었지만 그녀에 대해 나쁜 감정은 없었다. 지나친 총명 때문에 그 아름다움이 가릴 정도였지만 그녀와 견줄 미인은 여태 만난 적이 없었다.

'상심이 아주 클 거야. 도리상 조문을 가봐야겠군.'

천패무광은 훌쩍 반사곡을 떠나갔다.

반사귀선과의 약조를 지켜 백무향의 과거 흔적을 찾기 위해 십만대산을 다녀왔으니 할 도리는 다한 셈이다. 더 이상 반사귀선에게 빚진 게 없으니 그가 반사곡에 남아 있을 이유가 없었다.

백무향도 행장을 꾸려 반사곡 출구로 향했다.

"정말 너 혼자 있어도 괜찮겠어?"

그가 우려의 표정을 짓자 소엽이 잔잔한 미소를 지었다.

"그동안 사부님이 출타하시면 저 혼자 반사곡을 지켜왔습니다. 그리고 동무들이 저리 많은데 두려울 게 뭐 있습니까?"

그녀가 가리키는 동무들이란 반사곡 내에서 자유롭게 뛰어노는 짐승들을 말한다.

백무향은 비로소 마음을 놓았다.

"알았어. 태백궁에 가서 조문을 마치고 몇 군데 들러봐야 하니 한동안 돌아오지 못할 거다."

"항상 존체 보중하십시오."

"너도 조심해."

백무향은 소엽을 가볍게 포옹하고는 입을 맞추었다.

살포시 눈을 감은 소엽의 얼굴은 발갛게 상기되어 있었다. 잠시 후 그녀가 눈을 떴을 때 백무향은 이미 사라지고 없었다. 한데도 입술에 아직 뜨거운 감촉이 느껴졌다.

소엽은 이런 행복이 영원하기를 간절히 기원했다.

'공자님, 소녀를 잊지만 말아주세요. 일 년이든 십 년이든 공자님께서 찾아주시기를 기다리겠어요.'

3

도광(韜光)이란 말이 있다. 칼집에 넣어진 칼처럼 그 광채가 드러나지 않는다는 뜻이다.

사람은 누구나 자신의 명성을 뽐내고 싶어하며 명예로운 공적이 널리 알려지기를 내심 바라고 있다. 그것은 허영이라기보다 인간 본래의 속성일 수 있었다. 하기에 자신의 존재를 칼집 속에 넣어진 칼처럼 드러내지 않으려는 사람을 만나기란 흔치 않다.

유학자들은 그런 사람을 군자로 일컫는다.

광명신검 태무건은 위대한 무인이기에 앞서 위대한 인간이었다. 바로 도광의 진리를 깨우친 사람이기 때문이다.

백 년 이래 최강의 무단인 태백궁을 세웠지만 그처럼 엄격하게 제자들의 활동을 제한한 종주는 없다. 또한 그와 같은 절대적인 무공을 지니고도 자신의 존재를 드러내지 않으려 애쓴 사람도 드물 것이다.

그러나 진정한 광명은 드러내지 않아도 세상을 비추는 법이다. 강호의 질서와 정의가 태백궁에 의해 지켜져 왔음을 누구도 부인하지 않기에 광명신검의 존재는 군림하지 않는 제왕이었다.

그러한 그가 세상을 떠났다. 최후까지 마도와 싸우다 생을 마쳤으니 참으로 비장하고 위대한 무인이 아닐 수 없었던 것이다.

태백궁으로 향하는 조문 행렬이 끝도 없이 이어졌다.

좀처럼 거동하지 않는 구대문파의 장문인들은 물론이며 사파와 녹림의 총수들까지 문상객으로 찾아왔다.

본래 태백궁은 외부인의 출입을 엄격하게 제안했지만 태옥교는 부친의 성대한 장례를 위해 전 무림에 부고를 띄우고 태백궁을 개방했다.

문상객들은 광명신검의 빈소에 이어 벽력도왕 사도풍의 빈소를 찾아 애도를 표했다. 광명신검의 타계 때문에 빛이 가려졌지만 벽력도왕 역시 태백궁을 받쳐 온 기둥이었다.

한순간에 성주와 무상을 잃은 태백궁 제자들로서는 낙담할 수밖에 없었지만 조문객들을 맞이하는 그들의 모습은 의외로 차분했다. 비통함을 안으로 간직한 채 조문객들을 접대하는 그들의 모습은 과연 무림제일 문파인 태백궁의 제자로서 손색이 없어 보였다.

태옥교는 상주로서 조문객들을 맞이해 깍듯하게 예를 표했다.

태백궁의 몰락을 우려하던 조문객들은 그녀의 의연한 모습에 비로소 안도할 수 있었다. 그녀를 통해 태백궁의 건재를 확인한 것이다.

반사귀선의 문상은 다소 의외였다. 당대 최고의 기인인데다 다소 괴팍한 성격이라 심기가 틀어지면 군왕의 죽음조차 무시하는 그였기 때문이다.

반사귀선이 조문을 왔다는 보고에 태옥교가 급히 빈소를 나가 그를 맞이했다.

"원로에 찾아주셔서 송구할 따름입니다."

반사귀선은 커다란 머리통을 좌우로 흔들었다.

"허어, 참으로 애석하구나."

그가 조문을 마치자 태옥교가 몸소 접견실로 그를 안내했다.

태옥교는 그에게 차를 따라주고는 다시 한 번 정중히 절을 올렸다.

"귀선님께서 문상을 와주실 줄은 미처 몰랐습니다."

"어쨌거나 오랜 지인이 아니더냐?"

반사귀선은 차를 한 모금 음미하고는 의미심장한 말을 던졌다.

"이제 네가 태백궁주의 직을 승계하게 되겠구나."

일순 눈빛이 흔들린 태옥교가 차분한 어조로 응수했다.

"태백궁주는 명예보다 책임이 무거운 자리입니다. 제가 태백궁의 대공녀 신분이지만 워낙 부족함이 많아 태백궁주에 오를 마음은 추호도 없습니다."

"그럼 태백궁을 해체할 생각이냐?"

"아닙니다. 오행마단의 악도들이 호시탐탐 천하를 노리고 있는 상황에서 어찌 백도의 방벽을 무너뜨릴 수 있겠습니까?

저는 적임자를 모셔와 태백궁주로 받들 것입니다.”

반사귀선은 다소 의외라는 듯 물끄러미 그녀를 바라보았다.

“적임자라… 당금 천하에서 너를 능가할 적임자가 있겠느냐?”

“있습니다. 그분은 위대한 사문을 지녔고 무공 또한 절륜합니다. 그분이 태백궁의 궁주 직을 맡아주신다면 본 궁의 제자들 또한 마음으로 복속할 것입니다.”

“혹시 도불쌍절의 제자라는……?”

태옥교가 또렷한 어조로 말을 받았다.

“그렇습니다. 바로 무을 도승이십니다.”

“흐음, 무을이라면 그나마 적격이라 할 수 있지. 하지만 소림과 무당의 공동제자인 그가 과연 태백궁을 맡겠느냐? 게다가 풍문에 듣기로 녀석은 무공만 강할 뿐 기품과 위엄이 없다 들었다.”

“무을 도승의 부족함은 제가 채워 드릴 수 있습니다.”

태옥교가 몸을 일으켜 반사귀선의 잔에 차를 채워주고는 마주 앉았다.

“무을 도승이 태백궁을 맡으면 뇌천공자의 지원을 끌어낼 수 있습니다. 두 분은 의형제를 맺었으며 함께 금강마존을 격파한 만큼 신뢰가 돈독하지요. 아버님과 무상께서 타계하신 현 상황에서 그들 두 분이 백도를 떠받칠 새로운 기둥이 될</p>

것입니다."

반사귀선은 과자를 하나 집어 아삭아삭 씹어 먹었다.

"그러니까 그들 둘을 내세워 오행마단과 격돌하게 만들겠다는 것이 네 의도로구나? 연후 네가 태백궁주 직을 이어받는다면 절묘한 이대도강의 계책이 아닐 수 없구나."

태옥교의 낯빛이 해쓱하게 변했다. 그녀의 깊은 속내를 너무도 정확하게 간파했기 때문이다.

이대도강(李代桃繮).

이는 병법 삼십육계 중 하나로 자두나무가 복숭아나무 대신 말라 죽는다는 뜻이다.

복숭아나무는 병충해가 많아 자두나무를 함께 심어두면 병충해가 자두나무로 옮아간다고 하였다. 즉, 복숭아나무를 보존하기 위해 자두나무를 대신 쓰러뜨린다는 자연계의 이치를 병법에 응용한 것이다.

반사귀선이 지적한 대로 태옥교는 무을을 태백궁주로 내세우는 이대도강의 계책을 마련해 놓고 있었다.

자연스럽게 오를 수 있는 태백궁주의 자리를 부족함을 내세워 스스로 사양한다면 그 자체로 존경을 받는다.

그녀가 가장 두렵게 생각하는 상대는 현사군이었다. 그는 벽력도왕은 물론이고 당대 최강의 고수로 추앙되어 온 그녀의 부친마저 쓰러뜨린 대마두가 아니던가.

사실 그녀는 너무도 두려워 도주하고 싶은 심정이었다. 아무도 모르는 세상 깊은 곳에서 숨어 살고 싶었다. 하지만 그런 비겁한 도주는 모든 것을 잃게 된다. 자신이 그토록 명예롭게 생각해 온 부친의 명성마저 더럽히게 되는 것이다.

그녀는 고심 끝에 태백궁주 자리에 무을을 영입하는 묘책을 고안했다. 공명심과 탐욕이 높은 무을이라면 이를 수용할 것이라 확신했다. 물론 그가 절대 거부하지 못할 대책까지 강구해 놓은 상태다.

이런 깊은 책략은 절대 노출돼서는 안 될 극비 사항이었다.

한데 반사귀선이 대번에 그녀의 정곡을 찔렀으니 당황하지 않을 수 없었던 것이다.

태옥교는 애써 태연함을 가장했다.

"귀선님, 태백궁은 백도 정기를 수호해야 할 막중한 사명감으로 창건된 문파입니다. 하기에 어느 개인의 문파일 수 없습니다. 제가 외람되이 태백궁의 문상을 맡고 있지만 이것은 제가 광명신검의 딸이라서 주어진 자리가 아닙니다. 저는 어린 나이에 당당히 경쟁에서 선발된 것입니다. 전 추호도 사심이 없습니다. 믿어주십시오, 귀선님."

반사귀선은 더 이상 그녀를 몰아세우지 않았다.

"알겠다. 네가 믿어달라면 믿어줘야지. 곧 죽어 관에 들어갈 늙은이가 망령을 부릴 수는 없지 않겠냐?"

태옥교가 찻잔을 입으로 가져가며 넌지시 물었다.

"제가 듣기로 영외로 내려갔던 뇌천공자가 천패무광과 함께 중원으로 돌아왔다 합니다. 어찌 된 연유인지 몰라도 뇌천공자가 부상을 당한 것으로 보고되었습니다.”

“흐음, 역시 태백궁의 정보 수집 능력은 대단해. 그들이 중원으로 돌아왔단 말이지? 하지만 백무향 노제가 부상을 당했다는 보고는 옳지 않다. 그들 둘은 천하무쌍의 고수들인데 누가 감히 터럭 하나 다치게 할 수 있겠느냐? 아마도… 무향 노제가 정신적 충격 때문에 혼절한 것 같구나.”

“정신적 충격이오?”

“그래, 십만대산에서 자신이 회생한 흔적을 찾아냈다면 세월을 뛰어넘은 기억의 혼란 때문에 엄청난 충격을 받게 된다. 광증을 일으킬 수도 있고 자칫 모든 기억을 잃은 실혼인이 될 수도 있지. 최악의 경우 목숨을 잃을 가능성도 배제할 수 없다.”

태옥교의 표정이 심각하게 변했다.

“그렇게 위험한가요?”

“노부의 의학적인 추측일 뿐이다. 사실 무향 노제는 전례가 없는 존재라 나 역시 혼란스럽다. 진단이 쉽지가 않아.”

“정신적 혼란 때문에 사령독고가 발작할 우려는 없습니까?”

“호오, 무향 노제가 사령독고에 중독돼 있다는 것도 알고 있단 말이냐?”

“혈사성을 격파한 후 만났을 때 뇌천공자가 말해주어서 알고 있을 뿐입니다.”

의자에서 내려선 반사귀선은 뒷짐을 진 채 접견실 안을 천천히 걸었다.

“사령독고는 숙주가 죽어야만 기어나오기에 정신적 충격으로는 특별히 발작하지 않을 것이다. 사령독고는 세상에서 가장 지독한 독물이라 할 수 있지.”

태옥교가 목소리를 낮춰 물었다.

“한데 귀선님께서는 왜 사령독고를 제거해 주시지 않으셨습니까?”

“않은 것이 아니라 못한 것이다. 숙주가 죽어야만 기어나오는 독물을 무슨 재주로 꺼내줄 수 있겠느냐?”

“제가 감히 확신하건대 귀선님의 의술이라면 사령독고를 제거하실 수 있습니다.”

“…….”

창가에 서서 연못을 감상하고 있던 반사귀선은 잠시 입을 다물었다. 그는 머리를 긁적이며 물오리들의 유영을 바라보다가 몸을 돌렸다.

“너의 총명함에 한 방 먹었구나. 내가 네 속내를 함부로 추측한 것을 멋지게 반격했어. 역시 십전옥봉의 지모는 당해낼 수가 없구나.”

“송구하옵니다, 귀선님.”

자리에서 일어선 태옥교는 정중히 허리를 굽혔다.

“귀선님께서는 뇌천공자의 사령독고를 제거하실 필요가 없습니다.”

“뭐라?”

“뇌천공자는 언제 마왕이 될지 모르는 위험한 존재입니다. 어쩌면 현사군을 능가할 대마왕으로 변모해 천하를 위협할 수도 있습니다. 사령독고는 그런 최악의 상황에 대비할 수 있는 유일한 해결책입니다.”

“허어!”

반사귀선은 길게 탄식을 지으며 태옥교를 응시했다.

“넌 정말… 무서운 아이로구나?”

태옥교는 숙연한 표정을 지으며 말을 받았다.

“제가 현사군을 확실히 죽이지 못해 이런 불행한 사태가 발발했습니다. 전 아버님의 영전에서 분명히 깨달았습니다. 악으로 변할 소지가 있는 자들 앞에서 더는 관대해서는 안 된다는 진리를 터득한 것이지요.”

“허허, 백 년을 살아온 나보다 더 많은 것을 깨달았으니 넌 진정 당대 최고의 재녀다. 그런 줄도 모르고 네 속내를 주절댔으니 내가 살아남기 어렵겠구나.”

반사귀선은 한쪽으로 기울어진 머리통을 받쳐 들고는 접견실 밖으로 걸음을 옮겼다.

“내가 다시 태백궁을 찾는 일은 없을 것이다.”

태옥교는 그의 등을 향해 정중히 배례를 올렸다.

"용서하십시오, 귀선님. 멀리 배웅하지 않겠습니다."

그녀의 배례는 의미가 각별했다. 반사귀선은 그녀를 돌아보며 씁쓸한 미소를 지었다.

"태옥교, 네 부친은 살아서는 영웅으로 존재했고 죽어서는 전설로 남았으니 그 삶은 진정 위대하다 할 수 있다. 네가 광명신검의 딸이라면 나 같은 늙은이한테도 속내를 들켜서는 안 된다. 부디 네 부친을 위해서라도 철저하게 세상을 속여라. 그것이 네가 취해야 할 마지막 도리다."

접견실에 혼자 남은 태옥교는 깊이 고민했다.

이제 결단이 필요한 상황이었다. 반사귀선은 무림의 대결 구도를 좌시할 기인이지만 그가 자신의 계책을 간파하고 있다는 것만으로도 위협이 된다. 그것은 자신 외에는 누구도 알아서는 안 될 비밀이기 때문이다.

그녀는 공허함을 달래기 위해 가슴을 눌렀다.

'잠혼, 이럴 때 당신이라도 있었다면 큰 위안이 되었을 것입니다. 당신 덕분에 제거되어야 할 많은 사람들을 감쪽같이 제거할 수 있었는데 이제는 정말 어렵게 되었어요.'

잠시 고심하던 그녀가 지그시 입술을 깨물며 접견실을 나섰다.

'장애물은 반드시 제거되어야 한다!'

제 46 장

빌어먹을 놈의 운명

1

콰류류류!

장강의 상류를 가로지르는 삼협은 언제 보아도 장엄하다. 특히 무산협에서 내려다보이는 급류는 아찔한 현기증을 일으킬 만큼 기운차다.

무산 신녀봉에서 까마득한 협곡을 내려다보는 한 청년이 있었다. 나이는 이십대 중반 정도로 보였으며 오관이 수려했다. 유난히 검고 짙은 눈썹이 인상적이었고 꾹 다문 한일 자 입술이 고집스런 성격임을 대변해 준다.

푸른 바람막을 펄럭이며 서 있는 청년은 다름 아닌 백무향이다.

반사곡을 떠나온 그는 광명신검의 조문을 위해 태백궁을 찾았다가 너무도 많은 문상 행렬에 질리고 말았다. 그로서는 광명신검과 일면식이 있을 뿐이기에 사실 무시해도 될 일이었다. 하지만 태옥교과의 교분을 감안해 예의상 조문을 하려 한 것인데 인파에 치어 그만 포기하고 말았다.

광명신검의 장례식 이후라면 조금 한가할 수 있기에 문상은 훗날로 미루었다.

그리고 열흘을 꼬박 이동해 이른 곳이 무산협이었다.

무산 신녀봉 아래 위치한 요지(瑤池)는 환희마궁의 총단이다. 이미 지옥마부와 축융마곡을 통합한 환희마궁은 가장 강력한 마단으로 부각된 상태다. 특히 환희마후로 알려진 소견의 존재는 공포에 가까웠다.

세상 누구도 유혹할 수 있는 매력적인 대마녀!

소견이 천색요골의 소유자임이 널리 알려지면서 모두가 그녀를 두려워하였다. 그녀의 마력적인 미소를 감당할 수 있는 사람은 거의 없다는 것이 천하인들의 정평이었다.

그러나 백무향에게 있어 환희마궁은 조금치도 두려워할 대상이 아니었다. 환희마궁의 전 궁주인 소수마후 때부터 악연이 맺어져 수차례 방문한 적이 있었으며 현 궁주인 환희마후 소견은 그녀의 정혼자였다. 환희마궁 제자들도 이를 잘 알기에 감히 그의 진입을 막지 못한다.

한데 애써 신녀봉까지 찾아왔건만 그는 소견을 만날 수 없었다. 환희마궁이 또다시 이주를 한 것이다. 하기는 지옥마부와 축융마곡을 통합한 환희마궁으로서는 진출입이 어려운 요지를 총단으로 유지하기가 어려웠을 것이다.

다소 황당해진 백무향은 신녀봉에 올라 푸념을 하는 중이었다.

"젠장, 내가 찾아올 줄 알고 피한 건가?"

사실 그는 이번에 소견을 만나면 담판을 지을 작심을 하고 있었다. 그녀를 무력으로 제압해서라도 끌고 나올 생각이었다. 소견의 예전 모습을 누구보다 잘 아는 그였기에 그녀가 대마녀로 변모했다는 것이 이해가 되지 않았다. 소견의 무공을 제거한다면 마성을 없앨 수 있다는 것이 그의 판단이었던 것이다.

"교활한 여우는 땅굴을 여러 군데 판다고 하던데 영락없는 그 짝이로군. 이번에는 대체 어디다 총단을 세운 거야?"

단서 하나 없는 상황이기에 그로서는 도무지 추정할 수가 없었다.

휘이이잉!

계절은 여름의 문턱에 이르렀지만 신녀봉의 바람은 여전히 차갑고 매섭다. 백무향은 깊이 숨을 들이켜고는 동북방으로 고개를 돌렸다.

"어쩔 수 없이 태백궁으로 가봐야겠군. 태백궁의 정보력이라면 환희마궁의 소재를 파악해 놓았을 수도 있으니까."

아마 그가 당도할 시기라면 장례식도 끝나 대부분의 조문객들도 돌아갔을 것이기에 번거로운 만남도 없을 것 같았다.

그러다 문득 그의 시선이 멀리 능선 쪽으로 옮겨졌다.

"가만, 신녀문이라는 곳을 한번 찾아가 볼까?"

그는 동호에서 만난 신녀문주 초은시를 떠올렸다.

그녀는 풍운마제를 악적으로 증오할 만큼 원한을 품고 있다. 하기는 하나의 문파가 이백 년 동안 이름조차 숨기며 살아왔다는 것은 봉문(封門)과 다를 바 없으니 그 원인을 제공한 풍운마제를 저주하는 것은 당연한 일일 것이다.

당시 신녀문주 초은시는 자신이 풍운마제임을 확신한다면 찾아오라고 말했다. 이백 년 전의 복수를 하겠다는 뜻이다.

"내가 신녀문을 찾아가면 풍운마제임을 자인하는 격이 된다. 아마 한바탕 싸움을 피할 수 없을 것이다."

일순 십만대산에서 입수한 옥패를 떠올린 그가 품속을 뒤졌다. 백옥으로 제작된 옥패를 끄집어낸 그는 선명하게 양각돼 있는 글씨를 주시했다.

"완완… 여인의 이름이 분명해. 대체 이 옥패의 주인이 누구이기에 마정쌍제의 현장에 남겨져 있었던 것일까?"

그는 곰곰이 과거를 더듬었지만 예전의 기억이 말살된 상태라 연관된 사건을 전혀 떠올릴 수 없었다. 옥패를 품속에 챙긴 그는 허리춤에서 비수를 뽑아 들었다.

본래 칼집 없이 발견된 것이기에 칼집은 철기점에서 새로

맞추었다.

비수는 오랜 세월 동안 전혀 변색되지 않았고 여전히 예리함을 간직하고 있었으며, 손잡이에 자줏빛 가죽이 둘러져 있는 것 외에는 어떤 특징도 발견되지 않았다.

하얀 옥패와 자색 손잡이의 비수.

이백 년 전의 현장에서 찾아낸 물건은 두 개뿐이다. 그것이 그의 기억을 되살려줄 유일한 증거물이지만 그의 과거는 여전히 밝혀지지 않았다.

백무향은 비수를 허리춤에 꽂고는 멀리 능선 쪽으로 몸을 날렸다. 그의 표정이 다소 비장했다.

'내가 누구인지는 중요하지 않지만 내가 지은 죄 때문에 하나의 문파가 이백 년 동안 봉문된 상태라면 그 굴레를 벗겨주어야 한다. 어쩌면 난 과거의 업보를 씻기 위해 되살아난 것일 수도 있으니까.'

2

파괴의 현장은 참혹했다.

신녀문을 에워싸고 있었던 수림은 철저하게 파괴되었고 여제자들이 수욕을 즐겼던 소는 바윗덩이로 메워진 상태였다. 몇 곳의 초옥은 불에 타 숯이 되었으며 벼랑 아래로 십여 기의 무덤이 세워져 있었다.

"뭐, 뭐야?"

기억을 더듬어 신녀문이 소재한 곳으로 찾아간 백무향은 을씨년스런 풍경에 황당함을 금할 수 없었다.

그가 우연히 신녀문 내로 들어섰을 때만 해도 복숭아꽃이 만발했고 맑은 물이 흐르는 아름다운 장소였다. 한데 과거의 절경은 간데없고 죽음의 기운이 물씬 풍기는 폐허로 변해 버린 것이다.

무덤은 세워진 지 두세 달 정도 된 듯 아직 떼가 뿌리를 내리지 못했다. 무덤마다 작은 비석이 세워져 있었는데 망자의 이름으로 생각되는 글자만 새겨져 있을 뿐이었다.

"것참, 정말 모를 일이군."

백무향은 도무지 이해가 되지 않았다.

동호 변에서 보여준 신녀문 제자들의 무공은 하나같이 일류 급이라 웬만한 문파의 전력과 맞먹을 정도였다.

특히 문주인 초은시의 무공은 절세적이었다. 심기검을 발출할 수 있는 그녀의 초절한 무공을 감안한다면 신녀문의 몰락은 경악할 만한 사건이 아닐 수 없었다.

"가만, 죽은 사람의 이름 중에 문주인 초은시나 취운 이름은 없었어."

그가 알고 있는 신녀문도의 이름은 두 명뿐이다. 제자인 취운이란 이름은 신녀문에 들어섰을 때 들었고, 문주 초은시의 이름은 동호 변에서 들었다. 물론 모두가 면사로 얼굴을 가리고 있어 모습은 전혀 떠올릴 수 없다.

"초은시와 취운의 이름이 없다. 그렇다면 전멸한 것은 아니로군. 하기는 신녀문이 멸문했다면 이런 무덤도 세워질 수 없었겠지."

생각이 여기에 미치자 누구 신녀문을 공격했는지 궁금했으며 은근히 분노가 치밀기도 했다. 이유는 알 수 없지만 그는 신녀문에 대해서는 비교적 호의를 가지고 있었다. 또한 자신이 보호해 주어야 할 문파라는 막연한 의무감마저 지니고 있었다.

한데 이때였다.

쐐애액―!

매서운 바람 소리와 함께 수십 개의 암기가 그를 향해 쏟아져 내렸다. 급격한 호선을 그리며 날아드는 암기는 나뭇잎과 꽃잎이었다. 상승 절기인 적엽비화였다.

백무향은 양손을 교차해 가볍게 소매를 내저었다. 호신강기가 발출되자 적엽비화에 의한 암기가 모두 부서졌다.

"차앗!"

"죽어라, 악적!"

앙칼진 음성과 함께 하얀 천으로 전신을 두른 여인들이 검과 함께 날아들었다. 신녀문 제자들이었다.

백무향은 급히 천마환영보를 전개해 매서운 검법을 피해 냈다.

"진정들 해. 왜 나만 보면 죽이려 드는 것이냐?"

취운으로 생각되는 여인이 독기를 뿜어내며 외쳤다.

"이 잔악한 놈아! 네가 본 문의 소재를 밝히지 않았다면 어떻게 마도의 무리들이 본 문을 급습할 수 있었겠느냐?"

"마도의 무리들이라니? 대체 어떤 놈들이 신녀문을 침공했단 말이냐?"

"환희마궁이 주축이 된 삼대마단의 마귀들이다! 네가 본 문의 소재를 밝히지 않았다면 저들이 어떻게 본 문을 침공했겠느냐?"

백무향은 비로소 대략적인 상황을 짐작했다.

"취운, 오해다. 난 너희를 만난 이후 환희마후 소견을 본 적도 없다. 제발 내 말을 믿어다오."

취운의 눈에 눈물이 그렁그렁 맺혔다

"내 동문들과 어린 수련생들이 무참하게 죽었다. 네놈을 죽여 동문들 영전에 바칠 것이다!"

"초 문주는 어디 있느냐? 문주와 얘기하겠다."

이때 허공 저편에서 맑은 음성이 흘러들었다.

"물러서라, 취운. 흉수인지 확인한 후 죽여도 늦지 않다."

첫마디는 수백 장 밖에서 들려왔는데 말이 멎었을 땐 한 여인이 장내로 내려서 있었다. 신녀문 제자들처럼 하얀 천으로 몸을 둘렀지만 전신에서 풍기는 위엄이 남달랐다. 갈색 눈망울에서 뿜어지는 눈빛이 칼날처럼 예리했다.

바로 신녀문주 초은시였다.

취운을 비롯한 신녀문 제자들이 한쪽 무릎을 꿇으며 예를 올렸다.

"문주님을 뵈옵니다."

초은시는 약간의 거리를 두고 백무향과 마주 섰다.

백무향은 가볍게 포권을 취했다.

"초 문주, 다시 만나 반갑소."

"……."

"천패무광과 함께 십만대산을 찾아갔지만 아쉽게도 내 기억을 회복할 수 없었소. 오히려 단편적으로 떠오르던 옛 기억마저 잃어버렸소. 그래도 두 가지 물건을 발견한 게 있어 그것을 확인하고자 신녀문을 찾아온 것이오. 한데 이런 참화를 겪었으니 뭐라 위로를 해야 할지 모르겠소."

초은시는 그를 직시하다가 차갑게 물었다.

"천패무광과는 어떤 사이인가요?"

"호형호제하는 사이요. 반사귀선과도 마찬가지이고."

"천패무광과 반사귀선 두 분은 이미 백 세를 넘긴 당대 최고의 명숙이지요. 그런 분들과 호형호제한다면 당신이 이백 년 전의 인물일 가능성을 배제할 수 없겠군요."

"이해해 준다니 고맙소."

초은시가 다소 누그러진 어조로 물었다.

"뇌천공자, 본 문의 참화와 무관함을 맹세할 수 있나요?"

"물론이오. 난 동호에서 문주를 만난 후 십만대산으로 곧장 향했소. 그리고 그곳에서 정신적 충격으로 광증을 일으켜 무광 노형이 날 반사곡으로 데려갔소. 다행히 정신을 차리고 무산에 이른 게 전부요. 환희마후 소견이 내 정혼녀이기는 하지만 난 황금성의 금강마존을 죽인 사람이오. 난 오행마단과 원한을 맺고 있는 사람인데 왜 신녀문에 해가 되는 일을 하겠소?"

백무향의 강경한 변론에 신녀문 제자들은 어느 정도 오해를 해소한 듯 검을 거두었다.

초은시가 둥실 떠올랐다.

"따라와요."

수림 사이로 흐르는 개울가에 몇 개의 초옥이 세워져 있었다.

통나무 원탁을 사이에 두고 두 사람이 마주 앉았다. 백무향이 먼저 물었다.

"신녀문이 오행마단과 어떤 원한이라도 있소?"

"본 문은 이백 년 이래 이름조차 숨긴 채 살아왔어요. 오행마단의 침공은 전혀 뜻밖이지요. 당시 나를 비롯한 영주 급 제자들이 백 공자를 찾기 위해 동호까지 출타한 상황이라 전혀 대처하지 못했어요. 겨우 목숨을 부지한 제자의 말에 의하면 마귀들이 애초부터 본 문을 노린 것은 아닌 것 같습니다."

"그럼?"

"저들이 이주 도중에 본 문의 흔적을 발견하고 침공했다고 들었어요. 환희마궁이 본 문 부근에 소굴을 두고 있었는 줄은 몰랐습니다."

백무향은 상황의 흐름을 확실히 인식할 수 있었다.

"그렇소. 신녀봉 아래 요지에 환희마궁은 총단을 두고 있었소. 잠시 전 그곳을 둘러보았는데 이미 흔적을 파괴하고 이주한 상태였소."

취운이 차를 내왔다. 오해가 풀렸지만 백무향을 바라보는 눈빛이 곱진 않았다. 그가 신녀문에 불운을 가져왔다고 여긴 것이다.

초은시가 차를 한 모금 마시고는 물었다.

"십만대산에서 두 가지 물건을 찾아냈다고 했던가요?"

"그렇소."

백무향은 옥패를 내보이기 전에 넌지시 물었다.

"혹시 완완이라는 이름의 여인을 아시오?"

일순 초은시의 눈에서 안광이 폭사되었다. 얼마나 격동했는지 손에 쥔 찻잔이 그대로 박살났다.

"어, 어떻게 요녀의 이름을?"

"지금 요녀라고 했소?"

자리를 박차고 일어선 초은시가 뒤로 미끄러지며 공력을 운기했다.

"기억은 못해도 당신이 풍운마제라는 증거가 발견됐나요?"

“진정하시오, 초 문주.”

백무향은 옥패를 꺼내 탁자 위에 올려놓았다.

“완완이라는 글자가 여기 새겨져 있었소.”

초은시의 교구가 심하게 요동쳤다.

“백옥신패(白玉神牌)?”

그녀는 섭물진기를 발휘해 옥패를 끌어들였다. 옥패를 세심하게 살핀 그녀가 무거운 침음성을 발했다.

“으음, 분명 백옥신패야.”

백무향은 비로소 옥패의 출처를 알게 되었다.

“초 문주가 옥패를 알아본다니 분명 신녀문의 물건이군. 한데 그 옥패가 왜 십만대산에 묻혀 있었던 것이오?”

초은시는 옥패를 손에 쥔 채 한동안 입을 열지 않았다. 면사를 쓰고 있어 표정은 알 수 없지만 수시로 변하는 눈빛으로 미루어 심적 갈등을 겪는 듯했다.

백무향은 그녀가 진정하기를 기다려 허리춤에 찬 비수를 탁자 위에 내려놓았다.

“옥패와 함께 이 비수도 발견되었소. 이것 역시 신녀문의 물건이오?”

비수를 대한 초은시는 옥패를 보았을 때보다 더 격동했다.

“오오, 자뢰비(紫雷匕)!”

그녀는 떨리는 손으로 비수를 집어 들고는 눈 한 번 깜빡이지 않고 비수 끝서부터 자루 끝까지 주시했다. 이어 비수를 가슴에 안고는 하늘을 우러러 보았다.

"조사님들이시여, 본 문의 신물인 자뢰비가 이백 년 만에 회수되었습니다."

백무향은 십만대산에서 입수한 두 개의 물건이 모두 신녀문과 연관돼 있다는 사실에 의혹을 금치 못했다.

'대체 완완이라는 마녀가 신녀문과 무슨 관계지? 그리고 그녀가 마정쌍제와 어떤 연관이 있단 말인가?

초은시는 감동과 흥분을 진정시키고는 백무향을 향해 정중히 예를 올렸다.

"본 문의 신물을 찾아주신 은공께 감사드립니다."

백무향은 상대의 신분이 일문의 종주임을 감안해 몸을 일으켜 마주 예를 표했다.

"신녀문의 신물이라니 다행이오."

"자뢰비와 도완완(桃婉婉)의 백옥신패가 함께 발견되었다면 전설은 틀리지 않은 것입니다."

"도완완이 그 옥패의 주인이었소?"

"그렇습니다. 도완완은 본 문의 반도로서… 천색요골의 소유자입니다."

"천색요골?"

백무향은 잔뜩 이맛살을 찌푸렸다.

왠지 불길한 예감이 앞섰다. 소견이 천색요골의 소유자인데 이백 년 전에도 그런 저주스런 체질을 지닌 요녀가 존재했다는 것이 영 개운치 않았다.

초은시는 그에게 자리를 권하고는 마주 앉았다.

"본 문의 신물을 찾아준 분이시니 이 두 가지 물건에 연루된 내력을 말씀드리겠습니다."

"그래 주시오. 내게도 깊은 연관이 있는 것 같아 꼭 듣고 싶소."

"본 문이 창건된 지는 이백 년이 훨씬 넘습니다. 창건 조사는 운학여선(雲鶴女仙)으로서 도문에 몸담고 계시다가 신녀문을 창건하셨습니다. 도문에서는 통상 여제자들을 잘 수용하지 않기에 이를 안타깝게 여긴 여선께서 여인들만을 위한 도문을 세우게 되신 겁니다."

백무향이 머쓱한 표정을 지으며 말을 받았다.

"내가 강호사에 해박하지 못해 운학여선에 대한 얘기는 들은 적이 없소."

"조사께서는 강호 활동을 거의 하지 않으셨기에 당시에도 조사의 존재를 아는 사람이 드물었습니다. 이백 년이 지난 현 상황에서는 더욱 아는 사람이 없지요."

초은시는 차로 입술을 적시고는 말을 이었다.

"신녀문이 창건된 지 삼십 년이 흐르면서 이대에 걸친 제자들이 형성되었습니다. 제자들의 숫자는 오십 명을 넘지 않았지만 하나같이 도력이 깊었고 무공도 뛰어났지요. 한데 조사께서 한 계집아이를 제자로 들이면서 사건이 벌어졌습니다."

"그 계집아이가 바로 도완완이겠군."

"그렇습니다. 도완완은 불과 일곱 살의 나이였지만 그때부터 요염함을 지녔다고 들었습니다. 당시는 천색요골이란 말이 없었기에 그저 색기가 강한 정도로만 생각하였지요. 도완완은 무녀로부터 세상을 해치는 요물로 낙인찍혀 타 죽을 뻔한 아이였습니다. 마을 사람들이 도완완을 산 채로 태워 죽이려 하자 보다 못한 조사께서 도완완을 구해 데리고 오셨습니다. 조사께서도 도완완에게서 아주 특별한 색기를 느끼셨지만 엄한 가르침과 도문의 선술이라면 색기를 제압할 수 있다 여기신 것이지요."

"……."

"수년 후 조사께서는 우화등선하셨고 수제자이신 난화선자(蘭花仙子)께서 신녀문 제이대 문주에 오르셨습니다. 도완완은 나이가 들면서 더욱 색기가 강해져 열다섯 살이 넘게 되자 동문들까지 매료되고 말았습니다. 같은 여인의 몸이지만 동문 제자들 모두가 요녀를 연모하게 되었지요. 난화선자께서도 이를 간파하셨지만 조사께서 직접 데리고 온 제자인데다 특별한 관리를 유시하셨기에 파문할 수도 없었습니다. 물론 요녀가 세상으로 내려갈 경우 엄청난 파장이 우려되기에 내칠 수도 없는 상황이었습니다."

초은시는 잠시 얘기를 멈추었다가 긴 한숨과 함께 다시 가슴 아픈 비사를 털어놓았다.

"사건은 난화선자께서 영주 급 제자들과 함께 태상노군 탄생제에 참가하기 위해 신녀문을 떠나 있을 때 발발했습니다. 놀라운 무공을 지닌 청년이 신녀문의 외곽 방어진을 뚫고 침입했습니다. 한데 도완완을 대면한 청년은 한눈에 반해 함께 세상 밖으로 나갈 것을 권했고, 애초부터 선도술에 관심이 없었던 도완완은 기꺼이 응했습니다. 이로 인해 한바탕 싸움이 벌어졌지만 청년의 무공은 절세적이라 남은 제자들은 이를 저지할 수 없었습니다."

과거의 비사를 들으면서 백무향은 알 수 없는 압박감에 젖었다. 기억이 말살돼 어떤 잔상(殘像)도 떠올릴 수 없었지만 아득한 과거의 본능이 아직 몸에 남아 있음을 느꼈다.

"그 청년이 바로……?"

"그래요. 본 문의 원수인 풍운마제입니다."

초은시는 차갑게 응수하고는 얘기를 이었다.

"본 문으로 귀환한 난화선자께서는 급히 하산해 풍운마제를 찾아가셨습니다. 당시 풍운마제는 청년의 나이에도 불구하고 사해문이란 문파를 창건한 대단한 신분이었지요. 난화선자께서는 도완완의 위험한 색기를 경고하며 그녀를 돌려줄 것을 요구했습니다. 하지만 풍운마제는 이미 자신의 여인이 된 도완완이기에 돌려줄 수 없음을 밝혔고 모든 책임은 자신이 지겠다고 하였습니다. 난화선자께서는 대결을 벌였지만 풍운마제를 당해내지 못해 빈손으로 귀환하실 수밖에 없었습니다.”

　백무향은 마치 자신이 죄를 지은 것 같아 심정이 착잡했다. 하지만 자신이 풍운마제의 현신임을 확신할 수 없기에 일단은 묵묵히 듣고만 있었다.

　초은시는 비감 어린 어조로 얘기를 계속했다.

　“요녀 도완완이 풍운마제와 잘 이루어졌다면 아무 문제가 없었을 겁니다. 한데 무녀가 예상한 대로 도완완은 세상을 해칠 요물이었습니다. 한 사내한테는 만족할 수 없어 여러 사내와 관계를 맺었지요. 불행히도 그녀와 관계한 사내는 풍운마제를 제외하곤 모두 죽었습니다. 물론 이는 훗날 밝혀진 사실입니다. 당시까지는 도완완 때문에 생긴 사고라고는 누구도 짐작하지 못했지요.”

　백무향은 입 안이 바싹바싹 타 들어가 거푸 차를 마셨다.

　“천색요골이 틀림없소. 환희마후 소견 역시 수적들에게 유괴된 이후 숱한 도적들을 죽게 만들었소.”

　“요녀는 급기야 당대 최고의 기재마저 유혹했습니다.”

　“그가 바로 뇌천검제였겠군.”

　“그래요. 하지만 뇌천검제는 역시 정파의 대협답게 요녀의 유혹에 쉽게 매료되지 않았습니다. 결국은 도완완의 유혹에 넘어갔다는 얘기도 있었지만, 친구인 풍운마제를 만나 세상을 위해서라도 도완완을 죽여야 한다며 역설했다는 얘기가 더 설득력이 있습니다. 물론 풍운마제는 이를 수용하지 않았

지요. 이후 그들 사이에 불화가 야기되었고 종내에는 사해문
과 정파연합이 격돌하는 무림대전까지 발발했습니다. 무림
대전이 벌어진 와중에 마정쌍제는 멀리 새외로 떠나 결투를
벌였다 하는데 그 결말은 누구도 알지 못했습니다.”

백무향은 남쪽 하늘을 바라보며 나직이 뇌까렸다.

“십만대산… 마정쌍제와 도완완은 함께 그곳으로 갔다.”

“백 공자, 워낙 오래전의 일이기에 얘기의 일부가 와전됐
을 수도 있습니다. 풍운마제가 본 문의 원수이다 보니 사실과
다르게 사악하게 묘사됐을 가능성도 배제할 수 없습니다. 어
쨌거나 당시의 무림대전에 요녀 도완완이 개입된 것은 확실
하며 수천 명이 목숨을 잃는 대참사가 벌어졌지요.”

초은시는 깊은 탄식을 하며 이야기를 마무리 지었다.

“난화선자께서는 본 문이 제자를 잘못 관리하여 너무도 큰
죄를 지었음을 통탄하셨습니다. 그 죄를 씻기 위해 본 문 제
자들은 모습을 드러내지 말아야 하며 세상에 신녀문의 존재
를 알리지 말 것을 엄하게 유시하고는 스스로 목숨을 끊으셨
습니다. 이상이 제가 얘기해 드릴 수 있는 전부입니다.”

백무향은 숙연한 기분에 젖어 한동안 입을 뗄 수가 없었다.

만일 그가 풍운마제의 현신이라면 진정 신녀문에 대해 씻
을 수 없는 악업을 저지른 죄인이 되는 것이다. 한때 자신이
사해문의 조사인 풍운마제이기를 바라기도 했지만 지금으로
서는 그런 마음이 싹 사라졌다.

"얘기 잘 들었소."

백무향은 몸을 일으켜 예를 표하고는 초은시 옆을 지나쳐 나왔다.

지금 같아서는 한바탕 술이라도 퍼마시고 싶었다.

과거가 밝혀져 자신이 풍운마제가 아니라면 다행이겠지만 뇌천검제라 해도 책임을 면하긴 어려울 것 같았다. 뇌천검제 역시 도완완의 유혹에 넘어갔을 가능성을 배제할 수 없기 때문이다.

취운을 비롯한 제자들은 백무향 앞을 막아선 채 길을 비켜주지 않았다.

백무향이 씁쓸한 표정을 지었다.

"날 어쩔 셈이오?"

그러자 초은시가 자리에서 일어섰다.

"물러들 서라."

그녀의 명이 떨어지자 신녀문 제자들이 좌우로 비켜섰다.

백무향은 여제자들에게 목례를 표하고는 천천히 걸음을 옮겼다. 그의 등 뒤로 초은시의 음성이 들려왔다.

"백 공자, 당신이 진정 마정쌍제 중 한 사람의 현신이라면 누구임에 관계없이 환희마후 소견을 죽여야 합니다. 소견은 도완완의 환생과도 같기에 그 요녀를 제압하기 위해 하늘이 당신을 다시 살린 것으로 생각됩니다."

"……."

"그것이 바로 당신의 운명입니다."

"……"

백무향은 아무런 대꾸도 하지 않고 수림으로 들어섰다.

나무 기둥을 박차고 치솟은 그가 빠른 속도로 몸을 날렸다. 생각 같아서는 벼랑에 머리를 부딪쳐서라도 자신의 과거를 정확히 알고 싶었다.

"젠장, 모든 것을 잊고 뇌천공자 백무향으로 살아가려 했는데 이제는 다 틀려 버렸군. 내가 누구인지 확실히 알아야겠다. 모든 기억을 되찾아서 대체 당시 어떤 상황이 벌어졌는지 정확히 밝혀내야 돼."

그는 터질 것만 같은 울분과 답답함을 긴 장소성으로 대신하였다.

"우우우!"

한바탕 사자후와 같은 외침을 발하자 혈관을 타고 치솟은 피가 다소 진정되었다.

그는 자신의 손으로 소견을 죽여야 한다는 초은시의 말을 떠올리며 이를 부득 갈았다.

"염병, 이게 무슨 빌어먹을 놈의 운명이란 말인가?"

제 47 장

예상치 못한 급보

1

쾌르릉 쾌쾅!

엄청난 산사태가 전개되었다. 가파른 비탈의 중턱이 붕괴
되면서 능선 하나가 송두리째 무너져 내렸다.

"구겁대파황(九劫大破荒)!"

힘찬 외침과 함께 핏빛을 동반한 섬광이 하늘과 땅을 일시
에 가를 듯 내리꽂혔다.

쫘아앙!

믿을 수 없게도 암석 벼랑이 좌우로 갈라지며 거대한 협곡
으로 바뀌었다. 실로 천재지변에 의한 현상이었다.

검을 손에 쥔 채 바닥으로 내려선 사람은 피부에 금빛이 감

도는 청년이었다. 절세미인을 방불케 할 미공자였지만 안대
로 가린 한쪽 눈은 머리카락을 늘어뜨려 최대한 감추고 있었
다. 그러나 애꾸눈에서 뿜어지는 붉은 안광은 악귀의 눈빛처
럼 섬뜩했다.

"카하핫!"

청년은 한바탕 광소를 터뜨리고는 검을 회수했다.

"역천혈류!"

그는 새로 형성된 협곡을 향해 쌍장을 내밀었다.

쿠구구궁!

수십 길 높이의 협곡이 요동치면서 서서히 좁혀졌다. 갈라
졌던 벼랑이 다시 하나로 합쳐진 것이다.

통천경악!

이것이 과연 인간의 능력으로 가능한 것일까. 일검으로 산
악을 쪼개 협곡을 만들고 한 번 손짓으로 계곡을 막아버리는
능력은 인간의 한계를 넘어선 신의 경지라 할 수 있었다.

"하하핫!"

청년은 흡족한 웃음을 터뜨리며 훌쩍 몸을 날렸다.

그는 눈 깜빡할 사이에 십여 리를 주파해 황금성으로 들어
섰다. 그가 황금기와가 얹힌 전각 앞에 내려서자 세 명의 백
발노인이 일제히 허리를 굽혔다.

"감축드리오, 성주."

"마침내 마황진경을 대성하셨소이다."

“성주께서는 진정 파천마황의 후예이시오.”

황금삼상의 하례를 받는 청년은 다름 아닌 현사군이었다.

현사군은 뒷짐을 진 채 오만하게 삼상을 굽어보았다.

“사부님 말씀이 옳았소. 만일 내가 절반의 마황진경을 마저 수련한 후 출동했다면 치욕스런 부상은 당하지 않았을 것이오.”

“자책하지 마시오. 성주께서는 절반의 마황진경만으로도 백도의 맹주인 광명신검을 죽였소. 광명신검은 과거 파천마황을 합공한 천외삼성의 제자외다. 성주께서는 파천마황의 후예로서 통쾌하게 복수를 한 것이오.”

현사군은 총상의 치하를 일축했다.

“유감스럽게도 광명신검은 내가 죽인 게 아니오.”

“성주, 그게 무슨 말씀이시오?”

금상과 혈상이 정색을 지으며 반박했다.

“광명신검은 성주의 역천혈류마겁공을 감당하지 못하고 죽은 게 확실하오.”

“이는 정파 놈들도 인정하거늘 어찌 부인하시는 것이오?”

현사군은 황금삼상을 대동한 채 천천히 돌계단을 올랐다.

“광명신검은 실로 천하제일의 고수였소. 나의 구겁파천검법이 그렇듯 쉽게 와해될 줄은 몰랐소. 솔직히… 난 그 순간 좌절하고 말았소.”

“성주?”

“결국 역천혈류마겁공으로 승부를 걸었지만 엄청난 반탄력에 내가 부상을 당하고 말았소.”

“그래도 최후의 승자는 성주가 아니시오?”

의사청으로 들어선 현사군은 상좌에 좌정했다.

“그가 죽고 내가 살았으니 외견상 내가 승자일 수 있겠지. 하지만 광명신검은 스스로 죽은 것이지 내 손에 죽은 것이 아니오. 폐관수련 도중 갑작스럽게 수련을 중단하고 나서는 바람에 그는 이미 주화입마에 들었던 것이오. 만일 그가 수련을 완성했다면…….”

황금삼상의 표정이 숙연해지자 현사군이 밝은 웃음을 지으며 분위기를 돌렸다.

“하핫, 그렇다고 너무 의기소침할 건 없소. 어쨌거나 오행마단 최대의 적인 광명신검이 죽지 않았소? 게다가 난 하나로 합쳐진 마황진경을 터득해 더욱 강해졌소. 지금이라면 광명신검이 건재했다 하여도 내 손에 죽었을 것이오.”

시녀들이 차를 따라주고 한쪽으로 물러섰다.

현사군은 차를 한 모금 마시고는 차분하게 입을 열었다.

“사실 내 개인적인 심정으로는 태옥교와 백무향, 그 연놈을 찢어 죽이는 게 순서요. 하지만 이번에 태백궁을 침공하면서 사부님의 혜안에 깊이 감복하였소. 태백궁을 괴멸시키지 못했지만 엄청난 타격을 입혔으니 당분간 저들의 반격은 우려하지 않아도 될 것이오. 난 사부님의 유시대로 오행마단의 통합에 주력할 것이오."

총상이 두 손을 모으며 예를 올렸다.

"성주께서는 절대마공보다 심득을 얻으셨구려. 이제 황금성을 주축으로 하는 오행마단의 대통합이 이루어질 것이오. 오행천의 재건은 시간문제외다."

"현 상황을 보고하시오."

"태백궁은 여전히 충격에서 헤어 나오지 못하고 있으며 광명신검의 죽음으로 백도 또한 흔들리고 있소. 일부에서 복수를 외치고 있지만 태옥교가 과연 백도 세력을 영도할 수 있을지 우려하는 기운이 역력하오."

현사군은 느긋하게 기대앉으며 눈을 가늘게 떴다.

"태옥교는 교활한 계집이라 무모한 일은 꾸미지 않소. 내가 죽지 않았다는 것을 알았고 나로 인해 제 아비가 죽게 된 상황을 똑똑히 보았기에 절대 나와 맞서지 않으려 할 것이오."

혈상이 의아한 표정으로 물었다.

"태옥교 외에 달리 백도를 이끌 인물이 없지 않소이까?"

"아마 태옥교는 무을 백도 맹주로 내세울 것이오. 도불쌍절의 제자란 신분인데다 뛰어난 무공을 지녔으니 자격은 충분하오. 제 입으로 사부님을 격파했다고 떠버렸으니 원치 않아도 백도 맹주가 될 수밖에 없을 거요."

금상이 주먹을 불끈 쥐며 이를 갈았다.

“무을 역시 본 성의 제일 악적이외다. 백무향, 혈훼와 더불어 대마존을 합공한 원수가 아니오?”

“본 성의 적수를 크게 분류하면 넷이라 할 수 있소. 첫 번째는 백도연합의 주축이 될 무을과 태옥교이며 두 번째는 벽라마원이오. 혈훼 역시 완벽한 마황진경을 터득했을 것이기에 만만히 볼 상대가 아니오. 세 번째는 두 마단을 통합한 환희마궁이오. 소견이란 계집이 풍문대로 천색요골을 지녔다면 혈훼보다 더 힘겨운 적수가 될 수 있소. 그리고 네 번째는… 백무향이오.”

총상이 금빛 눈썹을 치켜올렸다.

“성주, 백무향은 별다른 세력도 없는 자가 아니오? 한때 사해문의 태상문주로 있었으니 그들 비천한 무리들이 겨우 복종할 정도외다.”

현사군은 천천히 몸을 일으키며 팔짱을 꼈다.

“사해문을 하찮게 보지 마시오. 이백 년 전통은 공연히 이어진 것이 아니오. 게다가 백 년 전 오행천의 전성기에도 당당히 맞서 총단을 보존한 자들이오. 물론 내가 우려하는 것은 사해문 졸개들이 아니라 백무향이란 자요. 놈은 마정쌍제의 절기를 한 몸에 지녔소. 더욱이 자신이 마정쌍제의 제자가 아니라 그 현신임을 내세우고 있다는 것이 부담스럽소.”

총상이 정색을 지으며 고개를 흔들었다.

"불가한 말씀이오, 성주. 이백 년 전의 마정쌍제가 어떻게 회생할 수 있단 말이오? 놈의 미친 소리에 개의치 마시오."

"물론 나도 믿지 않소. 하지만 놈을 대하면서 난 알 수 없는 압박감을 느껴야 했소. 그것이 무엇인지 난 심각하게 고민하다가 얼마 전 한 가지 사실을 깨닫게 되었소."

현사군은 잠시 말을 끊었다가 분명하게 내뱉었다.

"그것은 바로 세월의 무게였소."

그의 단호한 어조에 황금삼상의 입에서 절로 침음성이 흘러나왔다.

현사군마저 백무향을 마정쌍제 누군가의 현신으로 인정한다면 이는 사람이 생긴 이래 최대의 사건이랄 수 있다. 백무향의 무공보다 그런 존재를 탄생시킨 하늘의 뜻을 심각히 고려해야 하기 때문이다.

대업을 이루기 위해 반드시 필요한 것이 천시(天時)이다.

세력과 인재 등 모든 것을 갖추고도 천시가 따르지 않으면 패망할 수밖에 없다. 이것이 세상의 진리이며 원칙이었던 것이다.

현사군은 황금삼상을 등진 채 곧바로 내전으로 향했다.

"구겁파천검법을 대성하기 위해 마지막 수련에 들어가겠소. 출관 직후 벽라마원부터 복속시킬 것이오. 삼상께서는 세부적인 전략을 강구하시오."

황금삼상이 일제히 자리에서 일어서며 허리를 굽혔다.

"명을 받들겠소!"

총상이 금상과 혈상에게 지시를 내렸다.

"자네들은 벽라마원에 대한 모든 정보를 수집하게나. 벽라마원의 기환마진을 조사하고, 특히 혈훼가 마황진경을 어느 수준까지 터득했는지 알아내야 하네."

"알겠소."

금상과 혈상이 의사청을 나서자 총상은 신중한 모습으로 금빛 수염을 내리쓸었다.

"세월의 무게라⋯ 정녕 이백 년 전의 절대고수가 회생했단 말인가?"

2

아이들이 나무를 깎아 만든 검을 들고 병사 놀이를 하고 있었다.

"이야, 받아랏!"

"어림없다!"

볼품이라고는 전혀 없는 낙척산 기슭에서 뛰노는 아이들은 바로 사해문 총단 제자들의 가족들이었다. 사해문 제자들은 가족과 함께 입문할 수 있기에 문파라기보다 커다란 공동체 집단이라 할 수 있었다.

사해문 제자들은 주변의 척박한 땅을 개간해 밭을 일구고 멀리 강으로 나가 물고기를 잡으며 끼니를 연명한다. 아침과 저녁 무렵의 무술 수련 과정을 제외하면 양민들과의 생활과 다를 바 없었다.

사해문은 검소와 절제에 대한 문규가 엄격해 사치와 허영은 용납되지 않는다. 이를 어길 경우 파문에 처해지며 다시는 사해문 제자로 행세할 수 없다.

딱, 따딱!

아직 열 살도 안 된 아이들이지만 나무 검을 휘두르는 자세가 비교적 안정돼 있었다.

이때 낙척산 기슭으로 누군가 접근해 왔다.

머리카락이 다소 흩어져 있어 분명치 않지만 청년으로 보였다. 청년은 먼 길을 달려왔는지 옷자락에 먼지가 덕지덕지 달라붙어 있었고, 머리도 제대로 감지 않아 개기름이 흘렀다.

한데 기이한 것은 청년의 움직임이었다. 손에 술병을 쥐고 흥얼거리며 걸음을 옮기고 있는데 한 번 걸음을 내디딜 때마다 십수 장씩 이동했다. 놀랍게도 초상승신법인 축지성촌의 경지였다.

청년은 놀란 토끼눈을 하며 자신을 바라보고 있는 아이들의 머리를 쓰다듬어 주었다.

"녀석들, 아직 머리에 피도 마르지 않은 주제에 웬 싸움질이냐? 그럴 시간이 있으면 글이라도 몇 줄 더 읽어."

아이들이 시큰둥한 표정으로 말했다.

"우리는 신분이 천해서 글을 읽어도 소용없대요."

"그럼 장사하는 법이라도 배우던가."

"장사는 아무나 하나요, 밑천이 있어야지요? 그리고 우리는 상인은 되지 않을 겁니다."

"왜?"

"정직한 상인은 돈을 많이 벌 수 없대요. 결국 남을 등쳐야 하는데 사해문 제자들은 그럴 수 없어요."

청년은 호기로운 웃음을 터뜨렸다.

"하하, 남들 들으면 사해문이 대단한 명문정파인 줄 알겠구나?"

그는 아이들의 볼을 가볍게 꼬집어주고는 사해문 총단 입구로 향했다.

사해문은 평소 특별한 경비 체계를 갖추지 않기에 경비무사들이 세워져 있지 않다. 청년이 총단 입구로 들어서자 한참 방책을 보수하던 장년인이 물었다.

"용무가 뭐요?"

상대의 신분을 묻지 않은 것은 누구라도 사해문을 방문할 수 있기 때문이다.

청년은 술을 한 모금 들이켜고는 소매로 입가를 닦았다.

"사해문 문주가 제법 아리땁다기에 좀 보러 왔소."

망치질을 하던 중년인의 표정이 굳어졌다. 방문객이 문주를 희롱하는 말을 서슴지 않고 내뱉었다는 것은 도전을 의미한다.

"귀하가 대낮부터 술에 너무 취한 것 같소. 못 들은 것으로 할 테니 어서 돌아가시오."

중년인은 가급적 분란을 원치 않기에 방문객이 조용히 돌아갈 것을 종용했다.

청년은 흐트러져 있던 머리카락을 한쪽으로 쓸어 넘겼다.

"내가 술을 조금 마시기는 했어도 정신은 멀쩡하오. 어서 서문취 문주에게 통보하시오."

"허어, 이 사람이 정말!"

중년인이 언성을 높이자 주변에서 나무를 심고 있던 몇 사람이 다가섰다.

"무슨 일이오, 청사(靑仕)?"

이때 장년인 제자가 청년을 알아보고는 입을 딱 벌렸다.

"허억! 태상님이시다!"

장년인 제자는 황급히 배례를 올렸다.

"태상님을 뵈오이다!"

청사를 비롯한 제자들도 비로소 청년의 신분을 눈치 채고는 무릎을 꿇고 절을 올렸다.

"용서하십시오, 태상님. 미처 몰라 뵈었소이다."

"태상님의 귀환에 감격할 따름입니다."

그러했다. 술과 먼지에 찌든 청년은 다름 아닌 백무향이었던 것이다.

백무향이 가볍게 소매를 젓자 사해문 제자들은 무형지기에 이끌려 몸을 일으켜 세워야 했다.

"너희들, 전 태상의 지시를 거역하는 거냐? 내 앞에서 부복배례를 금하지 않았더냐?"

제자들은 비로소 태상의 지시 사항을 깨닫고는 정중히 허리를 굽혔다.

"송구하옵니다, 태상님."

백무향은 제자들 사이로 당당히 걸음을 옮겼다.

"날 아직 태상으로 생각하고 있다면 당장 서문취에게 통보해."

서문취는 풍천고검 노자광의 뒤를 이어 사해문의 문주에 올라 있었다. 예전에는 사천 지부의 향주에 불과한 신분이었지만 한때 태상문주인 백무향의 호법을 맡았기에 자격은 충분했다. 무엇보다 사해문 제자들 중에서 그녀를 능가할 고수가 없었으며 대원로인 풍운쌍로가 그녀를 적극 추대했다.

"태상님, 마침내 돌아오셨군요."

백무향을 대한 서문취는 감격의 눈물을 뿌리며 털썩 무릎을 꿇었다. 본래 풍운사로였다가 이제 둘만 남은 풍운쌍로 역시 고개를 조아리며 눈물로써 그를 맞이했다.

"태상의 귀환을 환영하오이다."

"미처 영접치 못한 노신들을 벌해주소서."

백무향은 풍운쌍로와 서문취를 일으켜 세웠다.

"이거 문규가 형편없구먼? 부복배례를 금한다라는 전 태상의 지침은 벌써 묵살된 건가?"

풍운쌍로의 쭈글쭈글한 얼굴이 감동으로 물들었다. 백무향의 말에서 사해문에 대한 애착을 느꼈기 때문이다.

백무향은 소매로 서문취의 눈물을 닦아주었다.

"눈가리개가 멋져 보이는구나. 문주로서의 위엄이 느껴져. 조금은 녹림의 도적 같기는 해도 말이야, 하하."

서문취의 한쪽 눈은 예전에 혈사성과의 대결에서 상실되었다. 그동안 머리카락을 늘어뜨려 가려왔는데 지금은 가죽 안대를 둘러 애꾸임이 분명하게 드러나 있었다.

서문취는 그의 품에 안겨 펑펑 울고 싶었지만 주변에서 지켜보는 제자들의 시선 때문에 그의 손을 쥐고 손등에 얼굴을 묻었다.

"흑, 태상님. 이렇게 존체를 뵙게 되니 그동안의 시름이 씻은 듯 사라지는군요."

"술 한잔 얻어 마시러 왔다. 명색이 전 태상인데 그 정도 대접은 해주겠지?"

"물론입니다."

"눈물은 그쳐라. 반갑고 기쁘면 웃어야지 왜 울어."

서문취는 여전히 눈물을 주체하지 못했다.

"태상님의 말씀대로 그래야 하는데… 눈물이 그치지 않는군요."

백무향은 풍운쌍로의 손을 쥐며 재회의 반가움을 표했다.

"오랜만이오, 쌍로."

"예, 태상. 노신들은 태상께서 반드시 돌아오실 것이라 믿고 있었소이다."

"틀리지는 않소. 그래도 한때 몸을 담았던 곳이라 나도 모르게 찾아오게 되었소. 사실 내가 몹시 울적했었소."

백무향은 상처 자국이 역력한 풍운쌍로를 보고는 씁쓸한 표정을 지었다.

"이로와 사로의 위패는 어디에 모셔두었소? 늦었지만 애도라도 표해야겠군."

뽀얀 향연이 소리없이 피어오른다.

사당 안에는 창건조사인 풍운마제 이후의 문주들과 원로들의 위패가 안치돼 있었다. 그 외에도 사해문에서 영웅시되는 제자들의 위패가 아랫줄에 세워져 있었다.

백무향은 향을 사르고 잠시 애도를 하면서 묘한 감상에 젖었다. 자신이 만일 풍운마제의 현신이라면 현재의 자신을 향해 애도를 표하는 격이 되기 때문이다.

'사해문 제자들과의 관계를 감안하면 내가 풍운마제였으면 좋겠다. 하지만 나 때문에 이백 년 동안 죄인처럼 지내온 신녀문 제자들을 생각하면 절대 풍운마제가 되고 싶지 않아.

난 뇌천검제여야 한다.'

제단 앞에서 애도를 마친 백무향은 좌측에 마련된 분향대를 보고는 눈을 커다랗게 떴다.

"아니, 이건?"

분양대 위에 안치된 위패에는 태백궁주 광명신검 태무건이란 글자가 새겨져 있었다.

서문취가 숙연한 어조로 대답했다.

"쌍로께서 직접 태백궁에 문상을 다녀오셨지만 저를 비롯해 조문을 가지 못한 제자들을 위해 분양대를 마련하였습니다. 천하무림인들이 광명신검을 위해 백 일간의 애도 기간을 정했지요. 본 문도 여러 번 태백궁의 도움을 받았기에 광명신검의 장렬한 최후를 기리고 있습니다."

"애도 기간이 백 일이나 된단 말이냐?"

"무림사 이래 없던 일입니다. 하지만 정사무림의 종주들 모두가 애도 기간을 합의할 정도로 광명신검은 위대하신 무인이셨습니다. 존재하되 절대 군림하지 않겠다는 광명정대한 의지를 마지막까지 실천하신 분이지요. 저도 마음속 깊이 존경하는 분입니다."

백무향은 수긍하듯 고개를 끄덕였다.

"그래, 지옥마부에서 만나 함께 탈출하면서 정말 대단한 노인이라 생각했다. 한데 나중에 알고 보니 바로 광명신검이었어. 딱 한 번 대면했지만 아주 인상적인 위인이었지."

　그는 광명신검의 분향대에도 향을 사르고는 애도를 표했다.

　사당을 나서자 풍운쌍로가 그를 광장으로 이끌었다.

　"조촐하나마 태상의 귀환을 축하하는 연회를 마련했소이다."

　"연회? 난 이미 태상 직을 그만두지 않았소?"

　"무슨 말씀을. 한번 태상은 영원한 태상외이다, 허허."

　백무향은 진심으로 자신을 환대해 주는 이들의 성의에 감동을 받았다.

　"좋소. 흔쾌하게 한잔합시다."

　하늘엔 별이 총총하다.

　연회를 마친 백무향은 문주의 처소 앞 야외 탁자에서 서문취와 마주 앉아 있었다. 술은 충분히 마셨지만 아무리 마셔도 부족한 것이 술이었다. 그들은 또다시 술 단지를 열어 잔에 따랐다.

　건배를 하고 술을 들이켠 백무향이 먼저 입을 열었다.

　"그동안 우여곡절을 많이 겪었다. 혈훼의 계책에 말려들어 금강마존과 싸우기고 했고 소견을 만나기도 했지. 또한 기억을 찾기 위해 멀리 십만대산까지 내려갔다 왔지만 오히려 단편적으로 떠오르던 예전의 기억마저 상실하고 말았다. 최근 들어 내 과거와 연루된 기막힌 이야기를 듣게 되었다. 그 바람에 답답하고 울적해 한동안 술에 취해 살았지. 한데 깨어나 보니 낙척산 부근이었다.”

서문취가 그가 무의식중에 찾아온 것을 오히려 더 기뻐했다.

“태상님도 이곳이 고향이며 집처럼 생각되신 겁니다. 그렇지 않고서 이 넓은 세상에서 어떻게 발길이 본 문에 이를 수 있었겠습니까?”

“하하, 그렇게 되는 건가? 난 전혀 의도하지 않았기에 오히려 네가 섭섭하게 생각할 줄 알았는데?”

“태상님께서 의도했든 하지 않았든 지금 제 앞에 계신 것이 중요합니다. 진심으로… 뵙고 싶었습니다.”

백무향은 손을 뻗어 그녀의 볼을 가볍게 다독여 주었다.

“나도 조금은 그랬다.”

서문취가 공손히 두 손을 모았다.

“돌아오셨으니 이제 다시 태상문주님이 되셔서 저희를 이끌어주십시오.”

“취, 난 사해문 태상이 되려고 돌아온 것이 아니다. 그저 아무런 부담 없이 대작할 수 있는 상대가 필요했어. 반사곡으로 가고 싶었지만… 소엽보다는 네가 내 푸념을 부담없이 들어줄 것 같았어.”

“태상님께서 조금 변하셨군요. 제가 아는 태상님은 고민이라고는 없었던 분이셨습니다. 언제나 쾌활하고 거침이 없으셨지요."

백무향은 게슴츠레한 눈웃음을 지었다.

"크홋, 그랬었지. 나도 그때가 좋았다. 과거의 잔상 때문에 머리가 조금 아팠던 것 외에는 마음껏 천하를 활보할 수 있었지. 뭐, 적당히 싸움도 하면서 때로는 술에 취해 사는 것이 재미도 있었어. 한데 말이다."

그는 맑은 별빛을 쏟아내는 밤하늘로 고개를 들었다.

"과거를 잊고 그냥 뇌천공자 백무향으로 살고 싶었는데 운명이 날 그렇게 내버려 두지 않더군. 단편적인 기억마저 사라진 지금 오히려 내가 과거의 누구인지 알아야 할 상황이 되었다. 그래야 내가 다시 회생한 정확한 이유를 알 수 있으니까."

"……."

"취, 넌 아직도 내가 이백 년 전의 사람이라고 생각지 않을 거다. 반사귀선이나 천패무광 같은 고인들도 반신반의하고 있는 상황이니 말이다."

서문취가 결연한 표정을 지었다.

"믿을 것입니다. 아니, 믿습니다. 태상님의 말씀이라면 저는 뭐든 믿습니다."

"바보야, 그렇게 감성에 취해 말하지 말고 이성적으로 판단해. 네 의지에 의해 날 믿어야지 내가 말한다고 믿는단 말이냐?"

백무향은 술잔을 비우고는 싱긋 미소를 지었다.

"어쨌거나 오늘 모처럼 즐거웠다. 아무런 계산 없이 얘기를 나누고 함께 술을 마실 수 있는 사람들이 있기에 난 행복했어."

"당연합니다. 태상님의 사해문이니까요."

"그런 말이 어디 있어? 모두의 사해문이지."

자리에서 일어선 백무향이 그녀의 등 뒤로 섰다. 그는 그녀의 등을 감싸 안으며 볼을 비볐다.

"모처럼 취를 안아볼까?"

정인(情人)은 이미 떠나갔다.

아침에 눈을 뜬 서문취는 직감적으로 백무향이 떠나고 없음을 느꼈다. 행여나 하는 심정에 그가 누웠던 자리를 손끝으로 더듬어보았지만 역시 손에 잡히지 않았다.

서문취는 나직한 한숨과 함께 침상에서 일어나 앉았다.

비록 그는 떠났지만 격렬했던 하룻밤의 열기가 아직 피부에 남아 있는 것 같았다.

서탁 위로 한 통의 서찰이 보였다.

"……?"

서문취는 의외로운 표정을 지으며 침상에서 내려섰다.

미련을 남기지 않는 백무향의 성격상 서찰을 전했다는 사실이 새로웠다. 서문취는 잔잔한 감동을 느끼며 서찰을 펼쳤다.

취, 난 풍운마제이기를 바랐지만 과거에 너무도 큰 죄를 지었기에 풍운마제가 되고 싶은 마음이 없다. 따라서 사해문 태상으로 존속할 수 없을 것 같구나.

그동안 사해문을 괴롭혀 왔던 혈사성이 붕괴되었지만 현사군 그놈은 죽지 않았다. 다시 살아나 오행마단 중 가장 강력하다는 황금성의 성주가 되었으니 조만간 엄청난 혈란을 일으킬 것이다.

내 성격상 놈을 찾아가 죽일 일은 없겠지만 놈이 찾아온다면 싸움은 피하지 않을 것이다.

태백궁이 괴멸되든 구대문파가 무너지든 상관할 바 아니지만 사해문이 붕괴된다면 난 정말 안타까울 것이다. 세상이 마귀들로 들끓어도 사해문은 당당히 살아남아야 한다.

사해문 제자들을 위해 몇 가지 절기를 적어보았다.

검법은 과거 뇌천검법을 응용해서 창안했다. 뇌천검법은 반드시 뇌천진기를 요구하지만 이 검법은 일반적인 진기로도 펼칠 수 있다.

검법 명은 과거 풍운마제의 별호를 감안해 풍운검법(風雲劍法)으로 이름 지었다.

삼 초의 장법은 폭염마공 중에서 열양지기를 배제해 창안한 수법이다. 역시 풍운삼장(風雲三掌)으로 명명했다. 그리고 마황진경의 귀기스런 보법을 응용해 만든 풍운보법도 적어놓았다.

취, 네가 천패무광 노형한테 배운 절기는 상승절기라 사해문 제자들이 익히기 적합치 않지만, 내가 남긴 세 가지 수법은 높은 공력을 요구하기 않기에 사해문 제자들이라면 누구든 쉽게 터득할 수 있을 것이다.

어떤 상황에서도 괴멸되지 않았던 사해문의 생존 방식은 높이 평가한다. 하지만 이백 년 전통의 문파로서 아직도 천하인들의 인정을 받지 못한 이유는 비굴한 생존 때문이다.

향후 사해문은 당당하게 세상과 맞서라. 그래서 붕멸한다 해도 최소한 빛나는 이름을 남길 수 있을 것이다.

언제고 다시 만나게 될 것이다.

—무향.

서찰을 품에 안은 서문취는 눈물을 흘리며 조용히 무릎을 꿇었다.

"태상님! 이제야 태상님께서 창건 조사이심을 믿겠습니다. 태상님은 사해문을 가엾게 여겨 다시 회생하신 것입니다. 저는 태상님의 뜻에 따라 목숨을 걸고 사해를 지킬 것이며, 설사 멸문을 당하더라도 당당함을 잃지 않겠습니다."

세 번의 배례를 마친 그녀는 옷을 갖춰 입고 처소를 나섰다.

즉시 긴급 회의를 소집한 그녀는 풍운쌍로 앞에 세 가지 무공 수법을 내놓았다.

"태상님께서 사해문 제자들을 위해 하사하신 절기입니다. 오행마단의 혈란에 대비해 전 제자들에게 수련시키세요."

세 가지 수법을 검토한 풍운쌍로가 감탄을 발했다.

"오! 정 단순하면서도 강력한 절기요. 높은 수준의 내공을 요구하지 않으니 본 문 제자들 누구라도 배울 수 있소."

"과연 태상께서는 불세출의 신인이시오."

서문취는 생각하는 것만으로 가슴을 벅차게 만드는 백무향을 뇌리에 떠올렸다. 그녀는 강렬한 눈빛을 발하며 결연하게 내뱉었다.

"향후 누구도 사해문을 멸시하지 못할 것입니다!"

3

고도(古都) 낙양은 언제 보아도 정취가 넘치는 성시이다.

절기상 입추를 넘어섰지만 날씨는 여전히 후덥지근했다. 통상 여름의 오후는 상거래조차 피하는 게 일쑤였지만 낙양 대부분의 상회가 북새통을 이루고 있었다.

피륙과 양곡은 물론이고 간단한 생필품조차 동이 날 지경이었다. 상인들은 난데없는 특수에 주변 마을과 성시에서 물품을 공급해 오느라 더위도 느끼지 못할 정도였다.

"난리라도 난 건가?"

낙양성으로 들어선 백무향은 거리를 오가는 수송 마차 행렬을 보며 고개를 갸웃거렸다. 북방에서 전쟁이 일어났다면 풍문으로라도 들었을 테지만 전쟁에 대한 얘기는 전혀 들은 적이 없었다.

백무향은 나무 그늘 아래 탁자를 늘어놓은 야외 반점을 찾아들어 갔다.

탁자 대부분은 상인과 일꾼들의 차지였다. 여름날의 더위 속에서 물품을 수송하느라 고생을 했지만 그래도 두둑한 은자를 챙겼기에 그들의 표정은 밝고 활기찼다.

"하하, 이거 추수 전에 한몫 단단히 쥐다니 정말 올해는 운이 좋아."

"그러게 말일세. 난 그동안 처리를 못해 창고에 쌓아두었던 피륙까지 몽땅 팔아치웠네."

"얘기를 들으니 앞으로도 소요될 물자가 엄청나다더군. 모처럼 낙양 일대가 활기를 띠게 되었어."

백무향은 술을 한잔 비우고는 옆 탁자에 앉아 있는 상인에게 물었다.

"대체 무슨 일인데 이렇듯 야단법석이오?"

상인은 물끄러미 그를 바라보다가 반문하였다.

"외지인이시오?"

"그렇소. 낙령을 거처 이곳에 이르렀는데 무척 소란스러웠소. 무슨 큰일이라도 벌어진 것이오?"

"큰일은 아니지만 우리 낙양 사람들에게 아주 반가운 소식이오.”

“그게 뭐요?”

“보아하니 강호 사람 같으니 태백궁이란 문파를 들어보았겠군?”

“물론이오. 강호 밥 먹는 사람치고는 태백궁을 모르는 사람이 어디 있겠소?”

상인은 안주 삼아 두부 튀김을 우물거리며 말을 이었다.

“태백궁이 여산 시대를 마감하고 낙양으로 이주를 하였소. 지난해 혈사성이란 사도 방파를 멸하고 그 자리에 태백별궁을 세웠는데 그게 태백궁 총단으로 바뀐 것이오.”

웃통을 벗어젖히고 있는 건장한 체구의 일꾼이 한마디 거들었다.

“태백궁 상주 제자들이 천 명도 넘는다 하였소. 그러하니 소요될 물품이 얼마나 많겠소? 게다가 대규모 확장 공사까지 벌이느라 목재와 석재가 동이 났다오. 거리라도 가까우면 본궁의 물자를 가져다 쓸 수 있겠지만 여산에서 예까지 사천여 리도 넘기에 중요한 물품을 제외하고는 모두 낙양에서 조달하게 된 것이오.”

백무향은 비로소 낙양에서 전개되는 어수선한 상황이 이해가 되었다.

하나의 문파가 이주해도 그 파장이 상당한데 태백궁과 같은 무림 최대의 방파가 이주하게 되었으니 그 여파는 가늠하기 힘들 것이다.

'태옥교가 혈사성을 괴멸시키고 그 자리에 태백별궁을 세워놓은 데에는 달리 복안이 있어서였군. 광명신검의 타계로 태백궁이 엄청난 타격을 받은 상태에서 이주를 강행한다는 것은 진작부터 여산을 떠날 속셈이었어.'

기존 무림계에서 다소 동떨어져 있는 여산에 비해 낙양은 중원의 중심이랄 수 있었다. 숭산이 지척이니 소림사를 압박할 수도 있고 무당이나 화산과도 멀지 않다.

낙양이라면 무림천하를 호령하기에 적격이며 대문파들이 가까이 있어 자연스럽게 방어진을 형성할 수 있다. 게다가 밀집된 성시들이 줄을 잇고 있기에 지난번처럼 황금성의 벼락 같은 기습을 당할 일도 없다.

백무향은 천천히 술잔을 비웠다.

'태옥교는 야망이 큰 계집이다. 광명신검과 달리 천하를 호령하고 군림하기를 원한다. 여산 태백궁에 머물러 있으면 광명신검의 후광에서 벗어나지 못하기에 자신의 손으로 세운 태백별궁을 본궁으로 삼은 것이겠군.'

천하인들 모두의 추앙을 받는 태옥교이지만 백무향은 그녀를 마냥 좋게만 생각하지 않았다.

그녀의 청초한 용모 뒤에 가려진 진면목이 궁금했고 빼어난 총명함 이면에 숨겨진 속셈이 의심스러웠다. 확실치는 않아도 광명신검만큼 공정한 사람은 아니라는 생각이 들었던 것이다.

백무향은 소면으로 대충 요기를 때웠다.

'조문도 할 겸 태백궁을 찾아가 모처럼 얼굴이나 한 번 보려 했는데 시일을 맞추기가 쉽지 않겠군. 내가 당도할 때쯤이면 여산을 떠났을지도 모르니까 말이야.'

그가 태옥교를 찾아가려는 진정한 이유는 신녀문에 대한 정보 때문이었다.

풍운마제가 정말 신녀문을 침범해 천색요골의 요녀인 도완완과 함께 탈출했는지 확인하고 싶었다. 더불어 풍운마제와 뇌천검제가 어느 정도 친분을 갖고 있었는지도 알아볼 생각이었던 것이다. 한데 대대적인 이주가 진행 중이라면 얘기조차 나눌 상황이 못 될 것 같았다.

'반사곡에나 찾아가야겠군. 귀선 노형과 담판을 지어서라도 내 기억을 회복시킬 약을 조제하게 만들어야겠다. 그래, 사령독고를 빼내주지 않았으니 그것을 물고 늘어지면 되겠군.'

백무향은 행선지를 새로 정하고 술잔을 마저 비웠다.

이때 말쑥한 차림의 중년인이 다가서며 정중히 예를 올렸다.

"뇌천공자가 맞으십니까?"

백무향은 의아한 표정으로 중년인을 바라보았다.

중년인의 용모는 청수했고 가슴에 누군가의 죽음을 애도

하는 상장(喪章)을 달고 있었다. 병기는 지니고 있지 않아 언뜻 무림인으로는 생각되지 않았다.

백무향은 이런 경우를 몇 번 겪었기에 가볍게 고개를 끄덕였다.

"혹시 태백궁 사람이오?"

"그렇소이다. 저는 태백궁 낙양 분소의 분소장 왕평(王評)이외다."

태백궁은 별도로 지부나 분타를 두지 않았지만 정보 수집을 위한 조직을 수십 곳이나 설치해 두고 있었다. 그로 인해 태옥교는 매일같이 날아드는 수백 마리의 전서통문을 통해 천하의 움직임을 소상하게 파악할 수 있었던 것이다.

백무향이 자리를 권했다.

"앉으시오."

"소인의 신분으로 어찌 뇌천공자와 대좌할 수 있겠습니까? 대공녀의 지시만 말씀드리겠소이다."

"용케도 날 찾아냈군."

"뇌천공자께서 수일 전 사해문 총단을 방문하신 정보를 입수해 대공녀께서 경로를 예상하셨습니다. 덕분에 뇌천공자를 찾을 수 있었소이다."

백무향은 주변 사람들의 시선을 끌게 되자 서둘러 용건을 물었다.

"전할 말이 뭐요?"

“반사곡 다정선자가 납치되셨습니다. 이 문제로 대공녀께서 뇌천공자를 뵙기를 청하셨습니다. 대공녀께서 총단 이주를 관리하느라 여산을 떠날 수 없어 송구하다라는 말씀을 전하라 하셨습니다.”

“반사곡 다정선자? 혹시… 소엽을 말하는 것이오?”

“그렇소이다.”

“뭐야?”

자리에서 벌떡 일어선 백무향이 왕평의 손목을 쥐고는 야외 반점 밖으로 날아갔다. 워낙 신속한 신법이기에 둘은 마치 연기처럼 사라졌다.

백무향은 낙양성 밖 한적한 나무 그늘 아래 왕평을 내려놓았다.

“소엽이 납치됐다니? 대체 어떤 죽일 놈이 병자들을 치료해 주는 의원을 납치했단 말이오?”

“소인은 거기까지는 알지 못하오이다.”

“납치된 것은 확실하오? 다치지는 않은 것이오?”

“송구합니다. 소인은…….”

“알겠소. 달리 전할 말이 또 있소?”

“대공녀께서는 위급한 상황이기에 빠른 시일 내에 뵙기를 청하셨소이다.”

“당장 가겠소.”

백무향이 둥실 떠오르자 왕평이 공손하게 손을 모았다.

"음식 값은 소인이 해결하겠소이다."

백무향은 비로소 자신이 음식 값을 치르지 않았음을 깨달았다.

"고맙소."

그는 곧바로 허공을 밟고 날아갔다. 너무도 예상치 못한 사건에 그의 피가 끓었다.

'대체 어떤 새끼가 소엽을 납치했다는 건가? 밝은 세상으로 나와 행복하게 살고 있는 소엽을 왜 건드려?

그는 직감적으로 벽라마원의 소행임을 의심했다.

'혈훼, 그년일 가능성이 높다.'

칙칙한 어둠으로 덮여 있는 벽라마원을 떠올리자 그는 절로 이가 갈렸다. 쌍둥이 노인 암흑쌍존에게 당한 수모는 두고두고 그를 괴롭힐 치욕이었던 것이다.

'어디 소엽을 터럭 하나 다치게만 해봐라. 벽라마원을 아예 잿더미로 만들어 버릴 테니까. 혈훼, 네년 역시 금강마존의 뒤를 따르게 될 것이다.'

절정의 도운답공비를 펼치자 그의 몸이 한줄기 바람이 되었다. 초상승 경공 절기인 어기비행술이 전개된 것이다.

제 48 장

다시 어둠 속으로

1

태백궁은 대규모 철거 작업과 물자 수송이 한데 어우러져 몹시 어수선했다.

철거된 석재며 목재와 생필품 등은 여산 일대의 촌민들에게 분배되었다. 철거 물자를 낙양까지 수송하기에는 비용이나 일정을 고려할 때 지극히 비효율적이기에, 그동안 태백궁 제자들에게 호의를 베풀어준 촌민들에게 인심을 쓴 것이다.

"빠짐없이 챙겨라. 물품 목록과 정확히 일치해야 한다."

태백무고의 병기와 서책 수송을 책임진 호밀원주(護密院主)가 호밀원 소속 제자들을 연신 독려했다.

개인 소장품은 버릴 수 있어도 태백무고의 물품은 하나도 버릴 것이 없다. 천여 점의 병기와 수천 권의 서책은 무림천하를 압도할 태백궁의 잠재력이었던 것이다.

태옥교는 연무장 한쪽에 임시 막사를 세워놓고 역사적인 이주 과정을 철저하게 점검하고 있었다.

소복은 벗었지만 가슴에 상장을 달았다. 화장기 하나 없는 얼굴이라 다소 창백해 보였지만 지시를 내리는 그녀의 목소리는 자신감에 차 있었다.

"마차 바퀴에 가죽을 덧대면 진동이 덜할 겁니다. 먼 길을 가야 하니 만반의 준비를 갖추세요. 말 먹일 건초를 충분히 마련해 두세요. 사람은 하루를 굶어도 견딜 수 있지만 무거운 짐을 끄는 말들은 버티지 못할 겁니다."

그녀의 세심한 계획에 맞춰 이주가 착착 진행되고 있었다.

모두들 구슬땀을 흘리며 맡은바 소임을 다하고 있었는데 오직 한 사람만 베짱이처럼 그늘에 기대앉아 술을 즐기고 있었다.

빡빡 깎은 머리에 계파까지 찍었으니 승려가 분명했지만 옷차림은 도사들이 즐겨 입는 학창의였다. 게다가 승려이든 도사든 출가인이기에 술과 고기를 삼아야 했지만 그는 개 다리를 안주 삼아 낮술을 퍼마시고 있었다.

"헤헤, 역시 개고기가 고기 중의 고기야. 한여름일수록 잘 먹어둬야 체력이 유지될 수 있지."

승려도 아니고 도사도 아닌 약관의 청년은 바로 무을 도승이었다.

두 사부의 기일을 맞아 제례를 마치고 하산한 그는 광명신검이 타계했다는 청천벽력 같은 풍문을 듣게 되었다. 그가 득달같이 태백궁으로 달려왔지만 태옥교는 이미 부친의 장례까지 마친 상태였다.

태옥교는 그가 떠나지 못하도록 붙잡아두면서 이주를 추진했다.

물론 이주 건은 이원사전의 수뇌들 모두가 반대했지만 그녀의 의지가 워낙 완강했다. 아직 태백궁주로 취임하지 않은 상황이지만 그녀는 태배궁의 문상이며 대공녀의 신분이기에 자신의 의지를 관철시킬 자격이 있었다.

태옥교의 이주를 강력하게 주장한 이유는 태백궁이 무림연합을 주도하기엔 너무 외진 여산에 위치해 있어서였다.

그녀는 여산 태백궁이 무림의 성지로 남기를 원했다. 부친의 묘역에 공적비를 세우고 주변에 사당까지 건립하려는 것이 그녀의 차후 계획이었다. 당장은 오행마단과의 대결을 목전에 두고 있어 보류한 상태다.

황금성의 침공으로 엄청난 피해를 당했지만 태옥교는 이를 빌미로 태백궁의 여산 시대를 종결지을 수 있었다. 마도에 의해 짓밟힌 태백궁을 보수하는 것보다 망산에서 태백궁의 새로운 시대를 열자는 주장이 설득력을 지니게 된 것이다.

무을은 술기운에 젖어 눈을 게슴츠레 뜨며 뼈에 묻은 살점을 알뜰하게 발라 먹었다.

고기도 먹어본 사람이 잘 먹는다고 그의 뼈 발라 먹는 솜씨는 정말 일품이었다. 능숙한 백정이 칼질을 하듯 살점 하나 남기지 않고 개 다리 하나를 모두 먹어치웠다.

그는 옷자락에 손에 묻은 기름을 슥슥 닦고는 배를 두드렸다.

"헤헤, 이게 바로 요 임금이 찬사를 아끼지 않았던 고복격양이니 세상에 부러울 게 뭐 있겠는가."

고복격양(鼓腹擊壤)이란 말은 배를 두드리고 발로 땅을 찬다는 뜻이다.

아득한 옛날 요 임금이 백성들의 삶을 두루 살필 때 한 농부가 배를 두드리고 발로 땅을 차면서 박자에 맞춰 노래를 하였다. 임금도 필요없다는 농부의 노래에 요 임금은 비로소 자신의 정치가 제대로 돌아가고 있다며 흡족해하였다.

이런 고사에서 나온 말이 바로 고복격양이다. 물론 현 무림의 정세와는 전혀 어울리지 않는 그만의 태평가일 수 있었다.

일순 그의 게슴츠레한 눈이 번쩍 떠졌다.

"조심하시오, 대공녀!"

무을은 신속하게 몸을 날리며 허공 저편을 향해 일지를 튕겼다. 소림의 절기인 탄지신통이었다. 백여 장 밖으로 뻗어나간 지강이 폭음을 일으키며 흩어졌다.

무을의 입가에 싸늘한 냉소가 피어올랐다.

"흥, 제법이군?"

그는 한 손을 치켜들고 무당의 태청강기를 운기했다. 한데 내성 방벽 너머에서 힘찬 외침이 들려왔다.

"무을! 네 형을 죽일 셈이냐?"

외침이 끝나기 무섭게 백무향이 무을 앞으로 내려섰다.

"어, 형님이었소?"

무을은 반색을 지으며 다가섰다.

"헤헤, 어쩐지 내 탄지신통을 간단히 막아낸다 했소. 당세에서 형님 외에 누가 그만한 무공을 지녔겠소?"

"너, 일부러 무공을 펼친 거지? 네 안력으로 날 알아보지 못했단 말이냐?"

"무슨 섭섭한 말씀을. 소제가 형님인 줄 알면서 어떻게 무공을 펼칠 수 있겠소?"

"당연하지. 네 입으로도 내가 죽어야 네가 천하제일이 될 수 있다고 떠버리지 않았더냐?"

무을은 시치미를 떼며 억울하다는 표정을 지었다.

"형님은 항상 소제를 못 잡아먹어서 안달이오."

이때 태옥교가 두 사람 쪽으로 다가섰다. 그녀는 백무향을 향해 공손히 예를 올렸다.

"예상보다 훨씬 빨리 당도하셨군요, 백 공자."

백무향은 소엽이 몹시 걱정됐지만 그래도 도리를 지켜 조문부터 했다.

“대공녀, 진심으로 애도를 표하오. 개인적인 사정으로 미처 문상을 오지 못했소.”

“아닙니다. 사해문 총단을 비롯해 지부와 분단에 분양소가 마련돼 사해문 모든 제자들이 선친께 애도를 표했다 들었습니다. 극진한 예우에 감사드립니다.”

광명신검을 위한 분양소 설치는 자신과 전혀 무관했지만 백무향은 얘기가 길어질 것 같아 단도직입적으로 물었다.

“소엽은 어찌 된 것이오? 납치를 당한 게 사실이오?”

“그렇습니다. 반사곡 귀선님께서 백 공자를 찾아 이 소식을 전하라 말씀하셨습니다.”

“귀선 노형이 내게 통보하라고 전했다면 거짓은 아니군. 한데 납치한 악도들이 혹시 벽라마원이오?”

태옥교의 입가에 희미한 미소가 감돌았다.

“대단한 직관력이십니다. 벽라마원의 악도들이 분명합니다.”

그녀는 두 사람을 임시 막사 앞으로 안내했다.

어수선한 와중에도 시녀들이 탁자 위에 차를 따르고 과일을 내왔다.

뜨거운 차를 단숨에 들이켠 백무향은 식도가 타는 것 같아 연신 가슴을 문질렀다. 무을이 말똥말똥 쳐다보고 있어 체면상 비명을 지를 수도 없었다.

“사, 상황의 전모를 말해… 보시오.”

태옥교는 뜨거운 차로 입술만 살짝 적시고는 반사곡의 상황을 애기해 주었다.

"소엽 낭자가 병자들을 정성껏 돌봐준 덕분에 다정선자라는 별호를 지니게 되었더군요. 사건은 그녀가 반사곡 입구에서 병자들을 치료하던 중 발생했습니다. 벽라마원의 마귀들에 의해 납치된 것입니다. 당시 귀선님은 약재를 구하기 위해 출타 중이셨기에 미처 구하지 못하셨지요."

"벽라마원의 소행이라는 명확한 증거가 있소?"

"벽라마원의 표식이 남겨져 있었다더군요."

분명한 표식을 남겼다면 벽라마원의 소행임은 의심할 여지가 없다.

백무향은 잔뜩 굳어진 표정으로 이를 갈았다.

"혈훼, 네년이 감히 소엽을 납치해? 이건 명백한 약속 위반이다. 네년의 술수에 떠밀려 금강마존을 죽여줬으면 됐지 또 나를 옭아매려는 것이냐?"

무을이 맞장구를 쳤다.

"역시 마녀는 믿을 게 못 되오. 지난번 만났을 때 때려죽였어야 했소."

백무향은 애써 분노를 억누르며 태옥교를 직시했다.

"혈훼의 의도가 무엇인 것 같소? 그 마녀가 왜 가엾은 소엽을 다시 어둠 속으로 데려갔다고 생각하오?"

"백 공자를 벽라마원으로 끌어들이기 위함일 가능성이 높습니다.”

“왜?”

“황금성은 본 궁을 침공해 와 상당한 피해를 입혔어요. 하지만 황금성 단독으로 본 궁을 괴멸시키는 것은 어렵다고 판단했을 겁니다. 현사군은 지략에 있어 소녀보다 뛰어난 기재이지요. 복수심이 아무리 깊어도 절대 무모한 도전은 하지 않습니다. 그 역시 역대 오행마단의 종주들이 추진해 왔던 대통합을 이루려 할 겁니다. 지옥마부와 축융마곡이 환희마궁에 병합된 상태이기에 이제 저들의 대통합은 상당히 임박했습니다. 현사군은 사부인 금강마존의 복수를 위해 우선적으로 벽라마원을 침공할 것입니다.”

태옥교의 예리한 분석에 백무향도 어느 정도 상황을 이해할 수 있었다.

“교활한 혈훼! 지난번에는 소견을 내세워 금강마존과 격돌하게 만들더니 이제는 소엽을 인질로 삼았군. 그 마녀를 어떻게 죽이지?”

그가 힐끗 시선을 돌리자 무을이 일부러 눈길을 피했다.

“형님은 전설의 정마쌍제 중 한 분이 아니시오? 새까만 후배의 도움이 뭐 필요있겠소?”

“무을, 네 무공이 비록 천하 최강은 아니지만 법력이 깃든 무공이기에 마공을 제압하는 데 효과적이다. 네가 조금 도와줘야겠다.”

"헤헤, 정말 내게 도움이 필요한 거요?"

"그래. 진심으로 네게 지원을 요청하겠다."

백무향의 진지한 모습에 무을은 목을 좌우로 움직여 우득우득 소리를 냈다.

"아미타불, 무량수불… 그렇다면 형님이 소제를 무림맹주로 추대해 주겠소?"

"무림맹주? 네가 말이냐?"

백무향이 시답지 않다는 표정을 짓자 태옥교가 끼어들었다.

"백 공자, 사실 소녀는 무을 도승을 신임 태백궁주로 추대하려 했어요. 한데 도승께서는 자신이 소림과 무당의 공동 제자임을 내세워 완곡하게 거절하셨지요. 그래서 소녀가 무림맹주 직을 제시한 것입니다."

"백도 맹주가 아니라 무림맹주란 말이오?"

"그렇습니다. 아버님의 장렬한 전사는 정파 협객들은 물론이며 사파와 녹림도들에게 있어서도 귀감이 되었지요. 사실 흑도인들은 오행마단이 통합돼 과거의 오행천이 재건되는 것을 우려하고 있습니다. 오행천은 오로지 마도만을 추구하기에 사파와 녹림 역시 제거해야 할 적으로 간주하지요. 그것을 우려한 흑도의 수뇌들이 소녀에게 제안을 해왔습니다. 만일 태백궁이 주축이 되어 무림맹이 결성된다면 자신들도 적극 합류하겠다고 약조했지요."

백무향은 떨떠름한 표정을 지었다.

"그러니까 정사 모두가 통합된 무림맹이 결성될 것이고 그 수장으로 무을이 내정됐다는 얘기요?"

"본 궁과 소림, 무당이 우선적으로 지원할 것입니다. 여기에 사해문 태상이신 백 공자께서 적극 추대한다면 누가 감히 반론을 제기하겠습니까?"

"훗, 백도에 정말 사람이 없군. 무을이 제법 고수이기는 해도 무림천하를 이끌 재목은 못 되는데?"

백무향이 탐탁지 않은 태도를 취하자 무을이 볼멘소리를 내뱉었다.

"헹, 형님이 무림맹주가 되고 싶었던 거요?"

"그런 소리 마라. 내가 명성을 탐했다면 사해문 태상 문주직을 왜 그만두었겠냐?"

"사실 소제도 명성에는 관심이 없소. 다만 두 사부와의 약속대로 오행마단을 괴멸시켜야 내가 자유로워질 수 있기 때문이오. 오행마단이 격파되면 무림맹은 자연스럽게 해체될 테니 맹주가 무슨 소용이 있겠소?"

무을의 당당한 어조에 백무향은 새삼 그를 다시 보게 되었다.

"무을, 이제 보니 너 막된 놈은 아니로구나?"

"형님도 참, 무슨 말씀을 그리 섭섭하게 하시오? 소제가 명색이 도불쌍절의 제자요. 아미타불, 무량수불……."

　두 사람이 의기투합된 모습을 보이자 태옥교가 안도의 빛을 띠었다.

　"백 공자와 도승 두 분은 무림천하를 지탱해 줄 두 개의 기둥이십니다. 두 분이 결속하신다면 백 년에 걸친 오행마단의 위협을 해소시킬 수 있을 것입니다."

　백무향은 무을과 동행할 수 있게 되자 부썩 호기가 일었다.

　"대공녀, 우리가 어떻게 하면 소엽을 구출할 수 있겠소?"

　"다정선자를 구하는 일은 어렵지 않습니다. 혈훼 역시 백 공자를 끌어들이기 위해 소엽을 인질로 삼았을 뿐이니까요. 중요한 관심사는 황금성과 벽라마원의 격돌입니다. 저들의 전력이 대등한 상태면 통합 대신 동귀어진을 이룰 것입니다. 만일 그리된다면 최상의 결과이지요."

　태옥교는 세 개의 비단 주머니를 백무향에게 건넸다.

　"저들의 대결 상황이 어떻게 진행될지 몰라 세 가지 비책을 세워보았습니다. 부디 도움을 되기를 바라겠어요."

　백무향은 세 개의 주머니를 받아 소매 속에 넣었다.

　"대공녀는 지켜만 볼 생각이오?"

　"소녀의 미흡한 무공은 큰 도움이 되지 못합니다. 저 대신 비책이 담긴 비단 주머니가 참여한다고 생각하십시오. 어려운 상황에 처할 때 열어보시면 다소 도움이 될 겁니다."

　"알겠소."

　백무향은 자리에서 일어서며 무을을 잡아끌었다.

"가자."

"형님, 누가 빨리 반사곡까지 가는지 내기나 합시다."

"내기? 뭘 걸 건데?"

"우리 사이에 술 한 병이면 충분하지 않겠소?"

"좋다. 울금향 한 단지 사기다."

백무향이 선뜻 응하자 무을이 간특한 웃음을 터뜨리며 둥실 떠올랐다.

"헤헷, 형님이 졌소."

무을이 고검을 뽑아 들자 찬란한 섬광이 치솟아올랐다.

쐐애액―!

무을은 검과 한 몸이 되어 빛살처럼 날아갔다. 초상승 경공 절기인 어검비행술이었다.

태옥교가 백무향을 향해 공손히 예를 올렸다.

"좋은 소식을 기원하겠습니다."

"한 가지 물어볼 게 있소."

"무엇이옵니까?"

"혹시… 도완완이란 여인을 아시오?"

"도완완이오?"

태옥교는 가볍게 미간을 찌푸리며 기억을 더듬었다.

백무향은 이미 지평선 저편으로 멀어진 무을을 바라보았다. 그가 하릴없는 경공 시합에 응한 것은 사실 무을을 먼저 떠나보내기 위함이었다.

"도완완은 이백여 년 전의 여인이오. 내가 듣기로 당시 마정쌍제와 연관이 있다 들었소."

태옥교의 눈에 이채가 반짝였다.

"혹시 폐월요화(閉月妖花)를 말씀하시는 겁니까?"

"폐월요화? 그녀가 대체 누구요?"

"마정쌍제 시대의 요녀입니다. 신분과 내력은 전혀 알려지지 않았지요. 워낙 빼어난 미모와 천부적인 색기로 숱한 사내를 유혹했다고 들었습니다. 마정쌍제와도 친분이 두터웠지요."

"계속 말해보시오."

"마정쌍제의 우정이 폐월요화 때문에 깨졌다는 풍문도 있습니다. 종내에는 풍운마제가 그녀와 함께 새외로 갔다고 하였죠. 일설에는 폐월요화 때문에 정파 연합이 사해문을 대대적으로 침공했다고 하지만 근거가 확실치 않습니다. 소녀가 아는 것은 그 정도입니다."

백무향은 더 상세한 얘기를 들을 수 없자 몹시 답답했다. 그 정도 정보로는 신녀문주 초은시가 얘기해 준 전대의 비사를 확인할 수 없었다.

태옥교가 조심스럽게 물었다.

"사실 폐월요화에 대해 알고 있는 사람은 거의 없습니다. 강호에서 활동했던 기간이 워낙 짧았고 내력이 전혀 밝혀져 있지 않기 때문이죠. 한데 도완완이란 이름은 어떻게 들은 것입니까?"

백무향은 신녀문의 비밀을 지켜주겠다는 약조를 했기에 사실을 밝힐 수가 없었다.

"우연히 듣게 되었소. 혹시 그녀에 대한 내력을 알게 되면 내 기억을 되살리는 데 도움이 될까 싶었는데 역시 큰 도움이 되지는 못했구려."

태옥교는 줄을 지어 정문으로 향하는 수송 마차를 바라보았다.

"소녀가 세상의 모든 일을 다 알 수는 없습니다. 만일 태백무고가 온전했다면 상세한 내력을 찾아드릴 수 있을 텐데 정말 아쉽군요."

"아니오. 그리 중요한 문제는 아니오."

백무향은 둥실 떠올랐다.

"그럼 가보겠소."

태옥교는 그를 향해 정중히 예를 취했다.

"다정선자를 무사히 구출하기를 기원하겠어요."

"고맙소."

백무향은 허공을 박차고는 초상승절기인 어기비행술을 전개했다.

그가 하나의 점이 되어 사라지자 태옥교는 서둘러 태백무고로 걸음을 옮겼다.

서책 하나 남기지 않고 반출된 태백무고는 텅 비어 있었다.

서책을 쌓아두었던 서가며 진열대까지 치워졌기에 바닥에 먼지만 남은 상태였다.

태옥교는 태백연공실 앞으로 다가서 기관을 작동시켰다.

그그긍!

묵직한 음향과 함께 육중한 자금철문이 열렸다.

인공 연못과 채광 시설까지 갖춰진 태백연공실.

태옥교는 부친이 운기조식을 취한 온옥 좌대를 어루만지고는 측면의 석벽으로 시선을 고정시켰다.

석벽에는 금강지로 쓰인 구결이 새겨져 있었다.

바로 그의 부친이 남긴 최후의 심득이다. 광명신검은 새롭게 창안한 무공을 수련하던 중 현사군의 침입으로 어쩔 수 없이 태백연공실을 나서야 했다. 갑작스런 수련 중단으로 그는 자신의 무공을 완벽하게 터득하지 못했지만 그가 남겨놓은 구결은 완벽했다.

바로 불세출의 무공인 광명오절기(光明五絶技)였다.

태옥교는 석벽으로 다가가 부친이 남겨놓은 구결을 손으로 어루만졌다. 구결을 완벽하게 암기한 그녀는 소매를 휘둘러 구결의 흔적을 말끔하게 지웠다. 이제 광명오절기는 그녀의 뇌리에만 기억되었다.

태옥교는 온옥 좌대를 향해 배례를 올렸다.

"아버님이 남기신 심득은 영세에 전해질 것입니다. 반드시 광명오절기로 원수 현사군을 죽여 원한을 갚겠습니다."

"아니, 웬 비렁뱅이들이 이리 많은 거요?"

반사곡 앞에 내려선 무을이 기겁을 했다.

"비렁뱅이들이 아니라 병자들이다. 반사귀선을 만나 어떻게든 목숨을 연장해 보려는 사람들이지."

백무향을 알아본 병자들이 우르르 다가서며 하소연을 했다.

"아이고, 공자님. 다정선자께서 마귀들에게 납치를 당하셨소이다. 제발 구해주십시오."

"흑흑, 착하디착한 선자께서 그런 변을 당하시다니, 원통하오이다."

"부탁드립니다, 공자님."

백무향은 병자들의 간곡한 청원을 냉담하게 응수했다.

"소엽은 당신들 때문에 납치된 거였어. 반사곡 내에 있었으면 아무 일도 없었을 거라고!"

그의 모진 질책에 병자들은 고개를 떨구며 뒤로 물러섰다.

무을이 백무향과 나란히 걸으며 한마디 던졌다.

"형님, 아픈 사람들한테 너무 심한 말을 하였소."

"내게는 소엽이 소중해. 저들 수천 명이 죽는다 해도 난 모르는 일이다. 귀선 노형의 체면을 생각지 않았다면 이들 모두를 당장 쫓아버렸을 것이다.”

“그렇군. 형님이 오히려 사파에 가깝다는 것을 깜빡했소.”

“임마, 내가 왜 사파야?”

“정파의 의협은 확실히 아니지 않소?”

무을이 따지고 들자 백무향은 표정을 굳혔다.

“그래, 난 가증스런 정파는 아니다. 그렇다고 사파도 아니야. 난 어느 쪽에도 치우치지 않는 중도파다.”

“중도임을 자처하는 사람들이 사실 가장 비열한 무리들이오. 결국 회색이란 뜻이 아니오? 박쥐와 같은 자들이라 할 수 있소.”

백무향은 슬며시 천패무광의 신조를 인용했다.

“회색이 아니고 무색이다.”

“무색? 그거 말 되네. 희지도 않고 검지도 않은 무색이라. 이는 불문과 도문에서 최고의 진리로 추앙하는 무상지경(無常之境)과 유사하오.”

무을은 다소 미심쩍은 눈빛으로 백무향을 바라보았다.

“그런 깊은 진리를 형님이 깨우쳤다고는 생각지 않소. 어디서 주워들은 것은 아니오?”

“입 닥쳐. 내 나이가 이백 살이 훨씬 넘는데 그 정도 깨달음도 없을 것 같으냐?”

백무향은 따지고 드는 무을을 일축하고는 반사곡으로 들어섰다.

반사귀선은 여느 때처럼 병들고 상처 입은 짐승들을 치료해 주고 있었다.

"정말 한가하시군. 제자가 악도들에게 납치된 상황인데 한갓 짐승들이나 돌보고 있으니 말이오."

백무향은 대뜸 빈정댔지만 반사귀선은 귓등으로도 듣지 않았다.

무을이 평소답지 않게 옷깃을 여미고는 반사귀선을 향해 정중히 예를 올렸다.

"아미타불, 무량수불… 도불의 후예 무을이 의절 선배님을 뵈오이다."

반사귀선이 비로소 치료해 주던 손길을 멈추고는 무을을 돌아보았다. 잠시 무을을 살핀 반사귀선이 희미한 미소를 지었다.

"네 소문은 익히 들었다. 도불쌍절의 제자답지 않게 주색이나 탐하는 악동이라 하더니 과연 풍문이 틀리지 않구나."

"헤헤, 당대 최고의 기인께서 속세의 하찮은 잣대로 빈도를 평하십니까?"

"어쨌거나 잘 왔다. 네가 지원해 준다면 소엽을 무사히 구출할 수 있겠구나."

탁자 위의 의료 도구들이 치워지고 찻잔이 올려졌다.

백무향이 분통부터 터뜨렸다.

"귀선 노형, 소엽은 노형의 제자이기에 앞서 내 여인이오! 어떻게 납치가 되도록 내버려 두었단 말이오?"

"내가 출타한 사이 벌어진 일이니 어쩌겠나?"

"그럼 당장 벽라마원으로 달려가 구해왔어야지 나를 호출한단 말이오?"

"혈훼가 원하는 사람은 내가 아니라 자네일세. 내가 찾아가 봤자 소엽을 내줄 마녀가 아닐세."

"알겠소. 내 여인이니 당연히 내가 구해와야지."

백무향은 차를 한 모금 마시고는 반사귀선을 다그쳤다.

"하지만 사령독고를 몸속에 달고는 혈훼와 대적할 수가 없소. 일단 사령독고부터 해소시켜 주시오."

"사령독고는 숙주가 죽어야 기어나온다 하지 않았는가? 나로서는 방법이 없네."

"그런 소리 마시오. 방법이 없다면 혈훼가 노형한테 단단히 다짐을 받아놓았겠소? 소엽을 납치했으니 지난번 맺은 세 가지 약조를 마녀 스스로 어긴 셈이오. 이제 구애받지 말고 사령독고를 해소시켜 주어도 괜찮소."

반사귀선은 정색을 지으며 고개를 흔들었다.

"유감이네만 내 능력 밖일세."

그의 단호한 모습에 백무향이 탁자를 치며 자리에서 일어섰다.

"젠장, 이런 몸으로는 벽라마원으로 가봤자 혈훼의 노예가 될 뿐이오. 소엽을 절대 구출할 수 없어."

"노제, 혈훼도 자네의 무공 조예를 잘 아니 함부로 대하지는 못할 것이네."

백무향은 반사귀선을 충분히 압박했다 싶자 본래의 의도를 드러냈다.

"그렇다면 내 기억이나 되살려 주시오."

"……."

"소엽이 내 광증을 치료해 주었지만 그 바람에 모든 기억이 사라져 버렸소. 사실 나도 과거를 잊고 살고 싶었는데 누군가를 만나면서 꼭 알아야 할 책임이 생겼소. 내 자신이 누구인지 알아야 과거의 죄를 씻을 수 있으니 말이오."

반사귀선은 손을 뻗어 백무향의 맥을 짚었다. 잠시 진맥을 한 그가 고개를 끄덕였다.

"뇌호혈이 완전히 막혔군. 소엽이 금침술을 잘못 펼쳐서가 아니라 자네의 광증으로 그리된 것일세."

"노형의 의술이면 막힌 혈도를 타통시켜 줄 수 있지 않소?"

"……."

"내 과거를 되살려내는 게 그렇듯 심각한 문제요?"

깊이 고민하던 반사귀선이 고개를 끄덕였다.

"알겠네. 소엽을 구해온다면 자네가 기억을 회복할 수 있도록 치료해 주겠네."

“왜 지금은 안 되는 거요?”

“몇 가지 약재가 필요하네. 함부로 뇌호혈을 타통시켰다가 자네의 광증이 다시 도질 수 있고, 최악의 경우 머릿속으로 피가 터져 절명할 수도 있네.”

무을이 백무향을 달랬다.

“형님, 여태 잊고 살아왔는데 급할 게 없지 않소? 공연히 서둘렀다가 죽을 수도 있으니 다정선자부터 구출합시다.”

약재가 필요하다는 말에 백무향도 더는 반사귀선을 다그칠 수가 없었다. 그는 곡 내를 살피다가 나직이 물었다.

“무광 노형은 돌아오지 않았소?”

“그 친구가 반사곡에 머물 이유가 없지 않은가? 세상을 두루 떠다니다가 고수를 만나면 대결을 벌이는 게 그의 삶인데.”

“하기는…….”

백무향은 천패무광의 존재가 크게 아쉬웠다.

천패무광의 무공이 그와 대등할지 몰라도 세상을 압도하는 위엄이나 명성은 훨씬 높았다. 혈훼와 암흑쌍존조차 천패무광 앞에서는 한 수 접지 않았던가.

‘제기, 이럴 때는 정말 아쉽군. 무광 노형이 나서기만 한다면 혈훼도 겁을 집어먹고 소엽을 순순히 내줄 텐데…….’

백무향은 앞서 반사곡 입구로 날아갔다.

“어서 따라와!”

무을은 반사귀선을 향해 합장을 취해 보였다.

"다녀오겠습니다, 선배님."

"그래, 애 좀 써라."

"어쩌면 형님을 위한 약이 필요없을지도 모릅니다."

"그게 무슨 소리냐?"

"헤헤, 형님이 마귀 소굴로 뛰어들어 무사히 귀환할 수 있겠습니까? 저는 그저 시신이나 수습할 요량으로 따라가는 겁니다."

무을은 장난기 어린 웃음을 흘리고는 훌쩍 솟구쳐 올랐다.

반사귀선은 피식 실소를 지었다.

"허허, 도불쌍절이 자신들과 아주 유사한 성격을 지닌 놈을 제자로 삼았군. 충후함은 부족해도 결코 사욕을 지닌 아이는 아니다. 무림의 장래가 밝구나."

3

태고의 원시림이 거대한 분화구와 같은 지형을 빼곡하게 뒤덮고 있었다. 웬만한 산은 가을로 접어들면서 단풍으로 물들고 있었지만 이곳의 수림은 여전히 푸르렀다.

무을은 분지 능선에서 원시림을 내려다보며 입을 다물지 못했다.

"으와, 정말 장관이로군. 세상에 이런 곳이 있는 줄 몰랐소."

백무향이 원시림 복판을 가리켰다.

"벽라마원은 저 수림 속에 있다."

"아미타불, 무량수불… 사악한 마귀들이 차지하기에 너무 아름다운 곳이오. 내 이곳을 접수한 후 사원(寺院)을 하나 세워야겠소."

"네 무덤이 먼저 세워질지도 모르니 소엽부터 구출하자."

"난 이곳에 있을 테니 형님이나 들어가시오."

"뭐야?"

백무향이 어처구니가 없는 표정으로 돌아보자 무을이 합장을 취해 보였다.

"소제는 형님을 지원하겠다고 했지 함께 목숨을 걸겠다는 말은 하지 않았소. 형님이 다정선자를 구출해 나오면 추적해 오는 마귀들은 내가 처리하겠소."

"두려우냐?"

"형님, 마귀들이 서로 패권 다툼을 벌이는데 내가 뛰어들 이유가 뭐 있겠소? 형님이야 다정선자 때문에 어쩔 수 없이 개입해야 한다지만 난 그럴 이유가 전혀 없소. 자고로 자신의 목숨을 소중히 생각해야 장수하는 법이오."

백무향은 심한 배신감을 느꼈다.

"임마, 그럴 생각이면 아예 같이 오지 말던가? 기껏 도와줄 것처럼 동행한 상황에서 발을 빼겠다는 거냐? 그리고도 네가 무림맹주에 오를 것 같아?"

"아미타불, 무량수불… 소제의 존재가 드러나 좋을 것 없
으니 어서 형님 혼자 들어가 보시오. 내 분명히 약속하건대
형님을 놔두고 달아나는 일은 없을 것이오. 내가 명색이 도불
쌍절의 후예요."

무을은 합장을 취해 보이고는 얼른 수림 속으로 뛰어들었다.

백무향은 무을의 비겁한 행동이 괘씸했지만 그렇다고 강
제로 끌고 들어갈 수도 없는 일이었다.

"제기, 저 잔머리 새끼를 믿은 내가 바보지."

그는 한바탕 분통을 터뜨리고는 원시림 속으로 뛰어들었
다. 그러다 문득 태옥교가 건네준 세 개의 비단 주머니를 떠
올렸다.

'가만, 태옥교가 어떤 비책을 적어놓았을까?

그는 소매 속에 숨겨두었던 비단 주머니를 꺼내 들었다. 주
머니 겉면에는 숫자가 수놓아져 있었다.

백무향은 잠시 생각하다가 숫자 일(一)이 수놓아진 비단
주머니를 열어보았다. 주머니 안에는 돌돌 말린 비단 뭉치가
들어 있었다. 비단 뭉치를 펼치자 수려한 필체가 한눈에 들어
왔다.

무을 도승은 모험을 하지 않는 성격입니다. 도승은 정의롭기
는 해도 충후함이 부족하며 협사이기는 해도 뜨거운 피가 부족
합니다. 아마 벽라마원에는 백 공자 혼자 들어가게 될 겁니다.

백무향은 태옥교의 놀라운 혜안에 혀를 내둘렀다.

"와아, 정말 똑똑한 여인이야."

도승께는 제가 별도로 부탁을 한 것이 있으니 그의 존재는 잊으십시오. 일단 다정선자를 구출하는 것이 우선입니다. 혈훼와 대면해도 절대 위축되지 마십시오. 황금성과 대적하기 위해서는 백 공자의 지원이 절대적으로 필요하기에 함부로 대할 수 없을 겁니다.

무운을 빌겠습니다.

특별한 비책이 담기지는 않았지만 백무향을 안정시켜 주기에 충분했다. 백무향은 내공을 주입해 첫 번째 비단 주머니를 가루로 만들었다.

"태옥교는 다 좋은데 너무 똑똑한 게 흠이야. 지나친 총명은 오히려 화를 부르지."

백무향은 수림 사이를 헤집으며 안으로 들어갔다.

일순 짙은 어둠이 엄습해 왔다. 빛 한 점 스며들지 않는 완벽한 암흑. 눈앞에 손을 가져다 대도 손가락조차 구분할 수 없을 정도였다.

백무향은 벽라마원의 특기인 기환마진이 펼쳐졌음을 직감했다.

“내가 누구인지는 잘 알 것이다. 당장 혈훼에게 안내해라!”

그의 말이 끝나기 무섭게 두 사람이 땅속에서 솟아나듯 모습을 드러냈다. 그들은 생김새가 똑같아 오직 희고 검은 얼굴빛으로 구별이 가능한 쌍둥이 노인이었다.

바로 암흑쌍존인 백파존과 묵영존.

묵영존이 백무향을 직시하며 입술을 달싹거렸다. 불문의 범패와 같은 주문이 귓속으로 파고들자 백무향은 갑작스럽게 비명을 토했다.

“아악!”

심장을 바늘로 콕콕 찌르는 듯한 엄청난 고통이었다.

백무향은 눈을 까뒤집은 채 허연 거품을 부글부글 뿜어냈다. 그는 가슴을 쥐어뜯으며 피를 토하듯 외쳤다.

“당장… 그만두지 못해! 죽여 버리겠다!”

비로소 묵영존이 주문을 거두었다.

“찢어 죽일 늙은이!”

몸을 일으킨 백무향이 이를 부득 갈며 일장을 내질렀다.

화르륵!

불꽃을 동반한 장력이 묵영존을 향해 뻗어나갔다. 한데 묵영존이 소매를 흔들자 폭염장이 대번에 소멸되었다.

백파존이 메마른 음성으로 내뱉었다.

“사령독고가 잘 있는지 확인해 본 것뿐이다. 네놈을 죽이려 했다면 본 원에 발을 들여놓았을 때 죽였을 것이다.”

백무향은 고통의 여파에 식은땀을 줄줄 흘렸다.

"분명히 경고하겠는데 한 번만 더 주문을 외워 사령독고를 발작시켰다가는 모두 죽을 줄 알아라. 초범무뢰섬이 펼쳐지는 순간 벽라마원은 초토화될 것이다."

암흑쌍존은 물끄러미 그를 바라보다가 몸을 돌렸다.

"따라오너라."

그들의 형체가 사라지고 하나의 불꽃만 남았다.

백무향은 너울너울 이동하는 불꽃을 따라 걸음을 옮겼다. 사령독고의 발작으로 호된 고통을 겪은 그는 빠르게 생각을 굴렸다.

'혈훼 말대로 암흑쌍존까지 사령독고를 조종할 수 있는 주문을 알고 있다. 결국 세 연놈을 한 번에 죽여야 내가 자유로워질 수 있겠군.'

물론 이론적으로는 가능하지만 절세적 고수인 그들 셋을 한 번에 죽일 사람은 세상에 없다. 아마 무신이라 해도 불가능한 일일 것이다.

그는 비단 주머니의 조언을 떠올리며 마음을 모질게 먹었다.

'놈들은 사령독고를 이용해 우선적으로 날 압박하려 할 것이다. 놈들의 수작에 말려들면 노예가 되고 만다. 태옥교의 조언대로 당당하게 맞서야만 내 자신을 지키고 소엽을 구출할 수 있다.'

도깨비불 같은 불꽃이 허공으로 흘러 다니고 있었다.

긴 탁자를 사이에 두고 대좌해 있는 두 사람은 혈훼와 백무향이었다. 암흑쌍존은 혈훼의 좌우에 시립해 있었다.

혈훼는 흡족한 미소를 지으며 눈웃음을 쳤다.

"네가 올 줄 알았다, 백무향."

"넌 협정을 어겼다, 혈훼. 명색이 벽라마원의 종주가 이런 치졸한 짓을 저지를지 몰랐다. 당장 소엽을 풀어줘라."

"호호! 단단히 오해를 했구나, 백무향."

"오해라고?"

"소엽은 본래 본 원의 제자가 아니더냐? 한때 나를 섬겼던 아이이기에 보고 싶어서 잠시 데려온 것뿐이다."

백무향은 능글맞은 응수에 침이라고 뱉어주고 싶었다.

"말장난하지 마라. 일단 소엽이 무사한지 만나보겠다."

"서두르지 마라. 소엽은 아주 잘 있다."

혈훼가 가볍게 손뼉을 치자 어둠 속에서 불쑥 나선 시녀들이 백무향 앞에 술과 안주를 차려놓았다.

"본 원에는 소엽보다 아리따운 아이들이 많이 있다. 네가 원한다면 모두 주겠다."

"날 계집이나 탐하는 색한으로 생각하는 것이냐? 다른 계집은 관심없다."

"호호, 섭섭하군. 한때 나를 원하지 않았더냐?"

"나이를 생각해라, 혈훼. 겉모습과 달리 넌 케케묵은 할망

구잖아? 주안술 따위로 날 현혹할 수 있을 것 같으냐?”

“나이를 논한다면 너 역시 이백 살도 넘은 쭈그렁 할아범이 아니더냐? 너에 비하면 난 아직 청춘이지.”

상대의 능숙한 언변에 백무향은 답변이 궁했다. 그 스스로 마정쌍제의 현신임을 내세웠으니 그녀의 조롱 섞인 지적을 부인할 수도 없었다.

백무향은 자리를 박차고 일어섰다.

“당장 소엽을 만나겠다.”

혈훼는 술잔을 들어 입으로 가져갔다.

“오냐. 일단 소엽을 만나본 후 다시 얘기하자.”

그녀가 술잔을 허공으로 던지자 실내의 상황이 돌변했다.

허공에 너울거리던 도깨비불이 일제히 꺼지며 칠흑 같은 어둠이 찾아왔다. 벽라마원 마법진 내에서는 상상을 불허하는 상황이 연출되기에 그 변화에 대처하기가 쉽지 않았다.

백무향은 제자리를 지킨 채 잔뜩 경각심을 높였다.

이때 어둠 저편에서 하나의 불꽃이 피어올랐다. 희미한 불꽃 아래로 침상에 걸터앉아 있는 한 여인이 보였다. 풀잎처럼 연약해 보이는 여인은 바로 소엽이었다.

“소엽!”

백무향은 반색을 지으며 그녀를 향해 달려갔다.

한데 어찌 된 일인지 아무리 달려도 그녀와의 거리가 좁혀지지 않았다. 그녀는 그의 존재조차 감지하지 못한 듯 처연한 모습으로 눈을 감고 있었다.

"소엽, 내가 왔다! 나 여기 있어!"

백무향이 힘껏 외쳤지만 소엽은 여전히 반응이 없었다.

소엽은 바닥에 무릎을 꿇으며 두 손을 모아 간절히 기원하였다.

"하늘이시여, 공자님께서 제발 오지 않게 해주십시오. 하찮은 계집 때문에 공자님께서 어둠에 속박돼서는 안 됩니다. 간곡히 기원하옵니다."

그녀의 그런 모습에 백무향은 가슴이 뭉클해졌다. 그에게 있어 소엽은 살을 섞은 정분 때문에 책임감을 느끼는 여인일 뿐 절실한 애정은 없었다.

그가 회생한 이후 여러 여인을 만났지만 가슴 저린 사랑을 느껴본 적은 없었다.

애초부터 그가 무정한 사람이었는지, 아니면 사랑에 목을 맬 감성주의자가 아니라 그런지 몰라도 그에게 있어 여인이란 존재는 그저 꿀벌이 잠시 머무는 꽃에 불과했다.

첫 번째 여인인 소견을 잠시 사랑하기는 했지만 마녀로 변모한 그녀에게 처절한 배신감을 느껴야 했었다.

한데 모처럼 그의 마음에 가슴 저린 감정이 스며들었다. 자신을 향한 절대적인 애정을 지닌 소엽의 존재가 그의 마음속으로 파고든 것이다.

'바보같이… 널 한낱 시녀처럼 취급하는 나처럼 못된 놈을 왜 연모하는 거냐?

백무향은 어둠을 향해 외쳤다.

"당장 길을 열어라, 혈훼!"

그러자 어둠 속에서 혈훼의 감미로운 음성이 들려왔다.

"호호, 소엽을 그렇듯 품고 싶으냐?"

"주둥이 닥쳐! 어서 진세를 해소해라!"

"본 원에 협조하겠다는 약조가 필요하다. 일전에 금강마존을 함께 물리쳤듯이 이번에도 손을 잡자."

"오냐. 마귀들을 때려죽이는 일인데 내가 마다할 이유가 없다. 황금성을 격파하고 나면 네년을 죽여주겠다."

"백무향, 네가 사령독고에 중독돼 있음을 상기해라. 나와는 맞서지 않는 게 좋아."

일순 한줄기 바람이 백무향을 주변을 스치고 지나갔다.

"모처럼 회포를 풀 시간을 주겠다. 훔쳐보지 않을 테니 실컷 즐겨라."

어둠이 일부 걷히며 백무향은 소엽의 체취를 코로 느낄 수 있었다.

"소엽!"

백무향은 기원을 올리고 있는 소엽을 와락 끌어안았다.

화들짝 놀란 소엽은 상대가 백무향임을 인지하고는 감격의 눈물을 뿌렸다.

"공자님⋯⋯."

“이제 안심해, 내가 널 지켜줄 테니까.”

소엽은 백무향의 손등에 입을 맞추었다.

“오시면 안 되는 곳입니다. 지난번에 모진 고생을 하신 곳이 아닙니까?”

“널 처음 만난 곳이기도 하지.”

“공자님?”

“내가 조금 무심하기는 해도 책임감은 확실한 사람이다. 내 여인은 내가 지켜. 자신의 여인을 지킬 수 없는 사내는 사내라고 할 수 없지.”

소엽은 그의 눈에 서린 진지한 감정을 읽고는 왈칵 눈물을 쏟았다.

“흑… 송구합니다. 제 몸에 심어진 사령독고 때문에 목숨을 끊지도 못했습니다.”

“그런 소리 마. 내 허락 없이 죽는 것은 용서 못해.”

백무향은 그녀를 품에 안고는 등을 다독여 주었다.

“나보다 먼저 죽지 마라. 그럼 난 정말 슬플 거다. 난 슬픈 게 싫어.”

제 49 장

마녀, 핏물 속에 쓰러지다

$$1$$

마황진경(魔皇眞經).

누런 양피지 책자는 간간이 재질과 필체가 달랐다. 절반의 진본과 절반의 사본을 항목별로 짜 맞춰 합본해 놓은 책이기 때문이다.

혈훼는 옥갑 속에 든 마황진경을 가리켰다.

"황금성 무리들이 산동으로 들어섰다는 정보가 입수됐다. 수일 내로 본 원에 당도하게 될 것이다. 다행히 네가 마황진경의 절기를 터득한 적이 있으니 커다란 성취를 이룰 수 있을 것이다."

백무향은 짜증스럽게 미간을 찌푸렸다.

“또다시 마황진경을 수련하란 말이냐?”

“그래. 현사군이 마황진경을 대성했다면 넌 절대 이길 수 없다.”

“현사군 그놈과는 네가 싸워야지 왜 날 내세우는 것이냐?”

“현사군은 너를 보면 복수심에 젖어 너와 싸우게 될 것이다. 난 기환마진으로 펼쳐 널 지원할 수 있지만 맞대결은 펼칠 수 없다.”

“너도 마황진경을 수련하지 않았더냐? 오랜 세월 마도에 몸담고 있는 네가 현사군보다 부족할 게 없을 텐데?”

혈훼는 팔짱을 낀 채 천천히 원탁 주변을 거닐었다.

“현사군은 천랑성의 기운을 받고 태어난 자다. 게다가 금마동에서 가공할 마력을 습득했다. 똑같은 마황절기로 격돌해도 내가 놈을 이길 가능성은 높지 않다. 하지만 너는 다르다.”

“뭐가 다르다는 거냐?”

“너는 전설적인 뇌천검법과 폭염마공까지 지녔다. 네가 굳이 마황진경의 절기를 터득하지 않아도 좋다. 마황절기를 충분히 파악하는 것만으로도 현사군을 공략할 수 있을 것이다.”

백무향은 한쪽에 서 있는 암흑쌍존을 힐끗 보았다.

“저들과 함께 싸우면 되지 않느냐?”

“쌍존은 황금성의 마인들을 상대해야 한다. 황금삼상의 무공은 오행마단의 종주들과 버금갈 정도다. 또한 이번에는 황금무장까지 동원되었다. 본 원의 기환마진이 아무리 강력해도 오행상극의 이치 때문에 목(木)에 해당되는 본 원은 금(金)에 해당되는 황금성을 능가하기 어렵다.”

백무향은 마황진경을 집어 들었다.

“그러니까 현사군을 죽이기 위해선 우리가 협력해야 한단 말이군?”

“그렇다. 현사군만 죽이면 황금삼상은 내가 회유할 수 있다. 본 원과 황금성이 통합된다면 환희마궁 따위는 상대도 되지 않는다. 결국 내가 오행천을 재건해 오행대마후에 오르게 되는 거다.”

“그다음에는 태백궁을 비롯해 무림계를 휩쓸겠군.”

혈훼는 백무향 뒤에서 멈춰 섰다.

“내가 마도천하를 이룩한다면 네게는 특별한 지위를 부여하겠다. 넌 오행천의 제재를 받지 않고 마음껏 천하를 활보할 수 있을 것이다.”

“훗, 영광이로군.”

혈훼는 백무향의 어깨에 손을 얹었다.

“솔직히 넌 소유하기엔 너무 부담스런 존재야.”

일순 불꽃이 스러지며 백무향은 입술에 와 닿는 촉촉한 감촉에 깜짝 놀랐다. 다시 불꽃이 밝혀졌을 때 공간이 바뀌어 있었다.

어느새 무공 수련을 위한 연공실로 이동한 것이다.

백무향은 소매로 입술을 문지르며 내심 욕설을 퍼부었다.

'젠장, 마녀 주제에 감히 누구한테 함부로 입을 맞춰?'

그는 마황진경을 펼쳐 보면서 주변 상황을 감지해 보았다. 하지만 그가 최고조의 오감을 동원해도 누군가 엿보는 듯한 기미는 전혀 느껴지지 않았다.

'내 수련 과정까지는 감시하지 않나 보군.'

백무향은 소매 속으로 손을 넣어 하나의 비단 주머니를 꺼내 들었다. 숫자 이(二)가 수놓아진 두 번째 주머니였다. 천 꾸러미를 펼치자 태옥교의 섬세한 필체가 빼곡하게 적혀 있었다.

혈췌는 백 공자에게 마황진경의 수련을 강요할 것입니다. 현 사군과의 대결에 자신 대신 백 공자를 내세우려 할 테니까요.

백무향은 태옥교의 귀신같은 예측에 등골이 오싹해졌다.

'정말 무서운 여자로군. 세상을 꿰뚫어 보고 있어.'

그는 가볍게 입술을 깨물고는 천 꾸러미를 직시했다.

현사군이 본 궁을 침범하면서 보여준 마공은 실로 가공했습니다. 하지만 모든 정황으로 추측하건대 그는 완벽한 마황진경을 수련한 상태가 아니었을 겁니다. 한데도 그는 상상을 불허할 마력을 보여주었습니다.

현사군은 태백궁 침공 이후 한동안 침묵을 지켰습니다.

이는 완벽한 마황진경을 수련하기 위함으로 사료됩니다. 파천마황이 남긴 마황진경은 고금 최강의 마경이기에 현사군이 마황진경을 대성하면 누구도 적수가 될 수 없습니다.

백 년 전, 파천마황을 상대하기 위해 백도 최강의 고수인 천외삼성이 합공을 펼쳐야 했었습니다. 공자께서는 이 점을 깊이 유념하시기 바랍니다.

한 가지 다행스런 사실은 현사군이 마왕지상을 지니지 않았다는 점입니다.

제 진단이 정확하다면 마왕지상을 지닌 쪽은 백 공자이십니다. 파천마황이 그토록 강할 수 있었던 것은 마왕지상의 소유자였기 때문이지요. 백 공자 역시 같은 체질이기에 마황진경을 수련한다면 현사군을 능가할 수 있습니다.

오행천의 마공으로 오행천의 마인들을 제압할 수 있다면 이는 하늘의 뜻입니다.

부디 무운을 빌겠습니다.

백무향이 천 꾸러미를 손아귀에 쥐고 가볍게 진기를 주입하자 천 꾸러미가 대번에 가루로 변해 사라졌다.

'내가 파천마황과 같은 마왕지상이기에 마황진경을 수련하면 현사군보다 강해질 수 있다는 얘기로군.'

　그러나 그는 마왕진경을 더는 수련할 생각이 없었다. 만일 그가 천패무광처럼 절기에 목을 메는 사람이었다면 지난번 벽라마원에 감금되었을 때 이미 터득했을 것이다. 그가 단지 한 가지 보법만 수련한 것은 그 정도로 충분했기 때문이다.

　그는 자신이 마정쌍제 중 한 사람의 현신임을 확신하기에 무공에 대한 자부심이 대단했다.

　수많은 절기를 터득한다고 해서 무한정 강해질 수 없음을 그는 잘 알고 있었다. 만일 천패무광이 다양한 절기를 배우기 보다 지난바 무공에 더 심취했다면 이미 무신의 경지에 올랐을 것이다.

　중요한 것은 얼마나 많은 절기를 알고 있느냐가 아니라 얼마나 깊이 깨우쳤느냐에 있다. 이것이 바로 무학의 최고 진리임을 그는 본능적으로 터득하고 있었다.

　백무향은 잠시 생각하다가 세 번째 비단 주머니를 꺼내 들었다.

　'태옥교는 두 번의 상황을 정확히 예측했다. 세 번째는 과연 어떤 내용이 담겨 있을까?'

　원칙대로라면 난관에 처했을 때 열어보아야 했지만 그는 궁금함을 참고 넘길 사람이 못 되었다.

　'싸움이 벌어지면 열어볼 시간이 어디 있어? 미리 봐둔다고 나쁠 건 없지.'

　한데 천 꾸러미의 첫 구절부터 그의 뒤통수를 강타했다.

백 공자께서는 아마 곧바로 이 글을 보고 계실 겁니다.

백무향은 자신의 심리까지 정확히 파악하고 있는 태옥교가 두려웠다. 그녀의 놀라운 총명에 소름이 끼쳤다.
'세상에 마녀가 존재한다면… 아마 태옥교일 것이다.'
백무향은 천 꾸러미를 펼쳐 마저 읽었다.

대결이 펼쳐져도 최선을 다하지 마십시오. 전력상 황금성이 벽라마원을 통합하게 될 것입니다. 혈췌는 죽을 수밖에 없으며 향후 황금성과 환희마궁의 격돌 결과에 따라 마도의 종주가 결정되겠지요.
다정선자에 대해서는 안심하셔도 됩니다. 누군가에 의해 구출될 것입니다.

잠시 천 꾸러미를 내린 백무향은 의아함을 금치 못했다.
'소엽이 누군가에 의해 구출될 거라고?'
그는 문득 무을을 뇌리에 떠올렸다.
'녀석이 태옥교에게 달리 계책을 받았단 말인가? 그래서 은밀히 소엽을 구출하기 위해 외부에 남아 있겠다고 한 것인가?'
하지만 무을에 대한 불신감 때문에 별반 믿음이 가지 않왔다.

'어쨌거나 소엽의 구출에 얽매이지 않는다면 내가 비교적 자유로울 수 있겠군.'

그는 천 꾸러미를 손바닥에 올려놓고 마저 읽었다.

아직 확인된 정보는 아니지만 사령독고의 주문은 귀를 통해 들려야만 독고가 발작을 일으킨다 하더군요. 주문이 들리기 시작하면 귀를 봉쇄하고 최대한 멀리 도주하세요. 그러면 사령독고의 압박에서 벗어날 수 있을 겁니다.

백 공자와 다정선자의 무사한 귀환을 기원하겠습니다.

백무향에게 아주 반가운 낭보가 아닐 수 없었다.

'주문이 들려오면 귀를 틀어막고 도주하라고? 그래, 조금 창피하기는 해도 게거품을 물고 쓰러지는 것보다는 훨씬 낫지.'

천 꾸러미를 가루로 만든 백무향은 부쩍 자신감이 솟았다.

'오냐, 현사군 그놈과 한 번 겨뤄보았다가 도저히 승산이 없으면 혈훼에게 넘기자. 마도 놈들 싸움에 내가 희생양이 될 필요는 없지.'

2

콰콰쾅—!

태고의 원시림이 통째로 붕괴되고 있었다. 대분지의 능선 위에서 시작된 금빛 기운이 세 갈래로 파고들고 있었다. 금빛 기운을 접한 수백 년 수령의 원시림이 뿌리째 뽑히고 허리가 잘리는 참화를 당하고 말았다.

네 사람이 어둠의 장막 속에서 둥실 떠올랐다. 백무향과 혈훼, 그리고 암흑쌍존인 백파존과 묵영존이었다.

혈훼는 마치 폭류와도 같은 세 줄기 금빛 기운을 가리켰다.

"우려한 대로 황금무장들까지 출동했다. 혈상과 금상이 황금무장을 비롯한 황금성 고수들을 대동해 좌우측으로 진격 중이다."

백무향은 일전에 금강마존과 만나면서 잠시 대결한 적이 있는 황금무장들을 떠올렸다.

"황금무장이라면 나도 한 번 겨뤄본 적이 있다. 뇌천검에도 베어지지 않고 폭염마공에도 타지 않는 정말 괴물 같은 놈들이더군."

"하지만 감각이 둔한 놈들이니 기환마진에 가둬 기력을 소진시킬 수 있다."

혈훼가 암흑쌍존에게 영을 내렸다.

"두 분은 최선을 다해 혈상과 금상을 상대하세요. 굳이 저들을 죽이려 애쓰지 않아도 됩니다. 현사군을 죽일 때까지만 막으면 됩니다."

“명을 받들겠소.”

암흑쌍존은 이내 어둠 속으로 사라졌다.

혈훼는 좌우측보다 다소 더디게 하강하는 금빛 기운을 바라보았다.

“현사군과 총상이 이끄는 무리들이군.”

백무향이 슬쩍 그녀를 떠보았다.

“자신없으면 항복하지 그래? 목숨이라도 건질 수 있을 텐데?”

“내가 금강마존을 제거하는 계책을 세웠는데 놈이 날 용납할 것 같으냐? 이 싸움은 나와 현사군 둘 중 하나가 죽어야 종결된다.”

“그렇다면 오늘 너와 현사군 중 한 명은 반드시 죽겠군?”

혈훼의 눈빛이 가늘어졌다.

“내가 죽게 되면 너 역시 무사하지 못할 것이다. 현사군은 나보다 너를 더 죽이고 싶어 하는 놈이니까. 따라서 죽어야 할 자는 현사군이 되어야 한다.”

백무향은 건성으로 고개를 끄덕였다.

“그래, 세상에 죽고 싶은 사람이 어디 있겠어? 내가 비록 한 번 죽었다 살아났지만 다시 죽고 싶지는 않아, 아직까지는.”

이때 허공 저편에서 금빛 섬광이 날아들었다. 구겁금마검에 의한 검강이었다.

혈훼는 백무향의 소매를 쥐고 그대로 어둠 속으로 잠겼다.

콰아아앙!

엄청난 폭음과 함께 어둠이 찢겨 나갔다. 진세를 형성했던 아름드리 나무가 허리를 꺾었고 넝쿨과 꽃나무가 뿌리째 뽑혔다.

기환마진이 깨지면서 인공적인 불꽃이 아니라 태양빛이 벽라마원 광장으로 쏟아져 내렸다. 비로소 벽라마원이 전모를 드러냈다. 대부분의 건물에 이끼와 넝쿨이 달라붙어 세월의 오랜 흐름을 대변해 주었다.

"카하핫!"

천지를 진동시키는 광소성과 함께 폭풍과 같은 금빛 기운이 광장으로 들어섰다.

금의를 걸친 마인들을 인솔해 온 두 사람은 금룡이 수놓아진 용포 차림의 청년과 금빛 눈썹의 백발노인이었다.

다소 부담스러워 보이는 용포를 걸친 청년은 여인처럼 고운 용모를 지니고 있었다. 애꾸눈에 은은한 핏빛이 감돌았는데 이미 극마지체에 이른 듯 마기가 전혀 느껴지지 않았다.

바로 황금성주 현사군이다.

그는 혈훼와 나란히 서 있는 백무향을 보는 순간 얼굴 근육이 파르르 떨렸다. 하지만 이내 냉정을 되찾고는 섬뜩한 미소를 지었다.

"카하핫! 두 원수 연놈을 한자리에서 만나다니, 참으로 반갑구나."

혈훼가 차갑게 질책했다.

"말 삼가라. 오행마단에 갓 입문한 주제에 존장도 몰라본
단 말이냐?"

"존장? 내 사부님을 암습한 주제에 감히 존장을 운운하는
것이냐? 네년은 절대 용서할 수 없다!"

"흥, 어린놈이 너무 건방지군."

현사군은 뒷짐을 진 채 앞으로 나섰다.

"어서 덤벼라. 너희 연놈을 한꺼번에 상대해 주겠다."

총상이 우려의 표정을 지으며 만류했다.

"성주, 혈훼 역시 마황진경을 터득했소. 한 명은 잠시 노신
이 잡아두고 있겠소."

"안심하시오, 총상. 파천마황의 후예로서 저들 둘을 죽이
지 못한다면 자격이 없소. 총상께서는 벽라마원의 제자들이
나 복속시키시오."

총상은 이미 극마지체에 이른 현사군의 지시를 감히 거역
할 수가 없었다.

"알겠소, 성주."

그는 휘하 제자들에게 영을 내렸다.

"벽라마원을 제압하라. 다 같은 오행천의 제자들이니 항복
하는 자들은 죽이지 마라."

혈훼는 싸늘한 미소를 짓고는 앙칼지게 외쳤다.

“황금성의 졸개 따위는 필요없다. 모두 죽여라!”

벽라마원 제자들이 허공을 향해 검은 피풍의를 던졌다. 마법과도 같은 벽라마원의 비기가 전개되자 곳곳이 어둠으로 물들었다. 어둠 속에서 튀어나온 벽라마원 제자들이 황금성 전사들을 급습했다.

“악!”

“으악!”

초반부터 비명이 난무했다. 양측 모두 오랜 세월 칼을 갈아온 정예들이기에 사람을 죽이는 수법은 누구보다 뛰어났다.

황금성 전사들은 견고한 호갑으로 무장했지만 아무래도 적지에 들어선 터라 피해가 다소 컸다. 특히 암흑 속에 몸을 감추는 벽라마원 제자들의 비기에 어려움을 겪어야 했다.

그러나 사술은 그 힘에 한계가 있다.

황금성 전사들은 무공에서 앞선 데다 오행상극의 이치에서도 벽라마원을 압도한다. 벽라마원 곳곳에서 전개되는 싸움은 조금씩 황금성이 우위를 점하게 되었다.

세 사람의 대치는 오래 시간 지속되고 있었다.

그들은 품(品) 자 형태를 유지한 채 극한의 공력을 운기하고 있었다. 아직 병기를 뽑은 것도 아니었건만 서로의 기류가 충돌하며 허공에서 불꽃이 일어났다.

턱을 치켜든 현사군의 태도는 당당했다. 반면 혈훼의 표정은 지극히 심각했고 백무향은 잔뜩 미간을 찌푸리고 있었다.

‘어떻게 된 거야? 금강마존과 겨룰 때 감지했던 마기가 전혀 느껴지지 않는군.’

백무향은 천천히 뇌천검을 뽑아 들었다.

파지직!

검극에서 푸른 번갯불이 뿜어지며 세 사람의 팽팽한 대치 상태에 변화가 일어났다.

순간 혈훼가 손목에 차고 있던 팔찌를 패환마검으로 변환시켰다. 동시에 그녀의 몸이 빙글 회전하며 검은 피풍의가 허공을 가렸다. 기환마진이 형성된 것이다.

어둠 속으로 몸을 감춘 혈훼가 날카롭게 외쳤다.

“어서 공격해!”

백무향은 현사군을 향해 뇌천검을 내리그었다. 공력이 전혀 깃들지 않은 일검은 상대의 공격을 유도하기 위한 허초였다.

“카하핫! 백무향, 네놈부터 죽여주겠다!”

금빛의 구겁금마검을 뽑아 든 현사군이 힘차게 검을 내려쳤다.

“파천지뢰진!”

검기가 분출되기 전에 엄청난 뇌성벽력이 울려 퍼졌다. 이어 검극에서 치솟은 검기가 어둠 속을 휩쓸었다. 기환마진에 둘러싸인 상태라 두 사람은 오직 서로의 모습만 볼 수 있었다. 그 외에는 오직 어둠뿐이다.

“건곤반탄섬!”

백무향은 초반부터 강력한 초식으로 응수했다. 두 자루 검이 맞닿기도 전에 검기가 먼저 충돌했다.

콰아앙!

엄청난 폭음이 터지며 기환마진이 와해되어 버렸다. 허공에서 혈훼의 기합성이 터져 나왔다.

“파천폭!”

그녀는 패환마검을 두 손에 거머쥔 채 검신합일이 되어 꼿꼿이 떨어져 내리고 있었다. 패환마검의 얄팍한 검신에서 귀신의 울음소리가 흘러나왔다.

현사군은 혈훼의 기습을 무시한 채 여전히 백무향을 향해 검법을 전개하면서 왼 주먹만 위로 쳐들었다.

“파천혈황권!”

콰아앙!

폭음과 함께 튕겨져 오른 혈훼는 들끓는 기혈에 가슴이 덜컥 내려앉았다.

‘이… 이럴 수가? 놈이 이미 극마지경에 이르렀단 말인가?’

간간이 펼쳐지는 혈훼의 기습을 막아내며 현사군은 폭풍과 같은 기세로 백무향을 공격해 갔다.

“파천뇌격멸!”

백무향은 바싹 긴장한 채 연속적으로 뇌천검법을 발출했다.

차—차차창!

한 번 교차할 때마다 수십 번씩 검이 충돌했다.

두 사람 모두 초극의 경지에 이른 절대고수이기에 일검을 휘두르면 지반이 흔들리고 다시 일검을 휘두르며 하늘이 변색되었다.

그들이 대결하는 주변 수십 장은 철저하게 파괴되었다. 검기에 그어진 바닥은 두 길이나 깊이 파헤쳐져 속살을 드러냈고, 백 년을 유지해 온 전각이며 수백 년 수령의 아름드리 수목이 비명도 지르지 못한 채 산산이 부서졌다.

현사군은 금빛 광휘에 휩싸인 채 빠르게 회전했다.

"차아앗!"

금빛 검기가 급속도로 확산되었다.

수백 자루의 핏빛 검형이 꼬리를 물고 날아든다. 제각기 호선을 이루는 검형은 악마의 발톱처럼 대지를 휩쓸었다.

백무향은 무형의 검기에 옷자락이 절로 베어지자 등줄기가 축축하게 젖어들었다.

'이놈의 무공은… 악마적이다!'

그는 혼신의 뇌천진기를 뇌천검에 주입시켰다.

"초범무뢰섬!"

번—쩍—!

하늘과 땅을 연결하는 섬광이 폭사되었다.

형체가 사라진 백무향은 뇌천검과 함께 검형 속을 가로질렀다. 초상승 검법 절기인 신검합일이었다. 연이은 폭음과 함께 핏빛 검형들이 산산이 부서졌다. 검형의 파편 속을 가로지는 섬광은 마치 환상처럼 보였다.

일순 현사군의 두 눈에서 혈광이 폭사되었다.

"구천대멸황!"

엄청난 핏빛 폭풍. 검법인지 마공인지 분간할 수 없는 가공할 절기가 하늘과 땅을 가득 메웠다.

콰아아앙!

엄청난 폭음과 함께 핏빛의 파편이 사위로 비산되었고 지표면이 연이어 폭발했다.

"흐윽!"

답답한 신음성과 함께 백무향이 칠 장 밖으로 튕겨져 나갔다.

바닥으로 떨어진 그는 울컥 피를 토했다. 그의 몸은 온통 피투성이였다. 핏빛 검형이 호신강기를 꿰뚫고 그의 몸을 스쳐 간 것이다. 무엇보다 내상의 타격이 심각했다.

백무향은 자신의 패배가 믿기지 않았다.

"이, 이럴 수가?"

초범무뢰섬은 금강마존조차 막아내지 못한 최고의 절기였다. 한데 그의 검은 현사군의 가슴 부위을 살짝 찢었을 뿐이다. 변명조차 할 수 없는 명백한 패배였다.

현사군은 자신의 찢긴 옷자락을 살피고는 놀랍다는 표정

을 지었다.

"호오, 대단하군. 뇌천검제의 현신이라는 네 말이 결코 허언은 아니로구나?"

그는 빠른 속도로 허공을 밟고 미끄러져 왔다.

"그러나 네가 어떤 존재이든 날 이길 순 없다!"

백무향은 급히 몸을 일으켜 세웠지만 심한 내상 때문에 진기를 제대로 운기할 수가 없었다. 그 순간 혈훼가 현사군의 등을 노리며 벼락처럼 내리꽂혔다.

"받아랏, 어린놈!"

현사군은 빙글 회전하며 혈훼의 검을 쳐냈고, 그 덕분에 백무향은 겨우 뒤로 물러설 수 있었다.

혈훼와 현사군이 어우러지는 사이 백무향은 간신이 오성 공력을 회복할 수 있었다. 하지만 다시 현사군과 겨루기에는 턱없이 부족했다.

차차창—!

혈훼와 현사군의 대결은 눈에 보이지 않을 만큼 빠르게 전개되었다.

혈훼가 이형환위로 자리를 바꿀 때마다 현사군이 그림자처럼 따라붙었다. 눈 깜빡할 사이에 십수 장씩 이동하며 격돌하는 그들의 대결은 두렵고도 신기한 광경이 아닐 수 없었다.

백무향은 뇌천검을 불끈 쥐었다.

'내 체면이 있지 새까만 후배한테 패해 도주해야 한단 말인가?

태옥교는 적당히 대결한 후 피신할 것을 권고했지만 백무향은 오기가 치밀어 올랐다. 터무니없이 강해진 현사군의 무공을 인정할 수가 없었다. 뇌천검법과 폭염마공을 동시에 구사해서라도 다시 한 번 대결을 펼치고 싶었다.

이때 황금성 총상이 그 앞으로 내려섰다.

"네놈은 노부가 상대해 주겠다."

백무향은 자신 앞에서 연장자처럼 행세하는 그가 가소로웠다.

"어린 늙은이, 그럴 생각이면 진작 나섰어야지. 남의 부상을 틈타 공을 세우겠다는 것이냐?"

"네놈 또한 대마존을 합공한 비열한 놈이 아니더냐? 노부는 네놈을 제압해 성주께 바칠 것이다."

백무향은 뇌천검을 비스듬히 치켜들었다.

"오냐, 내가 아무리 부상을 당했어도 너 정도는 죽일 힘이 남아 있다."

한데 이때였다. 그의 등 뒤에서 원반형 강기가 날아들었다.

"형님, 정말 죽을 때까지 싸울 작정이오?"

무을이었다. 그는 소엽을 등에 업고 있었다.

총상이 태청강기를 피하는 사이 무을은 백무향의 손목을 거머쥐었다.

“갑시다. 마귀들끼리 서로 죽게 놔주는 게 순리요.”

백무향은 그의 등에 업혀져 있는 소엽을 보고는 눈을 커다랗게 떴다.

“너, 이 녀석……?”

“헤헤, 명색이 형수가 될 여인인데 내가 어찌 모른 척할 수 있겠소? 마귀들이 치고받는 틈을 타서 뛰어들어 형수를 구해 낸 거요.”

“형수라고?”

“아니었소? 그럼 공연히 헛고생한 거잖아?”

백무향은 소엽을 자신이 들쳐 업었다. 소엽은 수혈이 찍혔는지 깊이 잠들어 있었다.

“네 말이 맞아. 네 형수가 될 여인이다.”

무을은 달려드는 총상을 향해 냅다 금강복마장을 발출했다.

“물러가라, 늙은 마귀야!”

일진폭음과 함께 총상의 두 발이 발목까지 빠졌다.

“이건 소림의 절기? 혹시 네놈이 도불쌍절의 제자라는 무을이냐?

“뭐 별로 밝히고 싶지 않으니 묻지 마.”

무을은 백무향의 손목을 쥐고는 서둘러 몸을 날렸다.

“어서 갑시다.”

한편 현사군과 격돌하고 있던 혈훼는 백무향이 도주하자

가슴이 덜컥 내려앉았다.

'저, 저놈이?'

파천혈황권을 전개해 현사군을 밀쳐 낸 그녀가 쏜살같이 몸을 날렸다.

"백무향! 네놈이 죽고 싶으냐?"

그녀는 천리전음술로 백무향을 향해 주문을 보냈다.

사령독고가 발작하자 백무향은 가슴을 움켜쥐며 외쳤다.

"크윽! 어, 어서 달려! 어서!"

그는 공력을 운기해 두 귀를 막았다.

무을은 백무향의 손을 단단히 부여잡고는 힘껏 솟구쳐 올랐다.

"차아앗!"

단숨에 삼십여 장이나 솟구친 그가 새처럼 대분지의 능선 너머로 날아갔다. 도문 최고의 경공 절기인 승극도허(昇極渡虛)였다.

현사군은 허공을 딛고 선 채 빙글 회전하며 구겁금마검을 내던졌다.

번—쩍!

세상의 모든 빛을 압도하는 강렬한 섬광. 그것은 검도 최상승 어검술이었다.

승극도허를 펼쳐 비상하던 무을은 본능적인 위기를 감지하며 급히 검을 뽑아 내던졌다.

퍼어엉!

일진폭음과 함께 무을이 내던진 보검이 박살이 났다.

백무향은 무을의 재빠른 대처에 찬사를 보냈다.

"무을, 그동안 꽤나 무공이 증진되었구나?"

"헤헤, 소제가 원래부터 강했소. 형님과 겨루었을 때는 잠시 봐준 거요."

"한데 검을 잃어서 어쩌냐?"

"내가 알겠소? 형님이 책임지시오."

무을은 장난스런 웃음을 터뜨리고는 비행술을 전개해 벽라마원을 완전히 벗어났다.

한편 어검술이 무산된 현사군은 섭물진기를 발휘해 구겁금마검을 회수했다.

"오냐. 달아나 봤자 네놈들이 죽는 것은 시간문제다."

그는 바닥으로 내려서서 주변 상황을 점검해 보았다.

혈상과 금상이 이끄는 황금성 전사들은 이미 벽라마원 대부분을 점거한 상태였다. 벽라마원 삼백여 제자들 중 절반은 목숨을 잃었고 절반은 투항했다.

암흑쌍존은 황금성 혈상과 금상을 상대로 격돌을 벌이고 있었지만 크게 사기가 떨어져 있어 보기에도 위태로웠다.

현사군이 다가서자 혈훼는 난감한 표정이 되어 입술을 질끈 깨물었다.

패배를 인정할 수밖에 없었다. 황금성은 그녀가 예상한 것

보다 훨씬 강했으며 특히 현사군의 무공은 상상을 불허할 정
도였다. 똑같이 마황진경을 수련했지만 그녀는 도저히 그의
상대가 될 수 없었다.

마황진경을 터득하기엔 그녀의 자질에 한계가 있었고 나
이도 너무 많았던 것이다.

패환마검을 쥔 손이 부르르 떨린다.

혈훼는 패환마검을 팔찌로 변환시켜 손목에 찼다.

"멈춰요, 쌍존!"

그녀의 외침에 암흑쌍존이 금상과 혈상을 밀쳐 내고 싸움
을 잠시 멈추었다.

혈훼는 참담한 심정으로 현사군 앞에 털썩 무릎을 꿇었다.

"패배를 인정합니다, 성주. 벽라마원을 거둬주세요."

현사군은 회심의 미소를 지으며 암흑쌍존을 바라보았다.

"그대들도 인정하는가?"

암흑쌍존은 서로를 바라보다가 긴 한숨을 짓고는 혈훼 옆
에 부복했다.

"성주의 자비를 바라오."

혈훼와 암흑쌍존의 항복으로 전투가 끝나자 황금성 전사
들은 환호를 지르며 승리를 자축했다.

혈훼는 항복을 했지만 자신에게 내려질 처벌이 두려웠다.

"성주, 선대 오행마단 종주들의 협정에 의하면 투항할 경
우 똑같은 오행천의 제자로서 인정해야 한다고 들었어요. 소

첩은 선대의 협정이 준수되기를 청합니다.”

현사군은 그런 사실을 들어본 적이 없기에 총상에게 눈길을 돌렸다.

“그런 협정이 있었소?”

“사실이외다, 성주. 사실 오행마단은 진작 통합되었어야 했지만 모두 자파가 주축이 되기를 주장하는 바람에 백 년 동안 분열돼 내려와야 했소. 하지만 오행마단의 창시자인 오대마신은 한 형제와 다름없는 사이였소. 비록 자존심 때문에 통합을 이루지 못했지만 서로를 반드시 죽여야 하는 원수는 아니었소. 그런 연유로 오대마신은 스스로 약세를 인정해 투항하면 지난 감정을 씻고 동료로서 받아주어야 한다는 협정을 맺었소. 벽라마원이 투항한 이상 선대의 협정대로 받아주어야 하오.”

“흐음, 아주 현명한 협정이군. 사실 이렇듯 많은 피를 보아야 할 상황은 아니었지.”

현사군은 애석한 눈빛을 지으며 혈훼 앞에 멈춰 섰다.

혈훼는 자신이 용서받을 수 있다는 안도감에 호의적인 미소를 지었다.

“소첩이 성심을 다해 성주를 보좌하겠습니다.”

한데 현사군이 냅다 그녀의 뇌정혈을 향해 일장을 내려쳤다.

“닥쳐라, 배신자!”

퍼억!

둔탁한 폭음과 함께 혈훼의 입에서 핏덩이가 뿜어져 나왔
다.

안도하고 있던 상황이기에 그녀는 호신강기조차 제대로
펼칠 수가 없었다. 치명적인 뇌정혈을 강타당하는 순간 그녀
의 오장육부는 물론이고 뼈와 살마저 으스러지고 말았다.

그녀의 머리통이 뭉개지며 몸통으로 스며들었고 이어 몸
통마저 뭉개지며 핏물로 화했다. 끔찍하게도 사람의 형상을
전혀 찾아볼 수 없는 한 줌 혈수로 변해 버린 것이다.

"원, 원주?"

"이, 이럴 수가?"

암흑쌍존이 벌떡 일어서자 현사군이 쌍장을 내질렀다.

펑! 펑!

가슴을 강타당한 암흑쌍존이 신음을 토하며 나자빠졌다.

총상이 곤혹스런 표정으로 현사군을 바라보았다.

"성주, 선대의 협정은 지켜져야 하오."

현사군은 천천히 걸음을 옮겨 암흑쌍존 쪽으로 다가섰다.
그는 몸을 굽혀 암흑쌍존을 부축해 일으켰다. 그의 이해할 수
없는 행동에 모두가 숨을 삼킨 채 지켜보았다.

현사군은 잔뜩 겁을 집어먹고 있는 벽라마원 투항자들을
쓸어보았다.

"선대의 협정은 분명 지켜져야 한다. 하지만 그것은 정당

한 대결을 펼쳤을 때에 한해서다. 혈훼는 오행마단의 제자로서 절대 하지 말았어야 할 배신을 저질렀다. 외부의 힘을 빌려 내 사부님을 암습해 오행마단을 통합하려 했다. 더욱 괘씸한 것은 오행마단의 적들과 손을 잡았다는 사실이다. 이는 명백한 배신 행위이기에 내가 용납할 수 없었던 것이다.”

그는 차가운 눈빛으로 암흑쌍존을 직시했다.

“쌍존 역시 혈훼의 추악한 배신 행위에 가담했지만 혈훼의 지시에 따를 수밖에 없는 직위임을 감안해 특별히 관대함을 베풀겠다.”

암흑쌍존은 얼굴 가득 부끄러운 빛을 띠며 무릎을 꿇었다.

“죽여주시오, 성주.”

황금삼상은 자존심 강한 암흑쌍존을 간단히 복속시킨 현사군의 수완에 감복하고 말았다. 확실한 명분으로 혈훼를 제거하고 암흑쌍존을 마음으로 굴복케 했으니 벽라마원의 병합은 성공적으로 이루어진 셈이다.

현사군은 낙조에 물든 하늘을 올려다보며 당당히 외쳤다.

“다음은 환희마궁이다!”

제 50 장

또 한 번의 죽음

1

가을 호수는 깊고도 푸르다.

태호(太湖)의 수면 위로 많은 놀잇배들이 둥실 떠서 뱃놀이를 즐기고 있었다. 아직 해가 지기 전이건만 놀잇배마다 색색의 등잔이 밝혀져 있었다.

태호변을 따라 서서히 미끄러지는 목선 위에 세 사람이 타고 있었다.

풀잎처럼 연약해 보이는 여인은 태호에 비친 낙조와 주변 경관을 감상하며 미소를 지우지 못했다. 사내는 뱃전에 기대앉은 채 간간이 술을 마시는데, 태호의 풍광에는 전혀 관심을 보이지 않았다.

다소 창백한 안색의 여인은 소엽이었다.

벽라마원에 납치됐다가 무사히 구출돼 함께 반사곡으로 돌아가는 중이었다. 하지만 서둘러 귀환해야 할 상황이 아니기에 백무향은 태호를 거쳐 유람을 하는 중이었다.

배 후미서에는 무을이 콧노래를 부르며 노를 젓고 있었다.

"헤헤, 이거 재미있는데? 몇 번 저어주면 내가 원하는 방향으로 배가 흘러가니 말이야."

해가 저물자 놀잇배들마다 걸린 색색의 화등으로 인해 호면이 화려하게 물들었다.

소엽은 감미로운 미소를 지으며 경관을 감상하다가 백무향의 옆으로 옮겨 앉았다.

"공자님, 이제 반사곡으로 가야 해요."

백무향은 반쯤 졸고 있다가 게슴츠레 눈을 떴다.

"태호가 지겨워? 그럼 항주 서호로 갈까? 아니면 동정호를 유람하지 뭐."

"소녀에게 너무 잘 대해주서서 송구스럽기만 합니다. 요 며칠 동안 정말 좋은 구경을 많이 했어요. 하지만 사부님 혼자 너무 외로우실 겁니다. 반사곡에서 소녀를 기다리는 병자들도 많을 테고요. 어서 돌아가요."

"소엽, 병자들과 아무 연관도 없는데 왜 고생을 사서 하는 거야? 내 성격상 소엽과 함께 유람하는 것도 마지막이 될지도 몰라. 후회없이 지내도록 해. 그리고 귀선 형님이야 평생 혼자 살아왔는데 외로울 게 뭐 있겠어? 자식 같은 토끼며 고라니가 수백 마리는 될 텐데.”

소엽은 정감 어린 눈빛으로 그를 바라보았다.

“소녀는 공자님을 만나 너무 행복합니다. 내심 오래도록 공자님과 함께 유람을 즐기고 싶지만 너무 과한 욕심입니다. 지나침은 부족함보다 못하다고 하였습니다. 이제 반사곡으로 돌아가고 싶어요.”

노를 젓던 무을이 웃음을 터뜨리며 끼어들었다.

“헤헤, 좋은 말씀이오. 지나침은 부족함만 못하다. 이름하여 과유불급(過猶不及) 아니겠소? 내가 요즘 공부를 조금 하다 보니 문자가 줄줄 흘러나옵니다.”

백무향이 술을 한 모금 마시고는 한마디 던졌다.

“녀석, 아는 것도 많아 배도 고프겠군. 무을, 네 형수가 반사곡으로 돌아가야 한다니 어서 노를 저어라.”

무을이 넉살 좋게 말을 받았다.

“형수, 나중에 후회 말고 실컷 즐기시오. 형님 성격에 형수 데리고 유람 다닐 일은 평생 다시없을 테니까.”

소엽은 형수라는 호칭을 들을 때마다 얼굴을 붉히며 몸둘 바를 몰라 했다. 그녀로서는 감히 백무향과의 혼례는 생각지도 못한 것이다.

무을은 열심히 노를 저으면서 쉴 새 없이 떠벌렸다.

“한데 말이오, 내가 형수라고 불러야 할 여자가 많아 고민이오. 사해문의 서문취 문주도 형님과 그렇고 그런 사이이고, 환희마궁의 마녀 소견과는 아주 각별하다 들었소. 대체 누가 첫째 형수가 되는 거지?"

백무향이 떨떠름한 표정이 되어 손을 내저었다.

"임마, 입 다물어."

"부럽소, 형님. 난 언제나 연인과 함께 유람을 다니나."

"너한테는 태옥교가 있잖아? 오행마단의 위협만 사라지면 너의 청혼을 받아준다면서?"

무을은 저녁달을 올려다보며 씁쓸한 미소를 지었다.

"그게 말이오, 대공녀가 지극히 예쁘고 총명하지만 어째 여인의 향기는 없는 것 같소. 어떨 때는 내 마음속까지 죄다 들여다보는 것 같아 무섭기도 하외다."

"그래, 너무 똑똑해서 두려운 여인이기는 해."

"형님, 귀선 선배님한테 조금 멍청해지는 약을 조제해 달 하고 해볼까? 그게 가능하겠소?"

백무향은 어처구니없는 표정이 되어 소엽을 돌아보았다.

"소엽, 그런 약이 가능하겠냐?"

소엽은 잔잔한 웃음을 지었다.

"그런 약은 없지만 달리 처방은 있습니다."

처방이 있다는 말에 무을이 노를 내던지고 바짝 다가섰다.

"형수, 정말 그런 처방이 있소?"

"시간이 조금 걸립니다."

"처방만 확실하다면 시간이 문제겠소? 대체 어떤 처방이
오?"

"도승님께서 공부를 많이 해 똑똑해지시는 겁니다. 그러면
대공녀도 도승님께 고개를 숙이겠지요."

잔뜩 기대를 하던 무을의 표정이 휴지처럼 구겨졌다.

"형수, 지금 날 놀리는 거요?"

"아닙니다. 진심으로 드리는 말씀이에요."

"형수는 대공녀가 얼마나 똑똑한 여인인지 몰라. 누구라도
대공녀와 일각만 대화를 나누다 보면 대공녀의 총명에 미쳐
버리고 말 거요. 그만큼 박식한 여인은 세상에 다시없을 거
요."

무을은 시무룩한 모습으로 돌아섰다.

백무향은 소엽과 나란히 뱃전에 섰다. 놀잇배들마다 남녀
의 즐거운 웃음소리가 뒤섞여 들려왔다.

그가 소엽을 데리고 유람을 나선 것은 그동안 한낱 시녀처
럼 대했던 미안함 때문이었다. 자신을 향해 지극한 애정을 지
닌 여인이기에 한 번쯤은 행복한 시간을 누리게 해주고 싶었
다. 그래야 오랜 기간 그녀를 잊고 살아도 조금은 죄책감이
덜할 것 같았다.

"소엽, 정말 돌아가도 되겠어?"

"예, 공자님."

"네가 원한다면 그리하자."

소엽의 허리에 팔을 두른 그가 훌쩍 몸을 날렸다.

"무을, 먼저 간다."

그는 비연약파의 신법을 전개해 수면을 밟으며 호반으로 달려갔다.

무을은 황당한 표정으로 그를 바라보다가 급히 노를 저었다. 인접한 놀잇배에 배를 맞댄 그가 거래를 벌였다.

"이 배를 팔겠소. 은자 스무 냥만 내시오."

기녀를 옆에 끼고 있던 청년이 손사래를 쳤다.

"일없소."

"혹시 자맥질에 능하시오? 만일 내 배를 안 사주면 이 배를 가라앉혀 버리겠소."

무시무시한 협박에 청년은 울상을 지으며 배 값을 치렀다.

"헤헤, 복 받으시오, 시주. 아미타불, 무량수불."

무을은 유연하게 수면을 밟고 멀어져 갔다.

공연히 놀잇배를 인수하게 된 청년은 잔뜩 부아가 치밀어 씩씩거렸다.

"염병, 저게 중이야 도사야, 아니면 날강도야?"

2

멀리 황산이 보인다.

황산은 검은 석벽이 많아 예전에는 이산(黟山)으로 불리었다. 전설에 의하며 황제(黃帝) 헌원이 이곳에서 신선이 되었다 하여 당나라 현종이 황제를 기려 황산으로 명명하였다.

세 사람이 황산의 수려한 준령을 따라 이동하고 있었다.

백무향 일행이었다. 그들은 태호에서 유람을 마치고 반사곡으로 귀환하는 중이었다.

백무향과 무을은 소엽의 경신술에 맞춰 천천히 이동하고 있었다. 소엽의 경신술이 미흡했지만 오히려 황산의 절경을 한껏 감상하며 이동할 수 있기에 한가함이 엿보였다.

소엽은 잠시 경신술을 멈추고 검은 바위 위에 걸터앉았다.

"줄곧 황산에 머물러 있었지만 반사곡과 주변 골짜기만 다녀서 황산이 이렇듯 거대한 줄 몰랐어요. 정말이지 소나무 한 그루 석봉 하나가 모두 절경이군요."

백무향이 물 대신 술로 갈증을 해소하며 능선 너머를 가리켰다.

"저기 능선만 넘으면 반사곡이다."

"왜 험한 산길을 택하신 거예요?"

"전망이 좋잖아?"

백무향이 적당히 둘러댔지만 입이 싼 무을이 실토해 버렸다.

"사실 반사곡 입구로 향하면 병자들이 형수를 둘러싸고 놓아주지 않을까 이 길로 온 것이오. 형님이 보기보다 형수에 대한 애정이 끔찍하오."

　소엽은 백무향의 배려가 고마웠지만 자신을 기다리고 있을 병자들을 외면할 수가 없었다.

　"공자님, 그동안 병자들을 돌보지 못해 많은 병자들이 고통을 겪었을 겁니다. 먼저 그들의 증세를 살펴보고 사부님을 뵙겠어요. 반사곡 입구로 인도해 주세요."

　백무향은 무을을 한 번 쏘아보고는 냉담하게 응수했다.

　"먼 길을 왔는데 하루는 푹 쉬어야 할 것 아냐? 병자들은 자신이 아픈 것만 생각할 뿐 네가 어떤 고초를 겪었는지 생각지도 않아. 체력도 약한 네가 치료를 하다 쓰러져도 자신의 병을 치료해 달라며 보챌 사람들이라고."

　"공자님, 반사곡을 찾아온 병자들은 대부분 가난하고 불치의 병을 지닌 사람들입니다. 따뜻하게 대해주세요."

　"소엽, 넌 너무 착한 게 흠이야. 세상을 살아가기에 너무 나약해."

　말은 그리했지만 백무향은 그녀의 청을 받아들여 계곡 쪽으로 갈 길을 바꾸었다.

　이때였다. 청아한 울음소리와 함께 한 마리 새가 능선 저편에서 치솟아올랐다. 하얀 깃털 끝에 검은색이 선명한 거대한 새는 바로 북해천붕으로 반사귀선을 태우고 다니는 영물이었다.

　소엽이 밝은 표정을 지으며 소리쳤다.

　"아, 사부님이세요! 어디로 출타 중이신 것 같아요."

난생처음 북해천붕을 대한 무을이 눈을 동그랗게 떴다.

"아니, 저게 뭐요? 뭔 놈의 새가 저리 크지?"

"북해천붕입니다. 전설적인 영물이라 사람과 뜻이 통하지요."

"이야, 저거 타고 다니면 세상 어디든 갈 수 있겠어."

무을은 부러운 눈빛으로 북해천붕을 주시했다.

이 순간 능선 아래쪽에서 한줄기 빛이 치솟아올랐다.

번—쩍!

예리한 빛줄기는 북해천붕을 관통해 버렸다.

끄아아악!

북해천붕은 고통스런 비명과 함께 계곡 아래로 추락했다. 더불어 등에 타고 있던 누군가도 무서운 속도로 떨어져 내렸다.

눈앞에서 이 엄청난 광경을 접한 세 사람은 일순 마비되고 말았다.

혹시 착각을 한 것은 아닌지 자신의 눈을 의심했지만 계곡 아래로 추락하는 새는 분명 북해천붕이었다. 워낙 거리가 멀어 북해천붕과 함께 추락하는 사람의 모습은 구분할 수 없었지만 반사귀선이 거의 확실해 보였다.

"사부님!"

소엽이 털썩 주저앉자 백무향과 무을도 충격 속에서 깨어났다.

“무을, 어서 흉수를 찾아라!”

“알겠소.”

무을은 비행술을 펼쳐 멀리 능선을 향해 날아갔다.

거의 실신한 소엽을 안아 든 백무향이 계곡을 향해 몸을 날렸다. 너무도 엄청난 충격에 그는 아직도 북해천붕의 추락이 믿기지 않았다.

“이게 대체 어찌 된 일이냐? 누가 귀선 노형을 노리고 북해천붕을 쏘아 떨어뜨렸단 말인가?”

반사귀선은 정사를 구분하지 않은 무색의 기인이다.

천하의 의협이라도 기분에 맞지 않으면 치료해 주지 않았으며 대악인이라도 기분이 내키면 선뜻 치료해 준다. 짐승과 사람의 목숨을 동일시할 만큼 괴팍하지만 오행마단조차 그를 인정해 적으로 삼지 않는다. 하기에 누군가 그를 척살하려 했다는 것 자체가 충격이며 경악이었다.

단숨에 계곡으로 내려선 백무향은 대가리가 거의 으스러져 날개를 푸득거리는 북해천붕을 발견할 수 있었다. 백무향은 북해천붕의 고통을 덜어주기 위해 지풍을 날려 목숨을 끊어주었다.

반사귀선은 다행히 덤불 속에 떨어져 모습은 온전할 수 있었다. 그러나 가슴은 피로 붉게 물들어 있었다. 북해천붕을 관통한 병기가 그의 심장마저 꿰뚫은 것이다.

“노형!”

백무향은 소엽을 옆에 내려놓고 반사귀선을 부축해 안았
다.

"귀선 노형, 제발 정신 차리시오!"

맥을 짚어보았지만 이미 멎은 상태였다. 눈까풀을 열어 살
펴보았지만 눈동자가 이미 돌아가 흰자위만 보였다.

백무향은 아무런 조치도 취할 수 없기에 그저 안타깝기만
했다.

"노형… 노형, 정말 이렇게 죽는 거요?"

죽은 사람도 살린다는 의술을 지닌 반사귀선이었지만 정
작 자신의 죽음에는 속수무책일 수밖에 없었다.

이때 실신했다가 깨어난 소엽이 무릎걸음으로 기어 다가
왔다.

"사부님! 흑흑, 이게 웬 청천벽력이란 말입니까? 사부님!"

소엽은 반사귀선을 부둥켜안은 채 통곡을 했다.

백무향이 그녀의 어깨를 흔들며 다그치듯 말했다.

"어서 네 사부의 품속을 뒤져봐. 반사속명단이 있으면 회
생시킬 수도 있어."

소엽은 떨리는 손으로 사부를 진맥하고는 사기판별법을
통해 회생의 징후를 세심하게 관찰했다. 그러나 이미 심맥이
끊겨 회생은 불가능한 상태였다.

소엽은 비통한 눈물을 뿌렸다.

"흑흑… 이미 운명하셨어요."

"말도 안 돼! 천하의 반사귀선이 이렇게 죽을 수는 없어!"

백무향은 반사귀선을 바닥에 눕혔다.

"어서 살려라. 넌 반사귀선의 제자잖아? 의술을 발휘해 어서 살려봐."

"흑흑, 소녀는 그럴 능력이 없습니다."

"정말… 정말 이렇게 보내야 한단 말이냐?"

백무향은 자신의 머리를 쥐어뜯었다.

"이럴 수는 없어! 대체 어떤 놈의 소행이냐!"

그는 피가 부글부글 끓었다.

그가 깊은 잠 속에서 깨어난 이후 친구라 생각할 수 있는 사람은 반사귀선이 유일했다. 그가 이백 년 전의 인물임을 인정해 준 사람도 반사귀선이었으며 허심탄회한 대화를 나눌 사람도 반사귀선뿐이었다. 새로이 천패무광과 호형호제하며 지내게 되었지만 반사귀선에 비하면 아직 소원한 관계였다.

한데 반사귀선이 죽었다. 그것도 자연사가 아니라 자신이 보는 앞에서 살해되어 죽었기에 그는 분노와 자책감에 심장이 터질 것만 같았다.

"크으… 노형 덕분에 내가 목숨을 건졌는데… 난 노형을 지켜주지 못했구려. 미안하오, 정말 부끄럽소."

백무향은 바닥에 엎드려 머리를 박으며 눈물을 뿌렸다. 그가 회생한 이후 이토록 비통함에 젖어보기는 처음이다. 일가 혈족 하나 없는 그에게 있어 반사귀선은 세월을 넘어선 친구였기에 그의 형제와 다름이 없었던 것이다.

소엽이 애통해하는 그의 등을 감싸 안으며 위로했다.

"공자님, 너무 자책하지 마세요. 공자님 탓이 아닙니다."

"우리가 서둘렀어야 했다. 조금만 서둘렀어도 이런 참사는 막을 수 있었다고."

"이것이 사부님의 운명이라면… 막을 수가 없었을 겁니다."

소엽은 반사귀선의 허리춤에서 침통을 꺼내 들었다.

"아주 잠시뿐이지만… 사부님을 깨워보겠습니다."

"뭐, 뭐야? 노형을 깨운다고? 그게 정말 가능한 일이냐?"

"사부님께 반사명환금침술을 배운 적이 있습니다. 갓 절명한 사람을 깨울 수 있는 침술인데… 사술에 가깝습니다."

"아무거면 어때? 어서 금침술을 펼쳐 봐. 혹시 홍수에 대한 단서를 얻을 수 있을지도 모르니까. 그래, 노형의 유언이라도 들어야겠다."

"예, 공자님."

소엽은 놀란 가슴을 안정시키고는 반사귀선의 치명적인 사혈 여덟 곳에 금침을 놓았다. 마지막으로 발바닥 용천혈에 금침을 꽂자 반사귀선의 몸이 부르르 전율했다.

백무향이 반사귀선의 단전에 장심을 붙여 진기를 불어넣어 주었다.

"귀선 노형, 정신이 좀 드시오?"

창백하게 굳어 있던 반사귀선의 얼굴 근육이 간헐적으로 씰룩거렸다. 이어 눈까풀이 떨리고 입술이 달싹거렸다.

소엽은 반사귀선의 손을 두 손으로 꼭 감싸 쥐었다.

"사부님, 제자 소엽이옵니다. 정신을 차리십시오."

그러자 반사귀선의 입에서 긴 한숨이 흘러나왔다. 저세상으로 향하던 영혼이 잠시 돌아온 것이다.

반사귀선은 눈까풀을 반쯤 떴다. 안으로 뒤집힌 눈동자가 제자리를 찾았지만 동공이 풀어져 있어 사물은 전혀 인식하지 못하였다.

그는 소엽의 손을 미약하게 쥐었다.

"소엽… 네가… 돌아왔구나."

"흑, 사부님. 정신이 드셨군요."

"반사명환… 금침술을 펼친 거냐?"

"예, 사부님."

"장하다… 짧은 시간에 그 난해한 금침술을 터득했으니 넌 진정 의재(醫才)로구나."

백무향은 반사귀선의 손을 굳게 쥐었다.

"노형, 나도 왔소. 나 백무향이오."

"노제도… 함께 왔군."

"누구요? 대체 어떤 놈이 노형을 이 지경으로 만든 거요?"

"북해천붕은… 어찌 되었나?"

"내가 고통없이 보내주었소."

반사귀선은 길게 탄식했다.

"천고의 영물이 사라졌군… 내가 죄인일세."

"노형, 내가 반드시 복수해 주겠소. 지옥 끝까지 가서라도 흉수를 찾아낼 것이오."

"부질없네… 어차피 죽을 목숨이었어."

반사귀선은 밭은기침을 토해내고는 힘겹게 입술을 달싹거렸다.

"미안하네, 노제. 자네에게… 큰 죄를 지었네."

"무슨 말씀이시오? 노형을 지키지 못한 죄인은 나요."

"사실 사령독고를… 제거할 방법이 있었네."

"노형……?"

"약을 제조해 놓았지만… 두려웠네. 자네가 잔혼절백단을 복용한 후 영영 깨어나지 못할까 두려웠고… 자네의 옛날 기억이 되살아날 것이 두려웠네."

백무향은 반사귀선의 얼굴을 어루만져 주었다.

"안심하시오, 노형. 이백 년 전 어떤 일이 있었더라도 현재와 연관시키지는 않을 것이오."

"그렇게 양해해 준다면… 다행일세. 으음……!"

반사귀선은 고통스런 신음을 토하며 전신을 세차게 떨었다. 반사명환금침술의 효력이 끝나가고 있었다.

가쁜 숨을 몰아쉰 반사귀선이 소엽의 손을 쥐었다.

"소엽아… 이제 네가… 반사곡의 주인이다."

"흑흑, 사부님……!"

"말년에 너를 제자로 두어… 그나마 의술을 전할 수 있어 다행이구나……."

반사귀선의 눈까풀이 서서히 닫혀갔다.

백무향은 그의 어깨를 쥐고 흔들었다.

"노형, 얘기해 주시오. 흉수가 대체 누구요?"

반사귀선은 몇 번 입술을 달싹였지만 워낙 음성이 미약해 잘 들리지 않았다. 소엽이 그의 입술 가까이 대고 마지막 한 마디라도 듣기 위해 애를 썼다.

이윽고 반사귀선의 고개가 옆으로 기울어졌다.

절명!

이제 영원히 세상을 떠난 것이다.

백무향은 허탈한 심정으로 고개를 쳐들었다.

"다른 유명은 없었더냐?"

"분명치는 않지만… 무원(無怨)이라 하신 것 같았습니다."

"무원이라고? 원도 없고 한도 없으니 복수를 하지 말라는 뜻인가?"

백무향은 주먹을 불끈 쥐며 외쳤다.

"그럴 수는 없어! 노형의 유명을 거역하는 일이라 괴롭지만 반드시 흉수를 찾아내 복수하겠다! 귀선 노형은 흉수를 용서하였지만 난 용서하지 않겠다!"

이때 무을이 계곡 바닥으로 내려섰다.

"형님, 의절 선배님은 어찌 되셨소?"

백무향은 반사귀선의 시신을 안고 일어섰다.

"운명하셨다."

"뭐, 뭐요?"

무을은 한동안 충격에 젖어 있다가 정중히 합장을 하며 열반경을 외웠다. 백무향과 소엽은 무을의 염불을 들으며 소리 없는 눈물을 뿌렸다.

무을이 염불을 마치자 백무향이 물었다.

"흉수가 어떤 놈인지 알아냈느냐?"

"주변을 이 잡듯 뒤졌지만 찾아내지 못했소. 워낙 먼 거리에서 화살을 쏘았기에 수색 범위가 너무 넓었소."

"화살?"

"바로 이거요."

무을은 허리춤에 꿰찬 화살을 뽑아 들었다.

"파천전!"

백무향의 눈에서 기광이 폭사되었다.

"분명 파천전이다. 그렇다면 흉수는 예사천궁으로 귀선 노형을 쏜 게 틀림없어."

흉수가 예사천궁을 지녔다는 사실은 중대한 단서가 될 수 있었다. 예사천궁의 소유자를 추적하면 흉수를 찾아낼 수 있기 때문이다.

백무향은 복수심 때문에 머리가 복잡해졌지만 일단 반사

귀선의 장례가 우선이기에 흉수에 대한 추적은 훗날로 미루기로 했다.

"무을, 수고스럽지만 북해천붕의 사체를 짊어져라. 평생을 귀선 노형과 함께 지냈으니 한데 묻어주어야겠다."

"알겠소."

북해천붕의 사체를 짊어진 무을이 씁쓸한 입맛을 다셨다.

"이로써 우내사절 중 세 분이 가고 유일하게 무절 선배만 남았군. 역시 세상에 영원한 것은 없는 법이야. 아미타불, 무량수불."

3

장례식은 조촐하게 치러졌다.

번잡함을 싫어하는 반사귀선의 생전 방식을 존중해 세 사람이 손수 수의를 입히고 염을 해서 장례를 마쳤다. 연후 반사곡 입구의 병자들에게 통보하자 곡성(哭聲)이 하늘을 진동시켰다.

반사귀선이 비록 냉정하고 괴팍한 성격이라 찾아오는 모든 병자들을 치료해 주지 않았지만 그의 치료를 받고 병고를 씻은 사람은 수천 명에 달했다.

병자들에게 있어 반사귀선은 살아 있는 신선이었기에 그의 죽음은 청천벽력과 같은 충격이 아닐 수 없었다.

굳이 강호에 반사귀선의 부고를 알릴 필요는 없었다. 병자들의 입을 통해 소문이 퍼질 것이며 열흘도 채 안 돼 천하의 대소문파에 반사귀선의 죽음이 알려질 것이다.

소엽은 반사귀선의 묘소 옆에 움막을 짓고 그 안에서 지냈다. 부모상을 당한 자식에 준하는 도리였다.

백무향과 무을은 울적한 기분을 술로 달래고 있었다.

장례를 마쳤으니 이제 흉수를 찾는 게 순서였다. 유일한 단서는 파천전.

백무향은 화살 끝이 뭉개진 파천전을 신중하게 살폈다.

"내가 알기로 혈사성이 괴멸된 후 예사천궁은 태백궁의 소유가 되었다. 워낙 귀한 신병이라 태옥교가 직접 관리했을 거다. 한데 그런 예사천궁을 어떻게 흉수가 지니게 되었을까?"

무을이 눈을 동그랗게 뜨며 물었다.

"형님, 설마 대공녀를 의심하는 거요?"

"누구라도 의심할 수 있다. 용의자가 누구이든 난 냉정하게 판단할 것이다."

"예사천궁이 유일한 단서라면 대공녀는 절대 아니오."

"왜?"

"일전에 은사회 살수들에 의해 대공녀가 죽을 뻔한 적이 있었소. 당시 은사회주 단혼치살이 예사천궁을 지니고 있었소. 그건 내가 대공녀를 구해주었기에 정확히 기억할 수 있소.”

“은사회 살수들이 예사천궁을 지녔다고? 확실해?”

백무향이 다그치듯 묻자 무을은 눈알을 또르르 굴렸다.

“가만, 다시 생각해 보니 그 후 대공녀가 은사회 소굴을 침공해 괴멸시켰소. 그러면서 예사천궁을 다시 회수하였소. 그 자리에 나도 있었으니 확실하오.”

“그렇다면 가장 최근까지 예사천궁을 소유한 사람은 태옥교가 확실하군.”

“형님, 듣기에도 섬뜩하니 대공녀는 제외합시다. 대공녀가 무엇 때문에 무림의 대원로인 의절 선배님을 살해하였겠소?”

“태옥교가 누구인데 직접 나서서 살해했겠냐? 누군가를 시켜 사주했겠지.”

“그건 엄청난 비약이오. 대공녀의 그림자 호위인 잠혼은 이미 죽었소.”

무을은 정색을 지으며 고개를 흔들었다.

“형님, 자꾸 대공녀를 의심하면 형님과 갈라설 수밖에 없소. 대공녀는 내 아내가 될 여인이란 말이오.”

“무을, 난 예사천궁의 최근 소유자가 태옥교라고 말했을 뿐이다. 이후 소유자가 누구로 바뀌었는지는 조사해 보면 알 수 있다. 나도 태옥교가 흉수라고는 생각지 않아. 귀선 노형은 광명신검을 회생시켜 주었다. 그런 은공을 살해한다는 것은 짐승만도 못한 짓이지. 태옥교가 비록 공명심이 높고 야망이 커도 그런 사악한 여인이라고는 생각지 않는다.”

“물론 절대 아니오. 대공녀와 연관 지어 생각하는 것조차 불경스럽소.”

이때 소엽이 작은 약상자를 손에 들고 탁자로 다가섰다.

워낙 커다란 충격과 상심 때문인지 가뜩이나 연약한 몸이 위태로울 정도로 쇠약해져 있었다. 얼굴은 몹시 창백해 핏기 한 점 보이지 않았다.

“뭐 좀 먹어야 할 텐데…….”

백무향이 그녀를 이끌어 자리에 앉혔다.

소엽은 탁자 위에 약상자를 내려놓았다. 하얀 손마디는 가볍게 쥐는 것만으로도 으스러질 것 같았다.

“잔혼절백단입니다.”

백무향은 가볍게 한숨을 내쉬고는 약상자를 집어 들었다.

“이 약을 먹으면 죽는다 이거지?”

“그렇습니다. 세 시진 동안 신체의 모든 기능이 마비돼 자연사를 한 것처럼 됩니다. 이후 세 시진에 걸쳐 다시 기능이 회복되면서 회생할 수 있습니다.”

무을이 두려운 눈빛으로 약상자를 응시했다.

“형님, 정말… 잔혼절백단을 복용할 생각이오?”

“물론이다.”

“웬만하면 생각을 고쳐먹으시오. 대마녀 혈훼가 현사군에 의해 죽었다지 않소? 사령독고를 이용해 형님을 괴롭힐 사람도 없는데 왜 모험을 감행하려는 거요?"

"혈훼가 죽었지만 암흑쌍존은 살아 있다. 놈들도 사령독고를 발작시킬 주문을 알고 있어."

무을이 자신의 가슴을 치며 호기롭게 말했다.

"그 두 늙은이는 내가 죽여주겠소. 형님은 아무런 걱정도 마시오."

"무을, 반드시 사령독고를 제거하기 위함만은 아니다. 내 자신의 과거도 정확히 알기 위해서다."

"그게 정말 가능한 일이오?"

"귀선 노형의 말이니 믿을 수밖에."

소엽이 우려의 눈빛으로 그를 바라보았다.

"공자님… 사부님도 회생에 대해서는 장담하지 못하셨어요. 그래서 잔혼절백단을 제조해 놓으시고도 밝히지 못한 것입니다."

"알아. 하지만 난 귀선 노형의 의술을 믿는다. 만일 영원히 깨어나지 못한다 해도 귀선 노형을 원망하지 않겠다."

백무향의 결연한 태도에 소엽과 무을도 더는 만류할 수가 없었다.

죽기 위한 마음의 각오는 마쳤다.

백무향은 침상 위에 단정히 앉아 있었다. 신체의 압박을 덜기 위해 최대한 편안한 복장을 취했다. 영원히 죽을 수도 있기에 깨끗하게 수욕까지 해두었다.

백무향은 천천히 약상자를 열었다.

밀랍에 싸인 환약이 보인다. 이제 밀랍을 찢고 환약을 복용하면 된다. 한데 막상 목숨이 끊어지는 약을 보게 되자 두려움이 앞선다. 대결을 벌이다 죽는 것은 두렵지 않지만 스스로 죽어야 하기에 두렵다.

소엽을 차마 직시할 수가 없어 고개를 외면한 채 소매로 얼굴을 가렸다.

무을은 잔뜩 긴장한 표정으로 마른침을 꿀꺽 삼켰다.

"형님… 혹시 남길 유언은 없소?"

"재수없는 소리 마."

"그래도 만약의 일은 모르지 않소?"

백무향은 피식 실소를 짓고는 탁자 위에 놓인 뇌천검을 가리켰다.

"내가 죽으면 네가 가져라. 남겨줄 유품이 이것밖에 없구나. 그리고 장례를 치르게 되면 귀선 노형 옆에 묻어다오. 그래야 죽어서도 심심치 않을 것 같다."

무을은 찔끔 흐르는 눈물을 닦고는 애써 미소를 띠었다.

"형수는 내가 책임질 테니 걱정 마시오."

"어째 네 의도가 불순한 것 같구나?"

"죽은 사람이 알게 뭐요?"

"녀석, 네가 괘씸해서라도 반드시 살아나겠다."

백무향은 잔혼절백단의 밀랍을 벗겨냈다. 독특한 약 냄새가 코를 찔렀다.

"소엽, 나를 봐."

소엽은 와들와들 떨면서 간신히 고개를 돌렸다.

백무향은 다정한 웃음을 지어 보였다.

"한나절 푹 자고 나서 보자."

그는 주저없이 잔혹절백단을 입에 털어 넣었다.

맛이 아주 썼다. 침에 녹은 약이 목구멍을 타고 넘어가자 갑자기 심한 현기증이 엄습해 왔다.

"으음……!"

그가 모로 쓰러지자 무을이 편안하게 눕혀주었다.

"형님, 괜찮으시오?"

백무향은 발끝과 손끝부터 마비되는 기분이었다. 몸이 천근만근으로 무거워졌고 숨이 가빠왔다.

머릿속의 기억도 빠른 속도로 흩어졌다. 그가 구만산 자락에서 처음 정신을 차렸을 때의 기억이 가물가물해지더니 최근의 기억마저 희미해졌다. 이어 그의 뇌리 속이 텅 비워졌다. 순간 심장이 정지되며 그는 숨을 쉴 수가 없었다.

"형님!"

"공자님!"

무을과 소엽이 몸을 흔들어 깨웠지만 그의 몸은 이미 딱딱하게 굳어 있었다.

소엽은 백무향을 진맥하고는 사기판별법을 통해 생명의 징후를 세심하게 살폈다. 그녀의 표정이 점점 절망으로 물들었다.

무을이 턱을 덜덜 떨며 물었다.

"어, 어찌 된 것이오?"

소엽은 싸늘하게 식은 백무향의 손을 두 손을 감싸며 자신의 가슴에 댔다.

"흑, 운명하셨어요."

또 한 번의 죽음!

이백 년 만에 깨어난 그가 다시 죽음을 맞게 되었다. 물론 약효가 정확하다면 사령독고를 배출한 후 회생할 수 있다. 그러나 죽음의 영역은 누구도 장담할 수 없는 미지의 세계다.

백무향.

과연 그는 깨어날 수 있을 것인가.

〈제6권으로 계속〉

지금 유전자가 말하는 사랑과 성의 관한 솔직 대담한 진실이 펼쳐집니다!

남편의 후광을 등에 업는 것은 까마귀와 인간뿐…

모두에게 바보 취급받던 독신 암컷이 단번에 인생대역전을 해서
서열 1위인 수컷의 아내 자리를 차지하게 될 수도 있다는 말입니다.
모든 여성이 이상형의 남자와 결혼할 수 있는 것은 아닙니다.
적당한 선에서 타협하여 적당한 사람과 결혼하지요.
하지만 솔직히 말해서 당연히 멋진 남자가 더 좋지 않겠습니까?
따라서 여성은 생각합니다.
'그럼 어떻게 하지? 유전자만이라면 가질 수 있어!'
그리하여 장기계획형이나 단기승부형과 같은 여러 가지 방법의
외도가 생겨나는 것입니다.
물론 모든 여성이 이를 실행에 옮기지는 않습니다.

하지만 기회가 있다면 어떨까요?
다른 조건과 이미 타협을 봤다면?
남편이 사소한 일은 눈치 못 채는 둔한 남자라면?
뭔가 유전자의 음모가 느껴지지 않습니까?

실패를 모르는 남자 선택법!
「내 남자친구는 왼손잡이」 법칙

어째서 여성은 왼손잡이 남성에게 마음이 끌리는 걸까요?

여기서 기억해야 할 것은 몸의 좌우와 뇌의 좌우는 원칙적으로 반대 관계라는 점입니다.
따라서 왼손잡이 남성은 우뇌가 발달했습니다.
발달했다는 사실이 왼손잡이를 통해 반영된 것입니다.

그리고 두 번째로 생각해야 할 것은 우뇌는 남성 호르몬의 일종인 테스토스테론에 의해 발달한다는 점입니다.
요약하자면 왼손잡이 남성은 우뇌가 발달했는데, 그것은 테스토스테론 수치가 높기 때문입니다.
그것은 다름 아닌 생식 능력이 높다는 것을 의미하지요.

「내 남자 친구는 왼손잡이」에 감춰진 의미는… 내 남자 친구는 생식 능력이 높아… 인 것입니다.

입소문을 통해 아는 분은 다 알고 계십니다!
올 한해 공인중개사 최고의 화제작!

1~2권 합본 | 이용훈 지음
3~4권 합본 | 이용훈 지음
5~6권 합본 | 이용훈 지음
용어 해설 | 이용훈 지음

수험생 기본 필독서
만화 공인중개사

제목 : 만화공인중개사 쓰신 분에게 감사드립니다.

학원을 두 달 다녔어요. 근데 과연 그 숫자 외우기 그런 게 몇 문제나 나올까 생각을 했어요.
아니라는 생각이 드네요. 학원강의를 뒤로하고 서점을 갔어요. 내 머리에 가장 이해될 수 있는
책이 없나 하구요. 거기서 만화를 발견했어요. 무조건 세 번 봤어요. 3개월 걸렸어요. 문제집을 보라고
했는데 그건 시행을 못했어요. 근데 합격을 했네요.
어떻게 감사의 말을 해야 될지…….
도서관에서 만화책 들고 다니니까 사람들이 비웃더라구요. 만화책으로 공인중개사를 공부한다고
미친 사람처럼 보더라구요. 근데 그거 다 감수하고 했던 내가 자랑스럽습니다.
어떻게 감사의 말을 해야 할지… 정말 감사합니다.
부디 행복하세요. 제 나이 41살에 좋은 스승을 만난 것 같습니다.
엎드려 감사드립니다.

—본사 홈페이지에 독자분이 올린 메일 中 에서 발췌—